GRETA R. KUHN

Lyoner-Komplott

GRETA R. KUHN

Lyoner-Komplott

VERONIKA HARTS VIERTER FALL

GMEINER

Personen und Handlung sind frei erfunden.
Ähnlichkeiten mit lebenden oder toten Personen
sind rein zufällig und nicht beabsichtigt.

Im Ehnried 5, 88605 Meßkirch
Telefon 07575/2095-0
info@gmeiner-verlag.de

1. Auflage 2023

Herstellung: Mirjam Hecht
Umschlaggestaltung: U.O.R.G. Lutz Eberle, Stuttgart
unter Verwendung eines Fotos von: © Printemps / stock.adobe.com
Druck: CPI books GmbH, Leck
Printed in Germany
ISBN 978-3-8392-0390-3

Für meinen Vater

ES IST ANGERICHTET.

»Tisch neun, zwei Menu Dégustation, zweimal à la carte, einmal Heilbutt, einmal Wachtel.«

»Ja, Chef.«

»Wo bleiben meine Hauptspeisen von Tisch zwei?«

»Eine Minute, Chef.«

»Macht hin, das muss schneller gehen.«

»Ja.«

»Der Fisch ist noch glasig, noch mal anbraten. Aber diesmal aufpassen.«

»Ja, Chef. Entschuldigung.«

»Nicht entschuldigen, gut machen. Wir haben keine Zeit für so eine Scheiße.«

»Hmm.«

»Christoph, wo bleibt das Fleisch für Tisch sieben?«

»Hier ist es.«

»Gut. Und jetzt Finger weg. Teller noch mal abwischen. Deine Fingerabdrücke will da niemand haben. Bin ich denn hier nur von Dilettanten umgeben? Ihr wisst doch, hier am Pass wird angerichtet und gerichtet. Das kostet uns alles Extrazeit.«

»Sorry.«

»Service! SERVICE! Wo bleibt ihr denn?«

»Scheiße.«

»Was?«

»Ach nix, nur verbrannt.«

»Wollt ihr mich verarschen? Ich mache gleich eine McDonald's-Filiale auf, dann könnt ihr dort alle arbeiten. Jetzt reißt euch mal zusammen.«

»Tisch fünf, dreimal Menu Découverte, einmal à la carte. Einmal Leber.«

»Tisch drei, die Desserts gehen raus. Das Soufflé einmal ohne Früchte.«

»Brauche noch mal frischen Kerbel für die Mise en place.«

»Habt ihr da drüben nichts zu tun? Jeder auf seinem Posten! Tisch fünf, wo bleibt das Amuse-Bouche? Vier Personen. Jetzt.«

»Service.«

»Drei Consommés, dreimal Trüffelcarpaccio. Tisch sieben.«

»Service.«

»Wo bleiben die Topinambur?«

»Saucier, Soße noch mal verdünnen, die wird zu dickflüssig. Das muss man doch sehen, gottverdammt.«

Ein Teller fällt krachend zu Boden. Splittert, Scherben.

Augenrollen. Stille. Nur für einen kurzen Moment.

Die Ruhe vor dem Sturm.

GRUSS AUS DER KÜCHE

Er starrte auf den kupferglänzenden Becher vor sich. Die sich auflösenden Tabletten schwammen wie kleine Wölkchen auf dem Wasser.

Er musste die perfekte Dosis treffen. Er hatte nur einen Versuch. Fehler konnte er sich nicht erlauben. Improvisieren war nicht möglich. Es war alles vorbereitet.

Die Zutaten hatte er relativ schnell und unkompliziert über das Internet besorgt. Doch die Informationen zur Dosierung auf der Webseite waren zu unpräzise gewesen. Mehrere Male hatte er sie ausprobieren müssen. Erst an kleineren Tieren, dann an sich selbst. Er hatte sich langsam herangetastet an die perfekte Mischung. Milligramm für Milligramm. Die Wirkung hatte stets nach 10 bis 15 Minuten eingesetzt. Zu Beginn hatte er sich entspannt gefühlt, dann euphorisch. Beim nächsten Versuch hatte er eine dumpfe Übelkeit verspürt, Watte in seinem Kopf. Dann war er umgekippt. Zweimal hatte er bewusstlos in seiner Wohnung gelegen. Einmal knapp eine halbe Stunde, dann zwei Stunden. Das Aufwachen danach war mühsam und schmerzhaft gewesen. Aber die Rezeptur, nach der er jetzt arbeiten konnte, war es wert.

Er brauchte eine Punktlandung, denn das Zeitfenster für seine Aktion war nicht groß.

Hoffentlich hatte er das Gewicht seiner Zielperson richtig geschätzt.

Er füllte die durchsichtige Flüssigkeit vorsichtig in eine

Pipette, den Rest zog er mit einer Spritze auf. Seine Hände zitterten leicht. »Reiß dich zusammen«, zischte er sich zu.

Sein Plan war genial. Wenn er sein Ziel erreichen wollte, dann ging es nur so.

»Wir machen den Weg frei«, brummte er und lächelte schief.

Er verstaute seine Werkzeuge in der Innentasche seiner Jacke und verließ das Haus.

Jetzt oder nie.

VORSPEISE

1

Ihr Kopf brummte dumpf, als sie die Augen öffnete. Wo zur Hölle war sie? Das Licht, der Geruch. Sie befand sich auf jeden Fall nicht zu Hause. Stöhnend versuchte sie, ihr Gehirn in Gang zu setzen. Ein exquisites Abendessen im Sternerestaurant, Wein. Viel zu viel Wein. Übelkeit schwappte in ihr hoch und prallte gegen den pelzigen Geschmack in ihrem Mund. Oh Gott, jetzt nur nicht übergeben. Sie hielt die Augen immer noch fest verschlossen, aus Angst vor der Realität, die um sie herum lauerte. Erinnerungsfetzen flogen vorbei. Zu lautes Lachen, Flirten, zotige Witze, zu lange Redepausen mit noch längeren Blicken. Eine dunkle Vorahnung schob sich Stück für Stück in ihr Bewusstsein.

Okay, Veronika, jetzt mal ganz langsam. Sie tastete an sich hinunter. Ihr Herz setzte einen Schlag aus. Nichts. Da war nichts. Das war gar nicht gut. Was hatte sie sich nur dabei gedacht? Hatte sie überhaupt noch denken können?

Sie atmete tief durch. Sie würde der Wahrheit ins Auge blicken müssen. Das wacklige Konstrukt ihrer Erinnerung, die aufwallende Übelkeit, die Tatsache, dass sie hier in einem fremden Bett, in einem fremden Raum, neben einem … Sie riss die Augen auf und den Kopf herum. Die plötzliche Helligkeit jagte ihr stechende Blitze durchs Gehirn. Sie kniff die Lider wieder zusammen.

Neben einem gar nicht so fremden Mann. Scheiße.

Da lag er. Friedlich auf dem Rücken schlummernd. Die blonden Locken wie ein Haarkranz um sein Gesicht. Er sah tausendmal besser aus, als sie sich fühlte. Sie musste hier weg.

Und vor allem so schnell wie möglich wieder etwas anziehen. Ein ungelenker Versuch, möglichst geräuschlos einen Überblick über die Situation zu bekommen, misslang. Sebastian Kirschmeier neben ihr rollte leise grunzend auf die andere Seite. Veronika erstarrte und beobachtete seinen Rücken, der nun zu ihr gekehrt lag und sich langsam hob und senkte.

Ein neuer Versuch. Vorsichtig hob sie die Decke und setzte sich auf die Bettkante. Neben ihren Füßen lag ihre Unterwäsche. Eine 90er-Jahre-Slip-Edition von H&M und ein Bustier-BH von Calvin Klein im klassischen Grau. Wow, Veronika, das ist ja überhaupt nicht peinlich. Zumindest könnte man ihr nicht vorwerfen, dass sie das geplant hatte.

Ihre Gedanken drehten sich im Kreis. Das Essen, sie hatte die Einladung ins »La Table« übertrieben gefunden, besonders, als sie dann im Internet die Preise gesehen hatte – 179 Euro für das kleinste Menü? So viel gab sie für Essen noch nicht einmal im Monat aus, hatte sie zumindest grob überschlagen.

Aber Kirschmeier hatte darauf bestanden, also Sebastian. Sie hätten schließlich einen Erfolg zu feiern, der Bauskandal war aufgearbeitet, die Drahtzieher warteten auf ihre Verfahren und man müsse sich auch mal etwas gönnen. Sie hatte sich bequatschen lassen, wollte nicht als Banause dastehen, als Spielverderberin. Außerdem hatte ihr Lothar Klein, ihr Chef, gesagt, dass sie Kontakte knüpfen solle. Sie war jetzt seit fast zwei Jahren in Saarbrücken, aber ihr Netzwerk fiel noch etwas dürftig aus – zumindest, wenn es nach Klein ging. Der war aber auch ein schlechter Maßstab, schließlich kannte er fast jeden im Saarland.

Und jetzt war sie hier. In puncto Netzwerken war sie wohl etwas zu weit gegangen. Ein Unfall. Ja. Vielleicht würden sie schnell den Deckmantel des Verdrängens darüber legen können. Niemand durfte davon erfahren.

Francesco. Fuck. Sie würde es ihm sagen müssen. Das schlechte Gewissen trieb ihr den Schweiß auf die Stirn. Oder war es die Übelkeit? Sie schlüpfte in ihre Unterwäsche, fand ihre Hose im Wohnzimmer auf der Couch und ihr Oberteil unter dem Esstisch. Ihr Gedächtnis hatte Mühe, die Bruchstücke richtig zusammenzusetzen, doch sie wusste nicht, ob sie das alles noch einmal Revue passieren lassen wollte. Sie fand auch ihre Handtasche und ihre Schuhe, kramte nach Schlüssel und Handy und ließ die Wohnungstür langsam hinter sich ins Schloss fallen.

Veronika hatte keine Ahnung, wo sie war. Irgendwo auf einem Berg. Sie konnte bis hinunter zur Saar sehen, aber unmöglich die Strecke laufen. Schon gar nicht in diesen Schuhen. Und so rief sie sich, unter dem nächsten Straßenschild stehend, ein Taxi.

2

»Na, Chef. Schönes Wochenende gehabt? Siehst mitgenommen aus.«

Veronika brummte unisono zu ihrem Schädel: »Hmmm, es ging. Danke. Und bei dir, Max?«

»War super. Ich war mit meinem Bruder am Bostalsee segeln, haben wir seit Ewigkeiten nicht mehr gemacht. Am Anfang haben wir uns recht hölzern angestellt, aber wir sind schnell wieder reingekommen.«

Das war eindeutig zu viel Text für ihren Zustand. Kaum zu glauben, wie lange ihr diese durchzechte Nacht noch nachhing. Früher, ja, früher war das noch anders. Veronika blendete Langners Wochenendbericht langsam aus, ihre Gedanken kreisten immer noch um den Samstagabend. Die Nachrichten, die ihr Sebastian Kirschmeier am Sonntag geschrieben hatte, hatte sie ebenso ignoriert wie seinen Anruf am Abend. Sie musste erst einmal klarkommen.

Francesco würde heute Abend von seiner Dienstreise zurückkommen und sie hatte keine Ahnung, wie sie ihm ihren Ausrutscher erklären sollte. Gerade jetzt, wo sie kurz davorstanden, sich eine gemeinsame Eigentumswohnung zu kaufen. Also, wenn es nach ihm ging.

Kein guter Zeitpunkt also. Überhaupt kein guter Zeitpunkt.

»Hörst du mir überhaupt zu?«

»Was? Ja. Sorry. Bin abgeschweift. Aber klingt doch gut.«

»Dass wir uns in die Haare bekommen haben wegen der Knoten?«

»Was? Welche Knoten?«

»Ich störe ja nur ungern«, polterte Becker herein und Veronika war ihm unendlich dankbar, dass er sie erlöste. »Die Kollegen von der Streife haben angerufen. Eine Person wurde als vermisst gemeldet.«

»Ein Kind?«

»Nein, ein erwachsener Mann. Er sollte sich heute Vormittag in seinem Restaurant aufhalten, war dort aber nicht anzutreffen. Er …«

»Aber das ist doch kein Grund, die Polizei zu rufen. Und dann auch noch uns … Die Leute verlieren echt schnell die Nerven heutzutage.« Langner stemmte demonstrativ die Hände in die Hüften. Keine Frage, er wollte Veronika mit dieser Showeinlage aufmuntern. Süß, dachte sie, aber sie hatte jetzt echt andere Sorgen. Auch Becker schien die Szene nicht lustig zu finden.

»Jetzt hör doch mal zu«, blaffte er den Kollegen an. »In besagtem Restaurant wurde Blut gefunden. In der Küche. Und seine Schuhe. Er muss verletzt sein, vielleicht gestürzt. Seine Schwester ist sich sicher, dass etwas nicht stimmt.«

»Okay, dann sollten wir uns das anschauen. Wo müssen wir hin?«

»Ins ›La Table‹. Bin gespannt, dort war ich noch nie drin.«

Veronika stockte der Atem.

»Das ›La Table‹ in der Innenstadt?«

»Ja, gibt es noch ein anderes? Was schaust du denn so? Warst du da schon mal?«

»Wer wird denn vermisst?«

»Ach ja, hab ich gar nicht erwähnt. Markus Wendemann. Der Sternekoch. Kennt man doch aus den Medien. Weißt du, wen ich meine?«

Sicher, der hat am Samstag erst für mich gekocht, dachte

sich Veronika. Kurz bevor ich mein Leben noch etwas komplizierter gemacht habe.

»Ja, stimmt. Jetzt weiß ich, wen du meinst«, sagte sie nur und beeilte sich, ihre Jacke zu greifen. »Wollen wir los?« Das Adrenalin revitalisierte ihre Synapsen, sie war wieder hellwach, doch sie wusste nicht, wohin mit sich.

Die drei stiegen in den Dienstwagen.

»Alles okay?«

Becker warf ihr einen besorgten Blick über den Rückspiegel zu, während Langner auf seinem Handy herumtippte.

»Ja, ich, ich war am Samstagabend noch dort. Ich …«

»Du? Echt? Das hätte ich dir jetzt gar nicht zugetraut. Mit wem gehst du denn in solche Restaurants? Hat Francesco im Lotto gewonnen?«

Veronika nuschelte etwas Unverständliches und starrte aus dem Fenster. Hoffentlich würde niemand mehr nachfragen.

»Na, dann mal los.«

Die Fahrt dauerte nicht einmal zehn Minuten. Es war ein komisches Gefühl, das Restaurant bei Tageslicht zu sehen. Am Samstag hatte alles so feierlich, so edel gewirkt. Die Beleuchtung, der Marmor im Eingangsbereich, die schweren Stühle. Eine Frau begrüßte sie mit versteinerter Miene am Eingang. Sie stellte sich als Mareike Wendemann, die Schwester des Vermissten und die Geschäftsführerin des Restaurants, vor. Ihr Gesicht wirkte grau, die Lippen blutleer und ihre Stimme brüchig.

Veronika unterdrückte den Impuls, sie mit ein paar warmen Worten zu beruhigen. Noch wussten sie überhaupt nicht, was sie erwartete. Wie könnte sie dann sagen, dass sich Frau Wendemann keine Sorgen machen sollte. Oder dass alles gut werden würde. Sie mussten sich jetzt erst einmal ein eigenes Bild machen. Zwei uniformierte Kollegen hatten sich bereits in der Küche postiert. Mareike Wendemann folgte ihnen. Sie starrte auf die Blutspur, die sich leuchtend von den weißen Fliesen abhob. Ihre Unterlippe zitterte.

»Bringen Sie Frau Wendemann bitte hier raus und bleiben Sie bei ihr, falls sie etwas braucht. Sie scheint unter Schock zu stehen. Im Notfall rufen Sie den Rettungsdienst, okay?«, flüsterte Veronika den beiden Beamten im Vorbeigehen zu.

Becker, Langner und die Hauptkommissarin betrachteten die auf Hochglanz polierte Industrieküche. Alle Töpfe, Pfannen und Schüsseln schienen in den zahllosen Schubladen verstaut zu sein, nichts stand herum. Bis auf einen einsamen Topf auf einem Gasherd, daneben ein paar geknackte Walnüsse, Rosinen und eine Glaskaraffe, gefüllt mit einer undefinierbaren dunklen Flüssigkeit.

»Er arbeitet an einem Fond auf Walnussbasis. Das ist seine neueste Kreation. Sind Sie von der Presse?«

Die Stimme schien aus dem Off zu kommen. Ein kleiner, hagerer Mann war im Halbdunkel des Flures stehen geblieben, der den Gastraum mit der Küche verband. Der Neuankömmling trug ein weißes, bis zum Hals zugeknöpftes Kochhemd, eine dunkelblaue Hose und schwarze Turnschuhe.

»Und Sie sind?«

»Entschuldigung. Mein Name ist Christoph Glaser. Ich arbeite hier als Souschef.«

»Sous was?«, entfuhr es Langner.

»Hallo, Herr Glaser, ich bin Hauptkommissarin Veronika Hart, das sind meine Kollegen Becker und Langner.«

»Die Polizei? Was ist hier los? Wo ist Markus?«

»Das fragen wir uns auch. Ihr Chef wurde als vermisst gemeldet.«

»Oh Gott, ist etwas passiert? Wo kommt das denn her?«, er deutete erschrocken auf die Blutspur am Boden.

»Das wissen wir noch nicht.« Veronika bemühte sich, ruhig zu bleiben. »Dürfte ich Sie bitten, zu Frau Wendemann in den Gastraum zu gehen, meine Kollegen und ich hätten dann später noch ein paar Fragen an Sie.«

Glaser nickte stumm, zog den Kopf zwischen die Schultern und wandte sich zum Gehen. Dann hielt er inne und drehte sich noch einmal um.

»Der Chef kam immer als Erster. Er genoss die Stille, das war seine Inspiration. Er wollte die reine Atmosphäre des Tages aufnehmen, bevor wir, also das Fußvolk, kamen und sie ihm verpesteten.«

Stirnrunzelnd schaute Veronika ihm hinterher. Sie hatte schon von Sterneköchen gehört, die irgendwann Star-Allüren entwickelt und ihr Team nur noch von oben herab behandelt hatten. War Wendemann auch so einer? Das würden sie herausfinden müssen.

»Gut, ich würde sagen, Spurensicherung anrufen, Zeugen befragen. Das Übliche, oder?«, riss Becker sie aus ihren Überlegungen.

Veronika nickte.

»Fangen wir mit der Schwester an? Ich hab noch nicht ganz verstanden, warum es sich hier zwangsläufig um ein Gewaltverbrechen handeln muss. Die Blutspuren, die Schuhe – vielleicht hat er sich verletzt und ist im Krankenhaus. Ich meine …«

»Da hab ich überall angerufen. Und er hätte sich bei mir gemeldet«, schluchzte Mareike Wendemann, die unbemerkt wieder in die Küche getreten war.

Veronika warf dem Beamten, der schulterzuckend hinter der Schwester des Vermissten stand, einen verärgerten Blick zu.

»Frau Wendemann, ich verstehe. Können wir irgendwo in Ruhe reden?«

Die Geschäftsführerin des Restaurants schniefte und deutete auf den Büroraum, den eine Glasscheibe vom hinteren Teil der Küche trennte. Der Beamte, der eigentlich bei Frau Wendemann hätte bleiben sollen, tippte Veronika auf die Schulter und flüsterte ihr zu:

»So langsam trudeln die anderen Mitarbeiter ein, was sollen wir denen sagen? Wollt ihr die alle hier befragen?«

Irritiert schaute Veronika zwischen den Anwesenden hin und her.

»Frau Wendemann? Wie wollen wir mit Ihren Mitarbeitern umgehen? Wollen Sie die informieren? Wir müssen sicher später mit jedem Einzelnen von ihnen sprechen, aber ich möchte mir erst einmal einen Überblick verschaffen, bevor wir das tun.«

»Wie lange wird das denn dauern? Wir müssen ja schließlich heute Abend öffnen.«

»Wie bitte?« Becker starrte sie mit offenem Mund an. »Ich denke nicht, dass Sie heute öffnen können. Erstens, weil die Spurensicherung gleich kommen und sicher einige Stunden brauchen wird, bis sie alles untersucht hat – und zweitens, fehlt Ihnen nicht der Koch?«

Der letzte Satz klang etwas spöttisch. Veronika ärgerte sich, dass Becker so aus seiner professionellen Rolle gefallen war. Doch Mareike Wendemann schien es gar nicht bemerkt zu haben. Erschöpft schaute sie die Kommissare an.

»Das Team ist eingespielt, die bekommen das auch mal alleine hin. Auch wenn mein Bruder das nicht gerne hört. Christoph, also Herr Glaser, der Souschef, der kennt die Abläufe genau. Aber das mit der Spurensicherung ist natürlich ungünstig. Müssen die denn kommen? Wir können ja den Gästen schlecht absagen, ich meine, das haben wir noch nie machen müssen.«

Von welchem Stern war die denn runtergefallen, dachte Veronika. »Frau Wendemann, Sie haben uns doch benachrichtigt und befürchten, dass Ihrem Bruder etwas zugestoßen sein könnte. Dann müssen Sie uns auch unsere Arbeit machen lassen. Wollen Sie uns nicht erst einmal in Ruhe erzählen, was vorgefallen ist?«

3

Er verstand überhaupt nicht, wie Veronika so ruhig bleiben konnte. Die Schwester des mutmaßlichen Opfers hatte doch mindestens drei Valium intus, wenn nicht noch stärkere Tabletten. Die schien nicht zu realisieren, was hier vor sich ging. Sie sprach unzusammenhängend und wiederholte sich immer wieder, als sie sie befragten.

»Was lässt Sie denn glauben, dass Ihrem Bruder etwas zugestoßen ist?«, hatte Veronika sie gefragt.

»Er hätte mich angerufen, wenn er sich verletzt hätte oder es ihm schlecht gegangen wäre. Er hat mich immer angerufen, egal was war. Und er wäre nie weggefahren, ohne mir Bescheid zu sagen. Er hätte das Restaurant nie alleine gelassen. Einfach so. Es muss etwas passiert sein.«

Sie starrte vor sich auf den Fußboden.

»War Ihr Bruder denn in den letzten Tagen anders als sonst? Hat er sich komisch verhalten? Hatte er Streit mit jemandem?«

Durchs Fenster sahen sie, wie das Team der Spurensicherung eintraf. Veronika gab Langner ein Zeichen, die Kollegen draußen auf den Stand zu bringen und einzuweisen. Dann wandte sie sich wieder ihrem Gegenüber zu.

»Es war alles normal, nichts Auffälliges. Alles wie immer. Wir haben gestern noch für die nächsten Wochen die Planung gemacht und er hat sich mit einem Weinlieferanten getroffen, um das Weinkonzept zu überarbeiten. Es passt überhaupt nicht zu ihm, dass er einfach so verschwindet.«

»Also könnte es doch sein, dass er sich eine Auszeit genommen hat?«

»Was? Nein. Absolut nicht. Auf keinen Fall.« Mareike Wendemann schüttelte vehement den Kopf. »Da stimmt etwas nicht. Das spüre ich einfach.«

Becker verdrehte die Augen. Wenn sie jetzt auf irgendeinen spirituellen oder esoterischen Quatsch kam, dann würde er sich ausklinken. Das konnte er absolut nicht ausstehen.

»Sehen Sie, er hat doch sogar noch gefrühstückt.« Mareike Wendemann deutete durch die Scheibe auf einen Teller mit einem angebissenen Wurstbrot, ein kleines braunes Fläschchen sowie eine gebrauchte Kaffeetasse.

»In Ordnung, das wird sich die Spurensicherung näher anschauen müssen.«

Sie verließen das Büro. Während Veronika bei Thiel, dem Rechtsmediziner, und seinem Team in der Küche blieb, begleitete Becker Mareike Wendemann in den Gastraum, wo knapp zehn Personen unsicher herumstanden. Die meisten von ihnen wirkten ziemlich jung, blass, sahen müde aus und in ihrer legeren Kleidung hätte man sie eher für die Schnupperklasse der Berufsschule halten können als für ausgebildete Köche.

Becker stellte sich vor, bevor er Namen und Positionen der Anwesenden in seinem Notizheft festhielt. Er hatte überhaupt nicht gewusst, dass es so viele verschiedene Posten in einer Küche gab. Und dass man das überhaupt Posten nannte. Die Mienen der Köche waren verschlossen, sie musterten ihn argwöhnisch, als wäre er dafür verantwortlich, dass sie ihrer Arbeit nicht nachgehen konnten.

»Wenn jemand von Ihnen in den letzten Tagen und Wochen etwas Ungewöhnliches bemerkt hat, dann sagen Sie uns das bitte. Jeder Hinweis kann nützlich sein.«

Becker schaute Frau Wendemann an, die verloren aus dem Fenster blickte.

»Und ich nehme an, aber das muss Ihnen Frau Wendemann sagen, dass jeder, der nichts beizutragen hat, wieder nach Hause gehen kann.«

Mareike Wendemann zuckte zusammen, als sie ihren Namen hörte. Sie schien mit ihren Gedanken woanders gewesen zu sein, fing sich aber schnell wieder.

»Äh, ja. Ich bleibe hier, und sobald ich weiß, wann die Küche wieder freigegeben ist, melde ich mich bei euch. Ich hoffe, wir können morgen ganz normal öffnen. Christoph übernimmt dann Markus' Posten, ihr anderen rückt auf. Das besprechen wir, wenn es so weit ist. Wir halten hier die Stellung, bis Markus zurück ist.«

Ihren letzten Satz presste sie tränenerstickt heraus. Das Team blickte betreten zu Boden. Nur Christoph Glaser nickte eifrig, um das gerade Gesagte zu bestätigen.

Becker schaute in die Runde. »Gut, wir melden uns dann bei Ihnen, sollten noch Fragen auftauchen. Hier ist meine Karte, wenn Ihnen etwas einfällt, dann melden Sie sich bitte direkt.«

Er verteilte seine Visitenkarten, die er während des Sprechens umständlich aus einem schwarzen Ledermäppchen gezogen hatte. Seine älteste Tochter hatte es ihm geschenkt, und obwohl die Handhabung so unpraktisch war, liebte er das Mäppchen.

»Frau Wendemann, wenn wir uns kurz unterhalten könnten?«

Sie nickte und deutete auf einen Tisch in der Ecke, von dem man einen wunderschönen Blick in den dicht bewachsenen kleinen Garten des Restaurants hatte. Was für ein idyllischer Fleck, schoss es Becker durch den Kopf. Und das mitten in der Stadt.

»Mareike? Ich würde auch hier bleiben, wenn es dir recht ist. Ich rauche noch eine und warte dann draußen, wir sollten die nächsten Tage besprechen.« Christoph Glaser war hinter sie getreten und hatte leise, aber eindringlich gesprochen. Becker beobachtete, wie sich Frau Wendemanns Rücken anspannte.

»Ist gut«, hauchte sie, dann wandte sie sich an den Kommissar.

»Sie hatten noch Fragen?«

»Ja, Sie sind so überzeugt davon, dass Ihrem Bruder etwas zugestoßen sein muss. Was macht Sie so sicher?«

»Mein Bruder würde das Restaurant nie im Stich lassen. Das ist sein Lebenswerk.« Sie senkte den Blick. »Und mich auch nicht«, fügte sie leiser hinzu.

»Stimmt es, dass er immer der Erste im Restaurant war?«

Mareike Wendemann nickte.

»Er genoss die Stille, er brauchte das, um anzukommen. Mein Bruder ist jemand, der wahnsinnig unter Strom steht. Sein Kopf ist immer aktiv, er denkt permanent über neue Gerichte und Techniken nach. Er ist ein Perfektionist. Schon immer, seit er ein kleines Kind war.«

»Sind Sie älter oder jünger als er?«

»Ich bin fünf Jahre älter. Ich habe ihn vom ersten Moment an innig geliebt, meine Eltern hatten eine Gaststätte in der Eifel, sie haben rund um die Uhr gearbeitet, ich habe früh Verantwortung für ihn übernommen. Ihn großgezogen. Wir waren unzertrennlich. Sind es.«

»Und ihr Verhältnis ist auch heute noch gut?«

Mareike Wendemann zögerte einen Moment, dann nickte sie nachdrücklich. »Doch, es ist sehr gut. Mein Bruder ist … Mein Bruder ist sehr willensstark. Und er hasst es, wenn etwas nicht so läuft, wie er es sich vorstellt. Aber im Grunde geht er am härtesten mit sich selbst ins Gericht. Er wirft sich jeden Fehler, der in der Küche passiert, selbst vor. Das geht ihm richtig nahe.«

»Wird er gewalttätig?«

»Nein, aber laut. Er kann sehr laut und sehr verletzend werden.« Sie wischte eine Träne aus ihrem Augenwinkel.

»Und wie kommen seine Mitarbeiter damit zurecht?«

»Gut, sie kennen ihn und wissen, wie er es meint. Am Anfang ist das schon gewöhnungsbedürftig. Aber jeder, der hier anfängt, weiß, was ihn erwartet. Und was er oder sie lernen kann. Deshalb bewerben sich die Leute hier. Sie wollen von einem der Besten lernen. Und Kochen ist und bleibt eine harte Schule, egal, in welche Küche sie schauen. Man fängt ganz unten an und arbeitet sich hoch. Es gibt keine Abkürzung. Kein Studium. Das ist alles Handwerk, Können, Präzision.«

Becker bewunderte insgeheim die Inbrunst, mit der Mareike Wendemann von ihrem Bruder sprach. Sie schien ihn wirklich zu lieben.

»Hat Ihr Bruder denn Feinde? Gab es in letzter Zeit Probleme?«

Sie überlegte.

»Nichts Konkretes. Er eckt natürlich mit seiner Art immer wieder an, es gibt viele Neider. Wenn er einen schlechten Tag hat, geht er in die Stadt und sucht Streit. Aber wenn Sie mich fragen, war das immer recht harmlos. Er hat es mir danach jedes Mal erzählt und dann darüber gelacht.«

»Ich wäre Ihnen trotzdem dankbar, wenn Sie ein paar Details zu den Auseinandersetzungen aufschreiben könnten. Namen, Zeitpunkte, wenn möglich auch, worum es ging. Es kann ja sein, dass die anderen Parteien die Auseinandersetzungen nicht so lustig fanden. Wir müssen alle Hinweise ernst nehmen.«

Sie schaute ihn erschrocken an.

»Meinen Sie wirklich? Ich weiß nicht, ob ich mich an alles erinnere.«

»Jedes Detail ist wichtig. Hier ist meine Karte, wenn Sie

etwas hören, dann melden Sie sich bitte direkt bei uns. Wo können wir Sie am besten erreichen?«

Frau Wendemann kramte in der Tasche ihrer Strickjacke und reichte ihm ebenfalls eine Visitenkarte. Becker stand auf und verabschiedete sich, während sie vor sich auf den Tisch starrte.

»Herr Kommissar?«, rief sie ihm hinterher, als er gerade den Gastraum in Richtung Küche verlassen wollte.

»Ja?«

»Was meinen Sie, wann wir wieder öffnen können? Ich muss ja die Gäste anrufen, die reserviert haben, und Ihnen neue Termine anbieten. Wir sind in den nächsten fünf Wochen komplett ausgebucht. Teilweise warten die Leute sehr lange, bis sie einen Tisch bei uns bekommen.«

Becker wollte gerade seinem Ärger Luft machen, überlegte es sich dann aber anders.

»Ich sage Ihnen so schnell wie möglich Bescheid«, antwortete er knapp und verließ den Raum.

Veronika unterhielt sich leise mit Thiel, dessen Team dabei war, die polierten Oberflächen der Küche zu begutachten.

»Könnt ihr schon was zum Blut sagen?«, fragte Becker.

Thiel blickte auf und nickte.

»Auf die Schnelle können wir davon ausgehen, dass es menschliches Blut ist. Eine Übereinstimmung mit der DNA des mutmaßlichen Opfers müssen wir erst im Labor untersuchen. Das Gleiche gilt für das Frühstück, das wir sicherstellen konnten.«

»Er scheint mittendrin unterbrochen worden zu sein«, überlegte Veronika.

»Wie meinen Sie das?«

»Das Brot war halb abgebissen, dickt belegt mit Lyoner-Scheiben, können Sie sich das vorstellen? Der Kaffee war noch voll, doch der Ingwer-Shot leer«, erklärte sie ihm.

»Der Ingwer-was?«

»So ein kleines braunes Fläschchen mit Ingwersaft drin. Manchmal ist noch Kurkuma dabei, schmeckt gruselig, soll aber gesund sein. Sollten Sie mal probieren.« Dabei knuffte sie ihn in die Seite.

Thiel schmunzelte.

»Was denken Sie, bis wann Sie hier fertig sind? Frau Wendemann fragt das für ihre Planung. Sie will wissen, wann sie wieder öffnen kann.«

Becker amüsierte sich über die fragenden Blicke, die Veronika und Thiel ihm zuwarfen. Er zuckte nur die Schultern.

»Ich frag ja nur.«

4

»Weißt du schon was?«

Mareike schüttelte den Kopf. Sie hatte sich von Christoph Glaser eine Zigarette geben lassen und zog gierig daran.

»Was sollen wir denn nur tun? Wenn er sich doch melden würde.«

»Glaubst du, er ist abgehauen?«

»Ich weiß es nicht, es passt so gar nicht zu ihm. Er würde uns doch zu einhundert Prozent wissen lassen, wenn er sich über etwas geärgert hätte. Und dann das Blut. Vielleicht hat er es zu weit getrieben?«

»Was meinst du?« Christoph schnippte hektisch die Asche ab.

»Ach nix.«

»Mareike, wenn du etwas weißt, musst du es der Polizei sagen.«

»Ich weiß nichts Genaues. Du kennst ihn doch auch, er liebt es, mit dem Feuer zu spielen. Vielleicht wollen sie ihm nur Angst machen.«

»Wer denn?«

»Es ist nur so eine Ahnung. Ich muss später versuchen, mehr darüber herauszufinden.«

»Und die Polizei?«

»Die sollte erst einmal nichts davon wissen. Das könnte sonst gefährlich für ihn werden.«

Jetzt flüsterten die beiden nur noch. Christoph Glaser atmete tief durch, drückte seine Zigarette auf dem Boden aus. Dann hob er sie auf und warf sie in einen alten Blumentopf, der auf der Fensterbank stand.

»Und jetzt?«

»Jetzt müssen wir planen, wie es weitergeht. Ich muss gleich die Gäste von heute Abend anrufen und ihnen absagen. Der Kommissar von eben will mir Bescheid geben, sobald wir wieder in die Küche können. Dann müssen wir die Lieferanten anrufen …«

»Waren die eigentlich heute da?«

»Im Kühlraum steht alles. Markus hat das wohl entgegengenommen. Wahrscheinlich sollte ich der Polizei deren Kontaktdaten noch geben.«

Glaser schaute seine Chefin erstaunt an.

»Das wäre sicher gut«, sagte er vorsichtig.

»Was machen wir mit der Ware von heute? Markus würde ausrasten, wenn wir eine Lieferung verkommen lassen.«

»Gib die verderblichen Waren dem Team mit, die sollen zu Hause üben. Ich gehe dann auch mal und bleibe auf Abruf, okay? Oder brauchst du hier Hilfe?«

Mareike schüttelte den Kopf. »Du könntest aber schon mal einen neuen Postenplan machen. Am besten orientierst du dich an den Plänen, die ihr erstellt habt, als Markus die Fernsehauftritte hatte. Du hast ihn ja schon ein paarmal vertreten und hast sowieso den besten Überblick, wer fit ist und wer welche Rolle übernehmen kann. Die Karte bleibt erst einmal, wie sie ist. Auch fürs Wochenende. Oder weißt du, ob er etwas anderes geplant hatte?«

»Er hat an einem Rehrücken gearbeitet, auf Preiselbeergelee und Topinamburpüree. Ich hab es probieren dürfen, aber weiß nichts Näheres dazu. Ich kann mich aber auch daranmachen, wenn du willst?«

Mareike schüttelte den Kopf.

»Lieber nicht, wir lassen das jetzt so. Vielleicht kommt er

schnell zurück, dann brauchen wir uns den Aufwand nicht machen. Die Gäste wissen ja nichts von seinem Verschwinden.«

»Und wenn er nicht zurückkommt?«

Sie hielten beide die Luft an. Dann straffte Mareike die Schultern, schaute Christoph direkt in die Augen: »Das wird nicht passieren. Er lebt, das spüre ich, und er wird zurückkommen. Ganz sicher.«

Ihr Blick traf ihn unvermittelt und es lief ihm kalt den Rücken hinunter. Er schüttelte das ungute Gefühl ab. Wenig später stieg er auf seinen Motorroller, mit dem er sich in den Vormittagsverkehr in der Innenstadt einfädelte.

Seine Gedanken rasten. War das wirklich sein Moment? War das der richtige Zeitpunkt, aus Markus' Schatten zu treten und sein eigenes Talent unter Beweis zu stellen? Er wusste, dass er es konnte. Dass alle ihn unterschätzten. Mareike würde er schnell auf seine Seite ziehen müssen, das Team würde ihn schon akzeptieren. Das musste einfach klappen. Aber er hatte kein gutes Gefühl dabei.

5

Pochender Kopfschmerz war das Erste, was er fühlte, als er ganz langsam zu sich kam. Vorsichtig tastete er mit der Hand an seinen Kopf, wischte sich kalten Schweiß von der Stirn. Sein Mund fühlte sich an, als wäre er mit Sandpapier ausgelegt. Bittere Gallenflüssigkeit schwappte ihm die Kehle hoch.

Was war geschehen? Wo war er?

Mit der Zeit gewöhnten sich seine Augen an die staubige Dunkelheit. Den muffigen Geruch nahm er erst nach und nach wahr, es gab kein Fenster, nur einen schmalen Lichtstreifen, der sich unter der Tür durchkämpfte.

Adrenalin schoss durch seinen Körper, als er die Metallschlinge an seinem Handgelenk bemerkte. Was sollte das? Mit einer ruckartigen Bewegung versuchte er, sich zu befreien, doch der Draht schnitt sich tief in seine Haut. Er sog vor Schmerz die Luft durch die Zähne, was einen Hustenreiz auslöste.

»Scheiße«, japste er zwischendurch, doch der aufgewirbelte Staub nahm ihm fast den Atem. Du musst dich beruhigen.

Er konnte sich nur noch dunkel erinnern, was geschehen war. Er hatte gefrühstückt, wie jeden Morgen. Die Sachen aus dem Kühlschrank genommen, sich ein Brot und einen Kaffee gemacht und war im Kopf den Tag durchgegangen. Er hatte die Waren angenommen. Sich diese Szenen in Gedanken zurückzuholen, war nicht schwierig. Sie gehörten zu seiner Routine. Jeder einzelne Arbeitstag begann für ihn genau so.

Und dann? Dann flimmerte ein Bild in seiner Erinnerung. Ihm war übel geworden. Der Boden hatte sich bewegt, er hatte den Halt verloren. War gestürzt.

Wieder tastete er mit der Hand an den Hinterkopf, fühlte ein Pflaster, darunter einen stechenden Schmerz. Irgendjemand hatte ihn verarztet, nachdem er sich verletzt hatte. Aber warum hatte man ihn hierhergebracht? Das war kein Krankenhaus.

Er schaute sich um, bemüht, ruhig zu atmen. Er versuchte, sich zu konzentrieren, trotz seines schlechten Zustands. Er saß auf einem Feldbett, einer Pritsche, darauf eine fleckige Decke, Modell Bundeswehr-Camouflage. Daneben ein Eimer. Wieder kam ihm die Gallenflüssigkeit hoch, dieses Mal konnte er sie nicht zurückhalten. Er erbrach sich neben den Eimer. Sein Schädel schien zu explodieren, der Schmerz war unerträglich.

Schluchzend hielt er sich die Augen zu.

Er war offensichtlich entführt worden und hatte keine Ahnung, wer ihn hier festhielt und warum. Ihm war schwindelig. Langsam ließ er sich auf die Pritsche zurücksinken. Sie würden ihn schon suchen. Mareike. Sie würde alles in Bewegung setzen, um ihn zu finden. Wenn es um Lösegeld ging, würde sie es besorgen. Egal wie viel.

Wie lange war er schon hier? Er hatte jegliches Zeitgefühl verloren, aber seine Schwester würde nicht lockerlassen, bis man ihn entdeckte.

Er konnte ihr vertrauen. Vielleicht nur ihr. Sie würde ihn finden. Er war sich sicher. Bald. Ganz bestimmt. Die Dunkelheit kroch langsam in sein Bewusstsein zurück, er konnte sich nicht dagegen wehren, auch nicht, als er ein kratzendes Geräusch an der Tür hörte. Die Ohnmacht war zu stark.

6

»Okay, was haben wir?«

Veronika stand vor dem ovalen Konferenztisch, an dem sie ihr Team versammelt hatte. Oder zumindest den Teil, der übrig war. Sylvia Meyer war auf einem zweiwöchigen Fortbildungskurs, Philipp Weissmann saß mit gebrochenem Sprunggelenk zu Hause. Ein Sportunfall, Blutgrätsche beim Saarbrücker Derby in der Bezirksklasse. Saar 05 gegen den SC Halberg Brebach. Wenigstens hatte sein Team gewonnen, hatte Weissmann Veronika geschrieben. Sie konnte sich nur wenig freuen, denn aufgrund der Sparmaßnahmen auf politischer Ebene waren sie chronisch unterbesetzt, da traf sie Weissmanns Ausfall besonders hart. Sie hatte später noch einen Termin mit ihrem Chef Lothar Klein, er musste ihr einfach Verstärkung genehmigen.

Bis dahin waren sie also zu dritt. Becker blätterte in seinen Mitschriften und Max Langner blickte angestrengt auf das Display seines Laptops, aus dem er noch ein paar Datenbankeinträge ziehen sollte.

»Na ja, wir haben Blutspuren, die wahrscheinlich von einem Menschen stammen. Einen vermissten Erwachsenen, dessen Handy und Schuhe zurückgeblieben sind. Ein angebrochenes Frühstück, welches gerade auf Spuren untersucht wird. Und kein offensichtliches Motiv«, fasste Becker die Faktenlage pragmatisch zusammen.

»Na, großartig.«

»Zumindest ist die Spurensicherung im Restaurant fertig, sie untersuchen gerade noch den Außenbereich, aber laut

Thiel, ich zitiere, wird man in dem Saustall sowieso nichts finden.«

Veronika und Becker schmunzelten bei Langners Worten. Dem Rechtsmediziner wäre es am liebsten, wenn sich alle Ermittelnden nur schwebend dem vermeintlichen Tatort nähern würden.

»Da wird Frau Wendemann aber froh sein«, frotzelte Becker. »Das war schon komisch, oder? Ich meine, sie steht unter Schock, weil ihr Bruder vermisst wird, und sorgt sich dann trotzdem noch um die Öffnungszeiten ihres Restaurants.«

»Stimmt schon, aber wisst ihr, wie schwer es ist, dort einen Tisch zu bekommen? Meine Geschwister und ich wollten unseren Eltern das mal zum Hochzeitstag schenken, weil meine Mutter immer so davon geschwärmt hat. Drei Monate wartet man da. Irre. Und wir dachten, dass das mit zwei Tagen Vorlauf dann schon klappt. Schöne Pleite.« Langner tippte sich dabei mit dem Finger gegen die Stirn. »Und dann die Preise. Das ist eine Geld-Druck-Maschine, wenn ihr mich fragt.«

Veronika dachte nach. Erst vor zwei Tagen hatte sie mit Sebastian Kirschmeier dort in tiefen, gepolsterten Stühlen gesessen und diese besondere Atmosphäre genossen. Allein die einzelnen Gänge, sie hatte überhaupt nicht gewusst, wo sie anfangen sollte. Wahre Geschmacksexplosionen in ihrem Mund. Und erst der Wein dazu, sie war nahezu euphorisch gewesen, wie ein kleines Mädchen, das sich zum ersten Mal in seinem Leben ganz neue Sphären erschließt.

Sebastian schien da unbeeindruckter, das war eher seine Welt, in die sie sich da reinbegeben hatte. Und, so musste sie es sich leider eingestehen, in dem Moment fand sie das wahnsinnig anziehend. Wie so ein James-Bond-Verschnitt, gerührt und nicht geschüttelt. Sie seufzte tief.

»Alles okay, Veronika?«

Sie schreckte zusammen. »Äh, ja. Schon gut. Ich, äh, ich war nur in Gedanken versunken. Ich frag mich, also, wenn wir von einer Entführung ausgehen, dann frag ich mich, ob es da wirklich nur um Geld geht oder ob er sich mit irgendjemandem angelegt hat. Ein Sympathiebolzen scheint er ja nicht gewesen zu sein.«

»Hmm, stimmt schon. Aber eine Geldforderung ist ja bisher nicht eingegangen. Das kann natürlich noch dauern, aber trotzdem sollten wir uns anschauen, was der gute Herr Wendemann so für Geschäfte gemacht hat. Oder er ist einfach ausgerutscht, zum Arzt gegangen und taucht wohlbehalten wieder auf. Die Option gibt es ja auch noch.«

»Ohne Schuhe?«

»Hmmm.«

»Ich frag mal im Dezernat für Wirtschaftskriminalität nach, okay? Vielleicht haben die ja Infos zu ihm.« Langner sprang auf und verließ den Raum.

»Musst du gleich noch zu Lothar?«, fragte sie Becker.

Veronika nickte.

»Er soll uns mehr Leute schicken. Sobald wir die Infos von Thiel haben oder uns Hinweise erreichen, geht hier die Post ab.«

»Hab ich auf dem Zettel, drück mir die Daumen. Kannst du bei Thiel Druck machen? Es wäre super, wenn wir wüssten, wessen Blut das ist. Das ist ja auch noch nicht klar.«

»Wird gemacht, Chef.«

Veronika machte sich auf den Weg zu Lothar Kleins Büro. Wie immer mit einem leicht mulmigen Gefühl, denn ihr Vorgesetzter hatte in der letzten Zeit sehr wechselhafte Laune und je nach Tagesform hagelte es entweder Kritik oder Lobeshymnen. Sie wusste auch noch nicht, wie sie mit ihrem eigenen Restaurantbesuch umgehen sollte. Musste sie das melden? War sie damit befangen? Ganz zu schweigen von dem, was danach gefolgt war und was sie seitdem versuchte, aus ihrem Kopf zu verdrängen. Das schlechte Gewissen nagte an ihr, sie würde sich früher oder später der Tatsache stellen müssen, dass sie einen Riesenfehler begangen hatte.

Obwohl es in den Gängen des Kommissariats frisch war, lief ihr der Schweiß den Rücken hinunter. Kleins Assistentin begrüßte sie mit einem Lächeln und bedeutete ihr mit der Hand, in sein Büro durchzugehen. Sie klopfte und betrat den Raum. Ihr Chef stand mit dem Rücken zu ihr am Fenster und bewegte sich keinen Zentimeter. Na prima, dachte Veronika, so ein Tag also.

»Was höre ich da?«

Veronika kam sich vor wie beim Schuldirektor, der eine unartige Schülerin zur Rede stellte.

»Sie meinen den neuen Fall? Der vermisste Sternekoch?«

»Warum erfahre ich das nicht von Ihnen?« Er hatte sich vor ihr aufgebaut, für ihre Begriffe einige Zentimeter zu nah. Sein Kehlkopf hüpfte vor ihren Augen auf und ab.

»Ich bin ja jetzt hier. Und wir sind erst seit knapp einer halben Stunde wieder zurück. Viel direkter geht es eigentlich nicht.« Veronika war genervt, sie brauchte mehr Leute für ihr Team und nicht einen Vortrag darüber, wie und wann ihr Chef hätte informiert werden müssen.

»Der Oberstaatsanwalt hat mich eben auf meinem privaten Handy angerufen und mir alles erzählt. Und ich stand da wie Otto, hatte keine Ahnung, wovon er sprach. Sehr unangenehm, kann ich Ihnen sagen, Hart.«

»Und woher weiß es der Oberstaatsanwalt? Ich kann mich nicht erinnern, ihn vor Ihnen informiert zu haben.« Jetzt wurde Veronika wütend, diese Stadt raubte ihr noch den letzten Nerv. Immer wusste irgendjemand irgendwas von irgendwem und erzählte es dem Nächsten und der wiederum dem

Nächsten – das Saarland brauchte überhaupt keine Tageszeitung, die Mund-zu-Mund-Propaganda war deutlich schneller und effizienter.

»Na, der hat natürlich Kontakte. Der ging bei den Wendemanns ein und aus, ich nehme an, dass ihn Mareike angerufen hat.«

»Sie kennen Frau Wendemann persönlich?«

Veronika merkte, dass die Frage ihrem Chef unangenehm war. Er hatte zu viel verraten. Als jemand, der in diesen gehobenen Kreisen verkehrte, wollte er wohl nicht abgestempelt werden.

»Flüchtig«, räumte er zerknirscht ein. »Der Oberstaatsanwalt hat sie mir mal vorgestellt. Bei einem Essen.«

»Oh, wie schön«, erwiderte Veronika mit gekünstelter Freude. »Sie sind also in den Genuss von Wendemanns Kochkünsten gekommen. Klasse. Dann sind Sie sicher auch daran interessiert, dass wir den Fall schnell lösen. Und das führt mich auch gleich zu meinem größten Anliegen. Wir sind aktuell zu dritt im Team, warten auf die Ergebnisse der Spurensicherung und der Gerichtsmedizin, um mit den Befragungen der Angestellten anzufangen. Ganz zu schweigen von etwaigen Verbindungen Wendemanns in verschiedene Richtungen, die wir noch prüfen müssen. Geldwäsche, organisiertes Verbrechen, Schutzgeld – alles Optionen, die wir nicht das erste Mal in der Gastronomie vorfinden würden.«

»Der Markus doch nicht«, gab Klein energisch zurück.

»Ach, und das wissen Sie so genau? Woher, wenn ich fragen darf?« Veronika war in Fahrt, diese Vetternwirtschaft ging ihr gehörig auf die Nerven.

Klein knetete seine Fingerknöchel und die Kommissarin genoss den kurzen Moment, in dem sie ihn wanken sah.

»Ich weiß es natürlich nicht sicher«, gab er nach. »Wie viele Personen brauchen Sie?«

Innerlich triumphierend lächelte Veronika nachsichtig.

»Ich denke, ein Kollege aus der Wirtschaft würde uns im ersten Schritt schon mal helfen, diese Flanke abzudecken. Sollten sich die Hinweise dort verdichten, dann könnte sicher weitere Unterstützung nicht schaden. Aber da würde ich Sie noch einmal informieren. Langner ist schon auf dem Weg ins Wirtschaftsdezernat, Sie müssten denen also nur noch Bescheid geben.«

Klein nickte stumm und gab ihr ein Zeichen, dass ihr Termin beendet war.

»Eins noch, Hart. Vermasseln Sie es nicht. Nach der letzten Sache stehen Sie da oben im Fokus. Und Wendemann ist bei den großen Fischen mitgeschwommen. Die werden sich sehr für diesen Fall interessieren.«

Veronikas Körper versteifte sich. Halt die Klappe, halt die Klappe, ermahnte sie sich. Jetzt nur nichts raushauen, was du nachher wieder bereust. Sie verließ ohne Kommentar das Büro.

»Argghhhhhh«, ließ sie ihrem Ärger schließlich freien Lauf, als sie wieder den Besprechungsraum betrat. Auf die fragenden Blicke ihrer Kollegen hin winkte sie ab.

»Das Übliche also«, brummte Langner.

»Thiel hat gerade angerufen. Sie haben GHB in der Wurst sicherstellen können, die genaue Konzentration klärt sich noch, aber der Schnelltest war eindeutig. Und auch die Herkunft des Blutes konnten sie klären. Es ist Wendemanns Blut«, berichtete Becker.

»Liquid Ecstasy?«

»Krass, K.-o.-Lyoner. Ich wusste gar nicht, dass man das auch ins Essen mischen kann.«

»Mensch, Langner. Reiß dich mal zusammen.«

In Veronikas Kopf rumorte es, das, was sie bisher nur vermutet hatten, war nun Gewissheit: Wendemann war nicht einfach untergetaucht, er wurde Opfer eines Verbrechens. Jetzt mussten sie schnell sein, und am besten alles gleichzeitig checken, denn wenn Wendemann noch am Leben war, zählte jede Minute.

»Okay, wir brauchen Unterstützung. Langner, was haben die von der Wirtschaft gesagt? Klein hat uns Verstärkung versprochen.«

Becker hob fragend eine Augenbraue.

»Erzähl ich gleich, wenn ich mich wieder beruhigt habe«, vertröstete sie ihn. »Die Angestellten des Restaurants bestellen wir für heute Nachmittag ein, das teilen wir auf. Wir müssen wissen, ob denen was aufgefallen ist. Ob es unbequeme Gäste gab, ungewöhnliche Vorgänge. Alles. Ich fahre zu Mareike Wendemann und spreche noch mal mit ihr. Wir müssen Einblick in die Bücher, in die Konten bekommen.«

»Den wird sie dir nicht so einfach gewähren, fürchte ich«, wandte Becker ein. »Nicht ohne gerichtlichen Beschluss.«

Veronika wurde heiß und kalt. Ihr Magen zog sich zusammen. Sie würde nicht darum herumkommen, sich deswegen bei Sebastian zu melden. Was für ein großer Mist. Nein, es ging nicht. Sie musste es erst einmal ohne ihn probieren.

7

»Christoph, die haben mich gerade angerufen.« Mareikes Stimme am Telefon zitterte. »Es ist Markus' Blut. Ich wusste es.«

»Hmm. Und was sollen wir jetzt tun? Willst du immer noch wieder aufmachen? Es wäre in seinem Sinne, das weißt du. Aber es gibt sicher auch einiges zu regeln.«

»Ich weiß, aber es ist nur eine Frage der Zeit, bis die Presse davon Wind bekommt. Die werden uns entweder die Bude einrennen oder alle stornieren. Wenn wir von uns aus schließen, kommt keiner mehr. Das können wir uns nicht leisten. Die Mitarbeiter müssen ja auch bezahlt werden.«

»Okay, soll ich sie herrufen?«

»Die Polizei hat mir mitgeteilt, dass sie heute Nachmittag alle noch mal befragen wollen. Uns dann wohl auch. Die Kommissarin ist auf dem Weg zu mir, die anderen sollen ins Präsidium kommen. Haben sie dich noch nicht kontaktiert?«

»Kann sein, hatte zwei Anrufe in Abwesenheit. Hab Musik gehört.«

»Dann lass uns heute Abend mit dem Team im Restaurant treffen. Für heute habe ich die Tische abgesagt. Dann sehen wir, wie wir uns aufstellen. Für die Presseanfragen müssen wir uns auch was überlegen, ich weiß ja gar nicht, was wir sagen dürfen.«

»Frag das doch die Kommissarin, die ist sicher Expertin in so etwas.«

»Gute Idee.«

Sie schwiegen.

»Wie es Markus wohl geht? Es ist so komisch, so surreal. Als wäre er in Urlaub gefahren, so fühlt sich das an. Aber er ist verletzt. Das macht mir wirklich Sorgen.«

Sie klang jetzt sehr müde.

»Mareike, hast du etwas genommen?«

»Nur eine kleine Valium. Oder zwei. Für die Nerven.«

»Und Sandra, was sagt die?«

»Die ist nicht da. Auf Dienstreise. Und geht nicht ans Handy. Ich hab ihr mehrfach auf die Mailbox gesprochen. Sie ist in Kopenhagen. Landet heute Abend. So war es zumindest geplant.«

»Okay, hör zu. Wenn etwas ist, melde dich. Ich ruf jetzt mal die Polizei zurück und schau, dass sie mich gleich drannehmen. Danach komme ich bei dir vorbei, ja?«

»Danke, das wäre wirklich schön.«

Mareike Wendemann legte auf und blieb am Küchenfenster stehen, um auf die Kommissarin zu warten. Ihr Kopf fühlte sich wie Watte an. Ihre Gedanken waren verknotet. Sie drehte ihr Mobiltelefon in der Hand. Wenn sie doch nur Sandra erreichen, ihre Stimme hören könnte. Die würde ihr sagen, was zu tun war. Mareike presste ihre Stirn gegen das kühle Fensterglas.

Vor ihrem Haus fuhr ein Auto vor, Veronika Hart stieg aus und blieb vor dem niedrigen Gartentor stehen, welches das Grundstück von der Straße trennte. Mareike trat einen Schritt zur Seite, doch zu spät, ihre Blicke hatten sich schon getroffen. Sie hob grüßend die Hand, deutete auf die Haustür und seufzte. Wie sollte sie das nur allein überstehen?

»Frau Wendemann, wie geht es Ihnen?« Mareike ließ die Kommissarin eintreten und lief durch den Flur voraus ins Wohnzimmer, dessen große Fensterfront den Blick auf den kleinen gepflegten Garten eröffnete.

»Es geht, es ist viel. Mein Kopf schafft es nicht, das alles zu verarbeiten, fürchte ich. Ich bin einfach nur müde und erschöpft.«

»Das kann ich verstehen, haben die Kollegen Sie bereits erreicht?«

Mareike nickte langsam.

»Ich muss Sie erneut fragen, ob Ihr Bruder sich mit jemandem angelegt hat. Es ist wirklich wichtig, dass wir jeden kleinsten Anhaltspunkt kennen. Schuldete er jemandem Geld, oder hatte er welches verliehen? Oder gab es private Streitigkeiten? Lebte er in einer Partnerschaft?«

Mareike prustete los, fing sich aber schnell wieder, als ihr bewusst wurde, wie deplatziert das wirken musste.

»Eine Partnerschaft? Mein Bruder war mit seinem Restaurant verheiratet. Das Kochen war seine große Liebe, nichts und niemand kam da heran. Sicher, da waren mal Bekanntschaften, kurze Liaisons, aber nie etwas von Dauer. Er brauchte das manchmal als Selbstbestätigung, dabei hat er nicht immer fair gespielt. Aber das letzte Mal ist lange her.«

»Was meinen Sie damit, er habe nicht fair gespielt?«

Mareike suchte nach den richtigen Worten, immer wieder fielen ihr dabei die Augen zu.

»Na ja, sein Ehrgeiz war vor allem bei wunderschönen Frauen geweckt, die vergeben sind. Wie Trophäen hat er sie umgarnt, sie bekocht, Candle-Light-Dinner hier im Restaurant veranstaltet, exklusiv und mitten in der Nacht. Bis sie weich wurden, nachgaben, ihre Männer betrogen.«

Veronika schaute sie entgeistert an.

»Und dann?«

»Dann waren sie für ihn nicht mehr interessant. Er hat sie fallen lassen, geghostet, mehr als eine stand hier vor meiner Tür und hat sich ausgeheult. In einer Stadt wie Saarbrücken macht so etwas schnell die Runde. Ist ja alles eine Clique hier.«

»Und wann war das letzte Mal? Sie sagen, es ist eine Weile her?«

»Lassen Sie mich überlegen, sicher drei, vielleicht auch fünf Jahre. Er ist ruhiger geworden mit der Zeit. Oder die Auswahl kleiner. Ich weiß es nicht, wir haben wenig über diese Dinge gesprochen. Das waren seine Angelegenheiten.«

»Wie ist denn Ihr Verhältnis zueinander? Arbeiten Sie schon lange für ihn?«

»Wir arbeiten miteinander, er ist nicht mein Chef.« Ihre Stimme wurde lauter als beabsichtigt. Gedämpft fügte sie hinzu: »Ich habe ihn schon immer in allem unterstützt, was er getan hat, hab ihm Geld geliehen, ihm den Rücken freigehalten und war schon beim ersten eigenen Restaurant seine Geschäftsführerin. Wir haben das alles gemeinsam aufgebaut. Ich habe sogar extra eine Hotelfachschule in der Schweiz besucht, vorher mühsam dafür gespart, damit wir dieses Lokal erschaffen konnten.«

»Familie und Arbeit zu teilen, kann ja auch heikel sein, gab es da nie Probleme?«

Mareikes Adrenalinpegel schoss in die Höhe und verdrängte für einen Moment die Wirkung des Valiums.

»Worauf wollen Sie hinaus, Frau Hart? Darauf, dass ich meinen Bruder verletzt und entführt habe? Und dass ich Ihnen jetzt hier ein Possentheater vorführe? Wozu? Nein, es gab keine Probleme zwischen uns. Mein Bruder hat Probleme, anderen Menschen zu vertrauen. Wir sind ein eingespieltes Team, können den anderen jeweils blind lesen und verstehen, ohne dass wir uns absprechen müssen. In unserer Familie gibt es nur noch uns, das schweißt zusammen.«

»Haben Sie keine eigene Familie?«

»Doch, ich bin verheiratet. Seit sieben Jahren. Sandra, also meine Frau, ist auf Dienstreise. Sie kommt heute Abend wieder, ich konnte sie bisher nicht erreichen. Wenn sie ihre Mailbox nicht abgehört hat, weiß sie noch nichts von alledem.«

»Und wie kam Ihre Frau mit Ihrer, sagen wir ›symbiotischen Beziehung‹ mit Ihrem Bruder zurecht? Das ist doch von außen sicher schwer zu verstehen?«

»Gerne noch einmal für Sie zum Mitschreiben: In unserer Familie gibt es keine Probleme. Vielleicht hören Sie mal auf, mir ständig Dinge zu unterstellen, und kümmern sich um all die Gefahren da draußen, die da offensichtlich lauern. Irgendjemand hat meinen Bruder entführt und es ist Ihr Job, herauszufinden, wer das war.«

»Frau Wendemann, das sind Routinefragen, Sie können sicher sein, dass wir weitere Spuren verfolgen …«

»Und jetzt gehen Sie bitte, Frau Kommissarin. Wir sind hier fertig, ich habe noch einiges vorzubereiten. So ein Restaurant führt sich nicht von alleine.«

Sie schob Veronika, die während des gesamten Gesprächs im Wohnzimmer gestanden hatte, in Richtung Haustür durch den Flur, an dem Fotos von ihr und Markus hingen. Sandra nannte diesen Ort immer ihren Familien-Schrein – von Kinderfotos über Jugendfreizeiten bis hin zu den ersten Kochwettbewerben, dem Abschlussfoto seiner Ausbildung, der Eröffnung ihres ersten Restaurants, dann des zweiten. Der erste Stern. Und so weiter.

Die Kommissarin verabschiedete sich zerknirscht und Mareike schaute ihr hinterher.

»Dreh dich um«, murmelte sie. »Dreh dich noch einmal um.«

Doch den Gefallen tat Veronika Hart ihr nicht.

8

»Wie läuft es da drinnen?«

Veronika trat neben Lothar Klein, der durch eine Scheibe die Gespräche in den beiden Befragungsräumen beobachtete.

»Die scheinen alle recht verschlossen zu sein, das hat zumindest Sven eben kurz berichtet. Also Kommissar Becker. Der Koch hat seine geschäftlichen und privaten Angelegenheiten aus der Küche rausgehalten und alle waren sie natürlich glühende Fans ihres Chefs, auch wenn der Tonfall wohl nicht immer wertschätzend war. Aber das kennt man ja, ist wie in allen Spitzendisziplinen. Ob beim Sport oder beim Kochen. Konzentration, Handwerk und Ausdauer machen die Exzellenz.«

Veronika staunte über den Wortschwall ihres Chefs, der sich sonst sehr einsilbig gab. So viel Enthusiasmus kannte sie gar nicht von ihm, wenn es nicht gerade um den regionalen Fußball ging.

»Und wie lief es bei Ihnen?«

Seine Stimme klang aufgesetzt, Veronika wurde hellhörig.

»Ganz okay, Frau Wendemann steht unter Medikamenten, es war schwierig, ein sachliches Gespräch …«

»Ich habe einen Anruf erhalten«, unterbrach er sie genervt. »Mareike Wendemann fühlte sich von Ihnen verdächtigt und von Ihren Fragen unter Druck gesetzt. Sie hat sich bei mir beschwert.«

Veronika runzelte die Stirn, was sollte das? Sie hatte doch nur ihren Job gemacht. Was für eine hinterhältige Kuh.

»Herr Klein, das waren Routinefragen …«

»Sie brauchen sich nicht zu erklären, gehen Sie das nächste Mal einfach etwas feinfühliger vor. Das wird schon klappen.«

Was für eine Frechheit, sie suchte erfolglos nach den richtigen Worten. So eine Scheiße. Wendemann war noch keine 24 Stunden verschwunden und schon hatte sie eine Beschwerde gegen sich am Hals? Klein nickte ihr zu und verließ wortlos den Raum. Veronika ballte ihre Hände zu Fäusten, so fest, dass sich ihre Fingernägel in die Handinnenflächen bohrten.

Becker, der mit einem der Restaurant-Angestellten gerade aus dem Befragungsraum trat, sah sie besorgt an.

»Gut, wenn wir noch etwas brauchen sollten, melden wir uns.«

»Okay. Wissen Sie schon, wann wir wieder eröffnen dürfen? In unserer Chat-Gruppe gibt es irgendwie unterschiedliche Aussagen. Wäre doch gut, wenn wir uns darauf einstellen könnten.« Der junge Mann lehnte sich gegen die Wand und zog sein Handy aus der Hosentasche, als wollte er beweisen, dass es diese Gruppe wirklich gab. Becker schüttelte leicht den Kopf.

»Das Restaurant ist freigegeben. Wann es wieder öffnet, hängt von Ihrer Chefin ab.«

»Kaum zu glauben«, wandte er sich an Veronika, nachdem der junge Koch im Aufzug verschwunden war. »Ich habe das Gefühl, dass sich niemand aus diesem Team ernsthaft Sorgen macht. Als wäre das schon öfter vorgekommen oder als hätte Wendemann sein Verschwinden angekündigt oder damit gedroht. Aber niemand sagt irgendetwas. Es ist zum Verrücktwerden.«

»Bei Frau Wendemann war es auch komisch, sie wirkte erst wie weggetreten. Die hat in jedem Fall etwas genommen, wenn du mich fragst, aber dann hat sie sich tierisch aufgeregt, als ich sie nach ihrer Beziehung zu ihrem Bruder gefragt habe. Stell dir vor, sie hat sich sogar beim Chef über mich beschwert.«

Becker zog die Augenbrauen hoch.

»Deswegen also eben dein Gesichtsausdruck, ich hatte vermutet, er wäre wieder auf der Baugeschichte rumgeritten. Mir kommt es so vor, als würde er dir seit unserem letzten Fall noch genauer auf die Finger schauen.«

»Das hätte durchaus sein können, stimmt.«

Sie berieten über die nächsten Schritte, als Langner zu ihnen stieß. Er schilderte ihnen kurz seine Befragungsergebnisse, die ähnlich mau waren wie die seines Kollegen.

»Meint ihr, wir sollten uns mal diesen Gruppenchat anschauen? Ich habe irgendwie das Gefühl, dass die uns verarschen. Die haben sich doch abgesprochen, oder? Die waren sich alle so sicher. Da stimmt was nicht.«

»Gute Idee, aber brauchen wir da nicht eine Anweisung vom Gericht? Was ist mit Kirschmeier? Hast du den schon angerufen wegen der Büroräume, Veronika?«

Veronika schüttelte den Kopf und versuchte, Beckers irritierten Blick zu ignorieren.

»Hab es halt noch nicht geschafft, mach ich gleich morgen früh. Was ist mit der vergifteten Wurst? Wissen wir schon, wo die herkam?«

»Dazu konnte das Personal ganz gut Auskunft geben. Es gibt exklusive Lebensmittel, die werden von einem Boten geliefert, und andere, die Wendemann immer selbst im Großmarkt besorgt. Saisonales Gemüse zum Beispiel.«

»Und die Wurst? Zu den exklusiven Lebensmitteln gehört die doch sicher nicht.«

»Hey, nichts gegen unsere regionale Spezialität. Nur weil ihr in Hessen Eier mit grüner Pampe esst«, witzelte Langner.

»Schon gut, was ist jetzt mit der Lyoner?«

»Die hat er sich wohl immer selbst besorgt. Die Quelle liegt ja direkt neben dem Großmarkt.«

»Da sollten wir morgen vorbeifahren. Ich will wissen, wann und wo dieses Zeug in die Wurst gekommen ist. Langner, kümmerst du dich darum?«, fragte Veronika.

Er nickte.

»Ich fordere eine Streife an, die bei Frau Wendemann regelmäßig nach dem Rechten schaut. Sie wollte keinen Personenschutz, aber solange sie nichts von den Entführern hört – wenn es sie denn wirklich gibt –, können wir eine Gefahr für sie nicht ausschließen. Ich informiere sie besser. Nicht, dass sie sich wieder über mich beschweren muss.«

Langner warf ihr einen fragenden Blick zu.

Sie winkte ab. »Erkläre ich dir ein anderes Mal.«

Beckers Handy klingelte.

»Hmmm, ja. Verstehe. Okay. Ich richte es aus. Ja. Okay. Mach ich. Nein, heute Abend bin ich nicht dabei. Hab noch einen Termin. Ja, ciao.«

Dann wandte er sich an seine beiden Kollegen.

»Das war Klein. Die Medien haben Wind bekommen, sie bombardieren unsere Pressestelle mit Fragen. Er erwartet von uns eine erste Einschätzung und einen Ermittlungsplan, wie wir weiter vorgehen wollen. Du weißt schon.«

»Will er den etwa den Journalisten vorlegen?«, fragte Veronika erstaunt. Klein traute sie gerade alles zu.

»Quatsch, der ist für ihn. Er versucht, uns noch weitere Ressourcen zuzuschustern, kann aber nichts versprechen.«

Veronika schluckte ihren Ärger über die Vetternwirtschaft zwischen ihrem Chef und ihrem Kollegen, den alten Handballkumpels, hinunter. Dafür war jetzt keine Zeit. »Reicht ihm das morgen? Ich mache das dann später von zu Hause und schicke es euch per Mail, dann können wir das in der Früh noch besprechen. Sagen wir acht Uhr?«

Je näher der Abend rückte, desto größer wurde ihr persönliches Problem – Francesco würde von seiner Dienstreise zurückkommen und sie wusste immer noch nicht, wie sie ihm beibringen sollte, dass sie wahrscheinlich ihre Beziehung zerstört hatte. Einfach so. Denk nach, Veronika. Du musst dir etwas einfallen lassen.

9

Es war jemand da gewesen. Das Gefühl beschlich ihn bereits, als er die Augen noch nicht ganz geöffnet hatte. Seine Nackenhaare stellten sich auf. Seine Augen versuchten, sich an die Dunkelheit zu gewöhnen, Umrisse zu identifizieren. Da war niemand.

Doch seine Handfesseln waren entfernt worden, ein Tablett mit Essen stand vor ihm und sogar das Erbrochene neben seiner Pritsche hatte jemand weggewischt. Er versuchte, sich aufzurichten, aufzustehen, doch seine Beine fühlten sich wie Pudding an. Sie versagten ihm den Dienst. Auf allen vieren kroch er in die Richtung, in der er die Tür vermutete, lauschte in die Dunkelheit. Wie viel Zeit wohl vergangen war? Sie suchten ihn doch sicher schon.

Das Essen roch gut. Wie lange hatte er schon nichts mehr zu sich genommen? Sein Magen rebellierte, doch sein Kreislauf brauchte dringend Nahrung, um weiter zu funktionieren. Er fror. Und er musste seine Gedanken sortieren. Auf wackligen Beinen ging er zurück zur Pritsche, ließ sich darauf nieder und griff nach dem Emaille-Teller mit Reis und einer undefinierbaren braunen Soße. Er roch daran, doch seine Synapsen waren zu verwirrt, um irgendetwas zu erkennen. Und wenn die mich wieder ausknocken? Egal, ich brauche die Energie, dachte er und schlang gierig das Essen hinunter, ohne es zu schmecken. Deshalb bemerkte er erst spät den bitteren Nachgeschmack, den der breiige Reis in seinem Mund hinterließ und den selbst das schale Wasser nicht wegspülen konnte.

Die Übelkeit, die in ihm hochkroch, kam ihm bekannt vor – war es heute Morgen gewesen? Oder gestern? Oder Vorgestern? Ihm wurde schwindelig, kalter Schweiß lief ihm den Rücken hinunter, seine Hände begannen, leicht zu zittern.

Es bringt nichts, dagegen anzukämpfen, schoss ihm durch den Kopf. Dann: Ich muss hier raus. Doch seine Kraft schwand, er ließ sich auf den Rücken sinken, seine Augenlider fühlten sich zentnerschwer an, er konnte sie nicht mehr offen halten. Alles in ihm wehrte sich, doch sein Körper schaltete ab. Ganz langsam. In Zeitlupe. Und er war machtlos. Wehrlos.

Doch außer einem gequälten Ächzen brachte er nichts heraus. Etwas zog ihn in die Dunkelheit, ihm blieb nichts anderes übrig, als zu folgen.

10

Als Veronika an diesem Abend nach Hause ging, zerriss sie ihr schlechtes Gewissen innerlich. Mit jedem Meter wurde es schlimmer. Am liebsten wäre sie ins Auto gestiegen und weit weggefahren. In die Bretagne, ans Mittelmeer. Hauptsache alles vergessen. Die Wohnung fand sie unverschlossen vor, also war Francesco bereits von seiner Dienstreise aus London zurückgekehrt. Ihr Herz flatterte. Leise trat sie in den Flur. Sie lauschte. Kein Geräusch.

»Hallo?«

»Ich bin hier.« Seine Stimme klang zittrig, kratziger als gewöhnlich. Hatte er geweint? Veronika unterdrückte den Impuls, gleich wieder zu verschwinden. Sie ging ins Wohnzimmer und fand ihn auf der Couch sitzend, blass, die Hände fest ineinander verknotet, die Augen rot.

»Alles okay?«

Er schniefte, zuckte mit den Schultern. Seine Mundwinkel zogen sich nach unten. Oh nein. Er wusste es. Irgendwie hatte er es erfahren, sicher hatte sie jemand gesehen und Francesco Bescheid gesagt. Aber eigentlich … Es half nichts. Sie musste da jetzt durch.

»Francesco, ich …«

»Ich habe es gerade eben erst erfahren«, stammelte er schluchzend.

»Es tut mir so leid. Das musst du mir glauben.«

»Das ist so unfair. Ich meine, was habe ich getan? Warum muss das gerade jetzt passieren?« Er schaute sie mit tränennassen Augen an.

»Ich weiß. Das ist nicht deine Schuld, bestimmt nicht. Ich weiß auch nicht, wie es passieren konnte …«

»Weißt du, ich hätte mich so gerne noch verabschiedet. Niemand hat das kommen sehen. Es ging so schnell. Was soll ich denn jetzt tun?«

Veronika stutzte. Verabschiedet? Es ging schnell? Wovon sprach er? Sie setzte sich neben ihn, legte die Hand auf seinen Arm. Jetzt ganz ruhig bleiben, nichts überstürzen.

»Was ist denn passiert?«

»Nonna. Meine Oma, sie ist verstorben. Einfach so. Vor der Kirche umgekippt, wahrscheinlich hat sie sich wieder viel zu warm angezogen. War sofort tot. Meine Cousine Paola hat mich gerade angerufen.« Er legte seinen Kopf an Veronikas Schulter und weinte. Sie blieb unbeweglich sitzen und wagte nicht, zu atmen. Ihre Gedanken rasten. Fast hätte sie alles nur noch schlimmer gemacht. Sie konnte es ihm unmöglich jetzt sagen, in diesem Zustand. Sein Oberkörper bebte unter den Schluchzern. Sie wusste, wie sehr er seine Oma geliebt hatte.

»Du musst hinfliegen, Francesco. Kannst du freinehmen? Hast du schon mit deinen Eltern gesprochen?«

Er schüttelte den Kopf, zog fast trotzig die Nase hoch. Veronika war im Krisenmodus, diese Rolle beherrschte sie aus dem Effeff.

»Okay, pass auf. Du telefonierst jetzt mit deinen Eltern und ich schaue, ob es heute oder morgen Flüge nach Neapel gibt. Vielleicht geht ja auch von Luxemburg was, oder ich fahre dich nach Frankfurt, das ist auch kein Problem.«

Er nickte dankbar.

»Kannst du vielleicht mitkommen, amore?«

Sie zuckte zusammen. Das fehlte ihr gerade noch.

»Hm, muss ich mit meinem Chef klären. Wir haben einen vermissten Spitzenkoch und die Presse läuft schon Sturm. Und wir sind doch eh unterbesetzt, und dann auch noch …«

Sie bremste sich selbst aus. Es war nicht der richtige Zeitpunkt für Details. »Ach egal, ich spreche mit Klein, okay? Aber du kümmerst dich jetzt mal um deine Familie. Wenn du willst, mache ich dir einen Milchreis, ja? Was für die Seele. Und ich bin hier, wenn du mich brauchst.«

Ihr schlechtes Gewissen nagte an ihr wie ein tollwütiges Meerschweinchen, sie musste es ignorieren. Sie würde ihm alles erzählen, wenn der richtige Zeitpunkt da war. Gab es für so etwas überhaupt einen richtigen Zeitpunkt?

»Wie verkorkst kann man eigentlich sein?«, murmelte sie leise vor sich hin, als sie die Bilder in ihrem Kopf verjagte. Ihr Großvater hatte immer gesagt, sie sei so verdreht, dass sie irgendwann schrauben kacken würde, wenn sie Nägel äße. Er hatte es im tiefsten Hessisch gesagt.

Sie hörte Francesco im Schlafzimmer auf Italienisch telefonieren. Er klang ein bisschen wie ein kleines Kind. Er tat ihr leid und sie hasste sich in diesem Moment wie noch nie. Unschlüssig stand sie im Flur. Was sollte sie jetzt tun?

Milchreis. Das hatte sie ihm versprochen. Und Flüge. Dankbar über die Aufgaben stürzte sie sich hinein, fand einen Flug am frühen Morgen und schaffte es, den Milchreis zuzubereiten, ohne ihn anbrennen zu lassen.

Francesco sah erschöpft aus, als er in die Küche geschlurft kam.

»Ist geklärt, meine Eltern fliegen morgen Nachmittag ab Stuttgart runter. Hast du einen früheren Flug gefunden?«

»Morgen früh um sieben würde einer ab Frankfurt gehen. Oder willst du am Nachmittag mit ihnen zusammen fliegen?«

»Lieber gleich in der Früh, wenn ich ehrlich bin. Ich will Nonna auf jeden Fall noch mal sehen und morgen ist sie noch in der Wohnung aufgebahrt. Ist das für dich okay? Kannst du so schnell weg?«

Veronika stockte. Sie hatte noch keine Sekunde ernsthaft daran gedacht mitzukommen.

»Ich kann Klein jetzt nicht mehr erreichen, er ist bei so einem Handball-Stammtisch. Ich frage gleich morgen, ja? Ich müsste ja auch noch die Ermittlungen übergeben, und Becker war heute nicht so fit, der verschleppt vielleicht was, ich muss also schauen, wie …«, flunkerte sie und fühlte sich noch schlechter.

»Mach dir keine Gedanken, es ist kein Problem, wenn es nicht direkt klappt. Du kannst ja nachkommen. Sie hätte dich so gerne kennengelernt, sie hat mich so oft nach dir gefragt.« Er wischte sich eine Träne von der Wange.

Veronika war erleichtert, sie hatte etwas Zeit gewonnen. Sie stellte ihm den Laptop hin, damit er seinen Flug direkt buchen konnte, und verteilte Zimt und Sauerkirschen über den Milchreis, der in einer Glasschüssel vor sich hin dampfte.

Rocky, Veronikas Kater, strich um ihre Beine. Er schien auch Hunger zu haben und war wahrscheinlich das einzige Lebewesen, das Veronika noch nicht verletzt oder enttäuscht hatte. Das durfte sie jetzt nicht ändern.

»Komm, Rocky. Für dich gibt es auch noch etwas Leckeres. Nicht, dass du vom Stängel fällst.«

Auf der Küchenanrichte sitzend kratzte sie die letzten Milchreisreste aus dem Topf und beobachtete Francesco, wie er vor dem Laptop kauerte und sich immer wieder Tränen aus dem Gesicht wischte.

Wärme breitete sich um ihr Herz aus, bis sie sich wieder daran erinnerte, was sie getan hatte. Sie hatte alles kaputt gemacht und Francesco wusste das noch nicht einmal.

11

Christoph hatte kaum geschlafen, er war immer wieder seine Ansprache ans Team durchgegangen, die Besetzung der Posten, die Handgriffe bei der Mise en Place. Sie waren heute Abend ausgebucht. Niemand sollte merken, dass Markus nicht da war. Er würde ihn ersetzen, er war ebenbürtig.

Mit weichen Knien hatte er das Restaurant durch den Personaleingang betreten. Er war der Erste und er konnte sich nicht daran erinnern, jemals allein in diesen Räumlichkeiten gewesen zu sein. Sie kamen ihm größer vor, dunkler als sonst. Bedrohlicher. Erst als er die Beleuchtung und die Kaffeemaschine angeschaltet hatte und das sonore Brummen die Stille durchbrach, atmete er auf.

»Konzentrier dich«, ermahnte er sich. Er legte eine Aufstellung des geplanten Menüs vor sich auf den Tisch und die Liste der Waren, die sie für heute bestellt hatten und die in den nächsten eineinhalb Stunden geliefert werden würden. Die Markus noch bestellt hatte. Wie es ihm wohl ging? Christoph erschauderte bei dem Gedanken. Er verdrängte immer wieder, dass sein Chef verschwunden war. Für ihn fühlte sich die Situation fast natürlich an. Markus war weg und er übernahm. Er würde sich und allen beweisen, dass er es draufhatte. Wie ein Mantra wiederholte er die Worte, bis er selbst fest daran glaubte.

Er hatte viel von Markus gelernt, hatte sich unter ihm in den letzten fünf Jahren hochgearbeitet, geschuftet, Blut und Wasser geschwitzt und eingesteckt, für jeden noch so kleinen Fehler.

»Alles runterschlucken und trotzdem immer hungrig bleiben« war das Motto seines Chefs. Und für Christoph hatte es funktioniert, für ihn hatte es auch bedeutet, immer wachsam zu sein, immer konzentriert, die Unterlippe zwischen den Zähnen eingeklemmt, die Schultern steif und die Nerven blank. Markus hatte seinen Einsatz zu schätzen gewusst und ihn zu seinem Souschef gemacht. Ihn, dem niemand etwas zugetraut hatte. Der in der Schule eher durch Abwesenheit als durch besonderes Engagement geglänzt hatte. Er, der die wichtigste Stütze seiner depressiven Mutter wurde, als sein Vater die Last nicht mehr tragen konnte. Damals war er sieben Jahre alt. Er war geblieben. Er hatte sie begleitet, den Krankenwagen geholt, wenn sie es wieder mit den Tabletten übertrieben hatte. Bis heute war er an ihrer Seite, im selben Sechsfamilienhaus in Alt-Saarbrücken.

Er hörte Stimmengewirr. Gedämpftes Lachen. Türenschlagen. Es war zehn Uhr. Es wurde ernst.

Die ersten Kollegen steckten ihre Köpfe ins Restaurant, manche mit neugierigem, andere mit sorgenvollem Blick, als erwarteten sie, dass sich die Situation wieder geändert hatte. Sie nahmen sich von dem vorbereiteten Kaffee und begaben sich, wie jeden Morgen, in den Aufenthaltsraum, wo die traditionelle Morgenbesprechung um den runden Tisch stattfand. Christoph atmete auf. Es war wie immer. Es würde gut werden.

Er schaute auf die Uhr. Mareike fehlte noch. Ob er ohne sie anfangen sollte? Markus hatte nie auf jemanden gewartet – wer zu spät kam, der würde die Konsequenzen schon zu spüren bekommen. Aber er hatte auch nie auf jemanden warten müssen – niemand hätte sich auch nur ansatzweise getraut, sich zu verspäten. Einen Markus Wendemann ließ man nicht warten.

Christoph kam es komisch vor, ohne Mareike zu beginnen. Sie war sein Leumund, seine Legitimation. Er brauchte ihre Unterstützung, falls es Rückfragen gab. Sie war die Geschäftsführerin, Markus' Schwester. Auch wenn sie für die Küchencrew nur im Hintergrund agierte, genoss sie den Respekt aller. Er zog sein Handy aus der Gesäßtasche:

»Hey, Mareike, kommst du zur Morgenbesprechung? Kann auch schon mal ohne dich anfangen, wenn du magst. Kein Stress. Hast sicher viel zu klären. Hoffe, dir geht es gut.«

Er betrachtete die Nachricht, dann löschte er die letzten Sätze und schickte nur die Frage ab. Er würde sie persönlich fragen, wie es ihr ging.

Wie hypnotisiert starrte er auf die Häkchen auf seinem Display, die blau wurden, sobald der Adressat den Text gelesen hatte. Seine blieben ausgegraut. René, der Sommelier, steckte den Kopf durch die Tür, hob fragend das Kinn.

»Bin gleich da, eine Minute noch. Wir warten auf Mareike. Fangt doch schon mal mit dem Frühstück an.«

Sein Handy vibrierte. Mareike.

»Bin in fünf Minuten da.«

Erleichtert atmete er auf und gab seinen Kollegen Bescheid, dass es gleich losgehen würde.

Mareike sah nicht gut aus. Christoph bemerkte die Blicke, die das Team verstohlen untereinander austauschte, als sie den Raum betrat. Dunkle Augenringe und hängende Schultern ließen sie um mindestens 20 Jahre gealtert wirken. Die sonst so gepflegte Frau hatte sich heute keine Mühe gemacht, die gelockten Haare zu bändigen oder Make-up aufzulegen. Und auch ihre Kleidung sah eher nach Supermarkteinkauf als nach Geschäftsführerin eines Sternerestaurants aus.

Auch sie schien die Anspannung unter den Mitarbeitern zu spüren, denn sie hob abwehrend die Hände und lächelte.

»Macht euch keine Gedanken, ich gehe gleich noch mal nach Hause, um mich umzuziehen. War alles schon sehr viel heute Morgen und ich hatte, wie ihr euch denken könnt, eine sehr kurze Nacht. Aber ich freue mich, dass ihr auf mich gewartet habt und wir gemeinsam die Fahne hochhalten werden, bis mein Bruder wieder da ist.«

Es war selten, dass sie das Wort »Bruder« vor den Angestellten benutzte, eher nannte sie Markus beim Vornamen oder »Chef«, egal ob sie mit ihm oder über ihn sprach.

»Gibt es denn etwas Neues von Markus?«, fragte René.

Mareike schüttelte den Kopf.

»Leider nicht, ich hab heute Morgen auch schon mit der Polizei telefoniert. Es gibt keine Lösegeldforderung bis jetzt, kein Lebenszeichen, aber eben auch keinen Leichenfund.« Sie räusperte sich geräuschvoll. »Wir müssen abwarten. Und hoffen.«

Alle nickten nachdenklich. Sabrina, die für die Soßen verantwortlich war, wischte sich eine Träne aus dem Augenwinkel.

»Ihr alle kennt Markus und wisst, dass er uns die Hölle heißmachen würde, wenn wir hier nicht weiter Vollgas geben und seinen Namen und die Sterne verteidigen. Deshalb bitte ich euch heute, konzentriert und präzise zu arbeiten und alles zu geben, auch wenn es unter diesen besonderen Umständen vielleicht schwerfällt. Christoph wird Markus vertreten und gleich mit euch die Postenaufteilung durchgehen. Ich danke euch für euer Vertrauen und eure Loyalität. Lasst uns das ›La Table‹ gemeinsam durch diese Krise führen, bis Markus wieder bei uns ist.« Ihre Stimme kippte.

Christoph wusste nicht, was er tun sollte. Ungelenk legte er ihr seine Hand auf die Schulter, bis Sabrina vorgestürmt kam und Mareike schluchzend umarmte.

Mareike, die von körperlicher Nähe ebenso wenig ein Fan war wie ihr Bruder, schob Sabrina langsam von sich weg und verzog die Mundwinkel zu einem gequälten Lächeln.

»Christoph, übernimmst du? Ich bin in spätestens einer Stunde wieder da, wenn die Lieferungen aus Frankreich kommen.«

Er nickte und wandte sich an das Team.

12

Keine Sekunde länger hätte sie es in diesem Raum ausgehalten, ihr Brustkorb fühlte sich wie eingeschnürt an, sie bekam kaum Luft. Mareike lehnte sich gegen die kühle Hauswand und versuchte, ihre Atmung zu kontrollieren. In ihr herrschte Chaos. Die Sorge um ihren Bruder, der Druck, jetzt alles allein schaffen zu müssen, ihn nicht zu enttäuschen – in der Hoffnung, dass er noch in der Lage war, enttäuscht zu sein.

Sie unterdrückte einen Schluchzer und machte sich auf den Weg nach Hause. Wo hoffentlich Sandra bereits zur Arbeit aufgebrochen war, denn nach dem fürchterlichen Streit heute Nacht und der eisigen Stimmung heute Morgen würde sie eine erneute Konfrontation nicht aushalten.

Der gesamte gestrige Tag hatte sie emotional wie eine Flipperkugel zwischen Lethargie und Aktionismus, Hoffnungslosigkeit und Zuversicht, Vertrauen und Panik hin und her geworfen. Sie war vom einen in das andere Extrem gekippt und am Abend, als sie endlich den Schlüssel im Schloss hörte, war all die Anspannung von ihr abgefallen und sie in Tränen ausgebrochen.

»Was ist denn jetzt schon wieder los?«, hatte Sandra gefragt, die offensichtlich einen schlechten Tag gehabt hatte. Mareike hatte versucht, ihr zwischen zwei Weinkrämpfen die Situation zu erklären. Ihre Ängste, Sorgen und auch ihre Wut darzustellen, damit Sandra verstand, wie es in ihr aussah. Doch die schaute sie nur irritiert an.

»Und du glaubst wirklich, dass den jemand entführt? Der Entführer würde ihn doch nach zwei Stunden wieder zurückbringen, sobald er merkt, was für ein angenehmer Zeitgenosse dein Bruder doch ist.« Ihre Stimme triefte vor Ironie. Dann lachte sie über ihren eigenen Witz.

»Aber versteh doch, da war Blut. Und du weißt auch, dass Markus das Restaurant nie einfach so alleine lassen würde.« Und mich auch nicht, dachte sie noch.

»Das stimmt, weil er keinem von euch vertraut und weil er Angst hätte, ihr würdet den Gästen nur stümperhaft verarbeitete Kost servieren.«

Mareike hatte die Kraft gefehlt, sich gegen diese Frotzeleien zu wehren. Sie wusste, dass Sandra nicht gut auf Markus zu sprechen war. In ihren Augen war er ein narzisstischer Sklaventreiber, ein cholerischer Sadist und akribischer Perfektionist, aber keiner von der guten Sorte. Sandra hatte Markus vom ersten Tag an als Konkurrenz gesehen und verstand nicht, warum sich Mareike so schroff von ihm behandeln ließ. Warum sie sich keine Freiräume schaffte, nie Urlaub nahm, sich selbst und ihr Leben dem Restaurant und Markus unterordnete. Sandra hatte nie nachvollziehen können, was es bedeutete, ein eigenes Restaurant zu führen, und das auch noch auf diesem Niveau. Dass es höchster Konzentration, eingespielter Abläufe und exzellentem Können bedurfte. Und Vertrauen in alle, die daran mitarbeiteten. Die Verantwortung konnte man nicht einfach so zwei Wochen jemand anders übergeben, nur weil die eigene Partnerin gerne eine Kreuzfahrt machen wollte. Oder nach Mallorca fliegen. Oder sonst irgendwohin. Sie hatte nie gesehen, dass Mareike stolz auf das war, was Markus und sie aufgebaut hatten – er in der Küche und sie im Management. Dass sie glücklich war, wenn sie ins Restaurant trat, wenn sie die eingedeckten Tische kontrollierte, selbst letzte Hand anlegte, Gläser zurechtrückte, Teller polierte.

Natürlich führte Mareike auch mit Sandra eine glückliche Beziehung, zumindest, wenn sie nicht über diese Themen diskutierten. Aber es war eine andere Art Glück. Und das hatte sie gestern Abend wieder gemerkt. Sie teilten ein fragiles, launenabhängiges, nicht selbstverständliches Glück. Und es ging meistens nicht um sie, sondern um das, was Sandra empfand. Was sie störte. Was nicht genug oder zu viel war.

»Wenn du mich fragst, hat der irgendeine Frau kennengelernt und macht jetzt auf großen Zampano, in Paris oder Mailand, wohin er sie spontan entführt hat. Du wirst sehen, er ist der eigentliche Entführer, nicht der Entführte.« Wieder hatte sie gelacht und war in die Küche verschwunden, um sich ein Brot zu machen.

»Haben wir keine Wurst mehr?«, hatte sie zu Mareike ins Wohnzimmer gerufen, die in Schockstarre auf der Couch gesessen hatte. Sie hatte nicht antworten können.

Sandra hatte genervt die Augen gerollt, als sie sie so sah.

»Mensch, jetzt mach dir doch nicht so einen Kopf. Der taucht schon wieder auf, und dann wird er dich auslachen, dass du dich so gestresst hast.«

»Und das Blut?«, hatte Mareike gehaucht und schwören können, dass sich der Gesichtsausdruck ihrer Partnerin für einen Sekundenbruchteil verfinstert hatte.

»Vielleicht hat er sich geschnitten. Was weiß ich.« Sie hatte mit den Schultern gezuckt, erschöpft gewirkt. »Ich schau noch einen Film im Arbeitszimmer. Leg du dich doch schon mal hin, morgen sieht die Welt wieder ganz anders aus, Süße. Soll ich dir vielleicht noch einen Tee machen?«, hatte sie versöhnlichere Töne angeschlagen.

Mareike hatte abgewunken. Ihre Auseinandersetzungen liefen immer nach demselben Schema ab. Sandra regte sich auf, zerlegte Mareike auf verbaler Ebene und sammelte dann fast liebevoll die Scherben wieder auf, in die sie sie vorher zerschlagen hatte.

Nur dass es dieses Mal nicht um die Farbe eines Möbelstücks oder die Buchung eines Urlaubs ging. Sondern um Markus. Ihren Bruder. Der verschwunden war und verletzt.

Vor der Haustür angekommen hielt sie die Luft an, steckte den Schlüssel ins Schlüsselloch und atmete erleichtert aus, als sie ihre Haustür verschlossen vorfand. Sie würde sich in Ruhe auf den Tag vorbereiten können. Auf dem Esstisch lag die Saarbrücker Zeitung von heute, aufgeschlagen. Ein Bild von Markus sprang ihr entgegen, darunter die Überschrift: »Sternekoch vermisst – die Polizei tappt im Dunkeln«.

Mareikes Herzschlag setzte für einen Moment aus.

13

Francesco hatte am Morgen den ersten Zug zum Frankfurter Flughafen genommen, noch leicht gerädert, weil er seine Trauer mit einer Flasche Chianti ertränkt hatte. Veronikas Angebot, ihn zu fahren, hatte er dankend abgelehnt – sie solle sich keinen Stress machen und lieber schnell ihren Fall lösen, damit sie zur Beerdigung runterfliegen konnte.

Sie hatte lächelnd genickt und versprochen, sich zu bemühen, während sie unendlich dankbar gewesen war, nicht noch eineinhalb Stunden neben ihm im Auto sitzen und die Formulierungen im Kopf jonglieren zu müssen, mit denen sie ihm sagen würde, dass sie ihn betrogen hatte. Wie sagte man so etwas? Noch nie war sie in dieser Situation gewesen. Jedes Mal, wenn sie die Erinnerung daran streifte, breitete sich eine kribbelnde Nervosität in ihr aus und ihr wurde übel. Glückwunsch, Hart.

Ihre Laune war am Boden, als sie das Büro betrat. Die Liste mit Aufgaben, die sie heute erledigen wollte, war lang. Sie hoffte, dass Klein ihnen die versprochene Verstärkung zuweisen würde. Ihnen fehlten die Ressourcen, um die Recherchen auszuweiten. Sie stellte sich vor das Whiteboard, auf dem bisher nur ein paar Daten zum Vermissten standen, und schrieb darauf: »Beziehungstat«, »organisiertes Verbrechen«, »Einbruch (misslungen)«, »wirtschaftliches Interesse« und »kein Fall«. Letzteres wäre ihr am liebsten. Wenn Wendemann einfach wiederauftauchen würde, aus einem Liebesurlaub oder einer kreativen Pause, sich entschuldigen würde und alles weiterginge wie bisher. Auch wenn in diesem Szenario das

Liquid Ecstasy in der Wurst keinen Sinn ergab. Hinter die wirtschaftlichen Interessen setzte sie ein kleines Fragezeichen und verband den Begriff durch eine gestrichelte Linie mit dem organisierten Verbrechen. Sie konnte sich nicht vorstellen, dass ein Mitbewerber Wendemann einfach entführen würde, nur weil er ihm das Soßenrezept gestohlen hatte.

Dennoch würden sie auch in diese Richtung ermitteln müssen. Mit wem hatte er sich angelegt, wem schuldete er etwas, wer schuldete ihm etwas? All das.

Und dann mussten sie herausfinden, wie das GHB in die Wurst gekommen war. Sie erstarrte, als sie eine bekannte Stimme im Flur hörte. Mist.

»Hallo zusammen, muss ich wirklich aus der Zeitung von Ihrem neuen Fall erfahren? Wann wollte man mich denn anrufen?«

Langner öffnete mit einem betretenen Lächeln die Tür zu Veronikas Büro und ließ ihren Gast eintreten. Dann beeilte er sich, der Situation schnell wieder zu entkommen, und schloss die Tür von außen. Auch das noch.

Veronika wandte sich mit einem aufgesetzten Lächeln an Sebastian Kirschmeier, das ihr sofort wieder aus dem Gesicht fiel, als sie sah, mit welcher Schlagzeile er in der rechten Hand wedelte.

»Was? Wir haben noch gar keine offiziellen Pressestatements rausgegeben und alle Anfragen auf eine noch vorzubereitende Pressekonferenz vertröstet. Was steht da?«

Sie riss ihm die Zeitung aus der Hand und überflog die Informationen.

»Was zur Hölle?«, entfuhr es ihr. »Woher haben die das?«

»Tja, die scheinen ihre Informanten zu haben, ich muss an meinen Quellen wohl noch arbeiten. Wobei diese«, er sah sie direkt an, »offiziell angehalten sind, mich über alles zu informieren, wenn ich dich daran erinnern darf.«

Veronika verdrehte die Augen.

»Ja, ich weiß. Wir sind aber noch gar nicht sicher, ob wir überhaupt einen Fall haben. Wendemann ist verschwunden und wir haben Blut gefunden. Gut, und GHB in der Wurst. Aber so richtig Sinn macht das alles noch nicht. Er ist gerade mal 24 Stunden weg und von einem mutmaßlichen Entführer haben wir noch nichts gehört – die Angehörigen auch nicht. Soweit ich weiß.«

»Vero, ihr müsst mich dazu anrufen. Ich kann dann selbst entscheiden, wie hoch ich das Ganze hänge. Wie stehe ich denn da?«

»Klar, das ist natürlich das Wichtigste. Wie du dastehst«, gab Veronika trotzig zurück und ließ sich rückwärts in ihren Bürostuhl fallen.

»Ist das dein Ernst?« Sebastian schaute sie eindringlich an. »Ich weiß, dass das eine komische Situation ist, aber wir waren uns am Samstag einig, dass diese Sache nicht zwischen uns stehen darf. Und vor allem, dass sie keinen negativen Einfluss auf unsere Zusammenarbeit haben würde. Kannst du dich erinnern?«

Dunkel, dachte Veronika, sagte es aber nicht laut.

»Was ist los, Veronika? Wir hatten doch einen wunderschönen Abend, es hat sich so gut angefühlt. Das hast du selbst gesagt. Aber dann verschwindest du einfach aus meiner Wohnung ohne ein Wort und reagierst auf keinen Anruf, keine Nachricht? Findest du das korrekt?«

Er schien außer sich zu sein, enttäuscht, verletzt. Jetzt ging es nicht mehr um den Fall, jetzt ging es um sie. Darauf war Veronika überhaupt nicht vorbereitet. Sie suchte hastig nach den richtigen Worten.

»Das ist nicht so einfach, ich, ich muss mir erst einmal über das alles klar werden. Es war – Wie soll ich sagen? – ein Fehler. Das hätte nicht passieren dürfen, verstehst du? Es war ein schöner Abend, sicher, aber es hätte, es hätte einfach nicht bis zum Äußersten kommen dürfen.«

»Wegen Francesco?«

»Nein. Doch, natürlich. Auch. Wir ziehen in zwei Monaten zusammen. In eine neue Wohnung. Und jetzt ist seine Oma gestorben.« Sie wunderte sich über die Worte, die aus ihr heraussprudelten. »Und er liebt mich. Und ich? Ich, na ja, das ist alles verwirrend. Aber wir, du und ich, arbeiten auch zusammen. Das ist nicht gut, so eine Konstellation. Davon darf niemand jemals erfahren. Bitte.«

Sebastian blickte sie stumm an.

»Bitte, Sebastian. Ich habe zu hart dafür gekämpft, jetzt an dieser Stelle zu stehen. Diese Position im Team zu haben. Es läuft gut. Wenn die so etwas mitbekommen, ist alles am Arsch. Dann bin ich die, die versucht hat, sich hochzuvögeln. Verstehst du das?«

»Aber das ist doch Quatsch. Die wissen doch …«

»Die wissen gar nichts. Und willst du dich hinstellen und das denen etwa erklären? Du wirst der Held sein, der die Hauptkommissarin rumgekriegt hat. Und ich die Schlampe, die ihren Freund betrogen hat. Dass du auch eine Freundin in München hast, wird niemanden interessieren.«

Er zuckte mit den Schultern, wandte sich zum Gehen.

»Schade, Veronika. Ich dachte, da wäre etwas Besonderes zwischen uns und keine einmalige Sache. Es hat sich so angefühlt in dem Moment. Da habe ich mich wohl getäuscht. Ich habe mich übrigens von Larissa getrennt. Gleich am Sonntagmorgen.«

Ihr zog es den Magen zusammen.

»Und noch mal zum Fall. Wenn du was von mir brauchst, ruf mich an. Du hast ja meine Nummer. Ich erwarte dann deinen Bericht.«

Er ging und bei Veronika blieb ein dumpfes Gefühl.

Auch das noch.

14

»Alles okay?« Langner schob den Kopf in ihr Büro. »Gab es großen Ärger wegen dem Presseding? Hab es gerade gesehen.«

»Was? Äh, ja. Wegen des Artikels. Wie zur Hölle kommen die an diese Informationen? Wer hat da gequatscht? Ich verstehe das nicht.«

»Keine Ahnung. Steht ja drin, dass sich die Polizei noch nicht geäußert hat. Ich checke mal die sozialen Medien, vielleicht hat das Ganze dort seinen Ursprung. Ich recherchier kurz und gebe dir Bescheid, wenn ich etwas finde.«

»Selbst wenn, seit wann halten sich die Journalisten nicht mehr an Sperrfristen? Was, wenn sie mit diesem Scheißtext Wendemann gefährden? Wir wissen doch noch überhaupt nichts!« Sie hielt kurz inne. »Scheiße!«, brüllte sie ohne konkreten Adressaten.

Dann wählte sie die Nummer der Pressestelle und machte ihrem Unmut Luft, auch wenn die arme Kollegin am anderen Ende der Leitung sicher genauso wenig dafürkonnte wie Veronikas Team.

»Ich will, dass Sie sich diesen Journalisten vorknöpfen und ihm noch einmal genau erklären, wie das läuft mit der Zusammenarbeit zwischen Polizei und Presse. Das ist ein Miteinander, kein Gegeneinander. Wir befinden uns in einer unklaren, unberechenbaren Situation. Das ist hier alles nicht komisch.«

Dann knallte sie den Hörer auf und hörte, wie sich ihr auf dem Flur energische Schritte näherten, die sie aus Tausenden wiedererkennen würde. Ihr Chef. Der hatte ihr gerade noch gefehlt, am liebsten würde sie in einer Ritze des abgenutzten Linoleumbodens versinken.

»Seit ich hier bin, habe ich keine Sekunde etwas Sinnvolles für den Fall getan, war nur mit Rechtfertigungen beschäftigt«, murmelte sie und machte sich bereit für die nächste Wutrede. Doch die blieb aus.

»Hart, das hier ist nicht schön, aber heutzutage leider nicht zu vermeiden. Ich habe gehört, der Staatsanwalt ist schon informiert, gut. Das nächste Mal einfach etwas früher. Aber ich sehe ein, dass Sie unterbesetzt sind – der Kollege aus der Wirtschaft wird Sie ab heute Mittag bis auf Weiteres unterstützen. Zumindest bis Weissmann wieder arbeitsfähig ist. Am Schreibtisch kann er ja auch mit Gips sitzen. Der Kollege heißt Petri, guter Mann. Bereiten Sie ihm ein Briefing vor, dann kann er sofort loslegen.«

Veronika fehlten die Worte, sie nickte nur. Als Klein ihr Büro verließ, schickte sie ihm ein »Danke, Chef« hinterher. Er drehte sich um.

»Und noch etwas, Hart. Zügeln Sie etwas Ihre Emotionen. Ihr ›Scheiße‹ hab ich bis in die Kantine gehört.«

Dann ging er.

»Oh Mann, was für ein Start in den Tag. Jetzt kann es nur noch besser werden.« Becker schaute sie aufmunternd durch die offen stehende Tür an. »Komm, hast du Lust auf tote Tiere und Wurstgestank?«

Veronika würgte theatralisch.

»Auf jeden Fall besser als dieses Drama hier«, lachte sie. »Na, dann mal los. Wissen die schon Bescheid?«

»Ja, hab uns angekündigt, ich hoffe, die kommen nicht mit irgendwelchen Genehmigungen, die sie zuerst sehen wollen. Wir möchten uns ja lediglich ihre Arbeitsprozesse anschauen und rausfinden, ob an irgendeiner Stelle eine Giftspritze zum Einsatz gekommen sein könnte.«

Veronika war dankbar, dass Becker sie nicht auf Sebastians Besuch ansprach. Sie wollte nicht wissen, wie schalldicht ihre Büros waren und was davon nach außen gedrungen war. Sie schätzte Beckers Diskretion und hoffte, dass er diese auch behalten würde – egal wie viele Bier er in der Vereinskneipe drin hatte.

Du bist selbst schuld, Veronika. Wer sich in so eine Situation reinreitet, muss auch irgendwie selbst wieder rauskommen. Auch auf die Gefahr hin, dass alle davon Wind bekommen. Inklusive Francesco. Shit, da war er wieder, der unangenehm beißende Schmerz.

Um 9.30 Uhr hatten sie einen Termin in der Wurstfabrik Haidmann auf dem Industriegelände an der Ostspange. Die Adresse hatte Becker ihr vorher per Mail geschickt.

»Lyonerring«, murmelte sie, »sehr witzig.«

Ihr graute es bei der Vorstellung, in die Tiefen eines fleischverarbeitenden Unternehmens einzutauchen. Und das am frühen Morgen. Auf nüchternen Magen. Ob sie lieber vorher noch etwas essen sollte?

Sie kannte solche Unternehmen nur aus den Medien und sie blendete diese Bilder stets aus, wenn sie die Lust auf ein Fleischkäsebrötchen oder eine Bratwurst mit viel Senf überkam. Sie hörte jetzt schon die Tiraden ihrer Freundin Theresa, die mittlerweile Veganerin war. Aber es war nicht zu ändern, sie mussten dorthin und wenigstens das Terrain sondieren. Bisher wussten sie noch nicht, wie das Gift in die Wurst gekommen war.

Die Fahrt ins Industriegebiet, den Wurstgürtel Saarbrückens, ging schnell.

»Kurze Nacht gehabt?«

Veronika brummte etwas vor sich hin.

»Hab dir was von dem guten Kaffee von der Tankstelle mitgebracht, dachte mir schon, dass es heute hart wird. Ist Francesco nicht gestern nach Hause gekommen?«

Veronika überhörte die zotige Anspielung. Sie war zu müde und erschöpft, um Becker einen Vortrag zu halten, dass er seine Fantasien gerne anderen Dingen widmen könnte als den nächtlichen Aktivitäten zwischen ihr und ihrem Partner.

»Francescos Oma in Italien ist gestorben. Er war völlig außer sich und ist schon auf dem Weg nach Sizilien. Die Nacht war also vor allem deshalb kurz, weil ich damit beschäftigt war, ihn zu trösten. Diese Nonna war wohl eine Art Wonder Woman.«

Becker machte ein zerknirschtes Gesicht und hob entschuldigend die Hände. Sie parkten auf dem Besucherparkplatz. Bereits beim Öffnen der Türen schwappte ihnen ein süßlich-würziger Wurstgeruch entgegen. Veronika schluckte die aufkeimende Übelkeit hinunter. Jetzt nicht.

Das mit dunklem Holz verschalte Gebäude sah eher nach noblem Möbelhaus als nach Fleischverarbeitung aus, das Unternehmen hatte in den vergangenen Jahren einiges in Imagepflege investiert. Und die Renovierung des Firmensitzes gehörte dazu. Das berichtete ihr Becker, als man sie am Empfang knapp zehn Minuten im Stehen warten ließ. Der Kommissar trat dabei von einem Bein aufs andere und warf Veronika genervte Blicke zu. Auch ihr Puls raste.

»Hören Sie, würden Sie den Geschäftsleiter bitte noch mal anrufen? Wir haben nicht ewig Zeit und können ihn gerne auch aufs Präsidium vorladen, wenn er es darauf anlegt.«

Die Dame am Empfang tippte nervös auf ihrem Telefon herum, als endlich ein Mann auf sie zutrat und sich als Ludger Bollinger vorstellte.

Bevor er Veronika die Hand reichte, fuhr er sich durch die glatt nach hinten gegelten Haare. Ein Schauer jagte ihr über den Rücken und sie unterdrückte den Impuls, den schmierigen Film auf ihrer Handinnenfläche hektisch an der Hose abzuwischen.

»Sie müssen entschuldigen, dass ich zu spät komme. In so einem Unternehmen muss immer etwas geregelt werden, es ist wirklich schwierig heutzutage, gute Leute zu finden. Die meisten hier sind ungelernte Aushilfen, da sind Probleme vorprogrammiert. Wenn Sie mir in mein Büro folgen wollen? Da können wir in Ruhe sprechen«, erklärte er sich ihnen ungefragt.

Veronika warf Becker einen entgeisterten Blick zu. Wie überheblich war dieser Typ? All ihre Alarmglocken schalteten sich synchron ein und sie verspürte das dringende Bedürfnis, diesem Hans Wurst – sie schmunzelte kurz über das Wortspiel – etwas anzuhängen.

Becker zuckte mit den Achseln, auch sein Gesicht sprach Bände. Solche Typen hatte er gefressen, so gut kannte Veronika ihren Kollegen inzwischen.

Sie folgten dem Geschäftsleiter, der über seinem offensichtlich maßgeschneiderten Anzug einen weißen Metzgerkittel trug. Der Wurstgeruch im Inneren des Gebäudes nahm Veronika fast den Atem. Sie konzentrierte sich auf die gefliesten Wände und war froh, als sie endlich das Büro erreichten.

»Könnten wir ein Fenster öffnen?«, fragte sie Bollinger, sobald sie und Becker sich auf die beiden Ledersessel vor seinem klobigen Schreibtisch gesetzt hatten.

Bollinger lachte.

»Sie werden sich schnell daran gewöhnen, Frau Kommissarin. Draußen ist es nicht viel besser.«

»Frau Hauptkommissarin«, presste Veronika heraus. »Und es wäre trotzdem nett, Herr Bollinger, wenn Sie etwas lüften könnten.«

Immer noch amüsiert kam er ihrer Bitte nach, dann fläzte er sich in seinen breiten Drehstuhl und musterte sie. »Was kann ich für Sie tun?«

»Nun, Herr Bollinger. Wie ich Ihnen am Telefon schon sagte«, fing Becker an. »Wir haben im Rahmen eines Vermisstenfalls GHB in einem Ihrer Produkte gefunden.«

»GHB? Was soll das sein? Ich wüsste nicht, dass das auf unserer Gewürzliste steht.«

»Gamma-Hydroxybuttersäure, auch bekannt als K.-o.-Tropfen, vielleicht sagt Ihnen das eher was?« Veronika schaute Bollinger herausfordernd an. Der zuckte nur mit den Schultern.

»Aha. Und das Produkt soll hier im Unternehmen manipuliert worden sein? Das kann ich mir kaum vorstellen. Unsere Prozesse werden penibel überwacht, wie bei allen Lebensmittelherstellern. Big Brother is watching, Sie verstehen. Wir monitoren alle unsere Mitarbeiter bei allem, was sie tun. Fehler können Sie sich in der Herstellung und Verarbeitung von Lebensmitteln einfach nicht leisten.« Bollinger verschränkte die Arme vor seiner Brust.

Es entstand eine lange Pause. Veronika fiel es schwer, diese Stille auszuhalten, doch sie überließ Becker den nächsten Zug.

»Das mag sein, Herr Bollinger. Aber wie sagt man so schön, sag niemals nie. Richtig? Wir müssen alle Spuren verfolgen, und deshalb muss ich von Ihnen wissen, an welchen Stellen in Ihren Produktionsprozessen eine solche Manipulation denkbar wäre. Unseren Recherchen nach wurde das Produkt persönlich hier gekauft und dann verzehrt. Es hat also keine Zwischenstation gegeben, wenn Sie verstehen. Deshalb frage ich Sie noch einmal: Wo könnten möglicherweise auch Externe Kontakt zu Ihren Endprodukten haben?«

Veronika bewunderte ihren Kollegen dafür, dass er so ruhig bleiben konnte. Sie beobachtete ihr Gegenüber. Sein Gesicht glänzte speckig und war von Aknenarben übersät, das war ihr auf den ersten Blick nicht aufgefallen. Wie alt mochte er sein? Mitte 30? Mitte 40?

Bollinger schien nachzudenken. Dann grinste er süffisant.

»Vielleicht ein anderer Kunde im Laden? Ich meine, das ergibt doch überhaupt keinen Sinn. Wenn einer meiner Mitarbeiter sich den Spaß machen würde, Gift in einer unserer Würste zu verarbeiten – oder in allen – aber das hätte man sicher schon in den Medien verfolgen können, wir verkaufen ja Tausende dieser Würste pro Tag, dann hätte diese Wurst ja auch noch an die richtige Person gehen müssen, die dann auch noch verschwindet. Ehrlich, diese intellektuelle Leistung traue ich keinem meiner Mitarbeiter zu.«

Becker atmete tief durch. Veronika konnte spüren, wie Adrenalin in ihm aufstieg. Vor allem, weil Bollinger recht hatte. Es war abstrus, dass jemand aus der Produktion eine Zielperson treffen wollte, die regulär ihre Wurst im fabrikeigenen Laden kaufte. Es sei denn, die Manipulation geschah am Verkaufstresen, aber war das wirklich realistisch?

»Es geht um diesen Wendemann, richtig? Ich hab es heute Morgen in der Zeitung gelesen.«

Veronika horchte auf.

»Kennen Sie Herrn Wendemann?«

Er überlegte einen Tick zu lange.

»Na ja, kennen. Was heißt das schon? Man läuft sich über den Weg. Weiß, wer der andere ist. Das ist alles. Aber ich habe es mir gedacht, weil sie für einen vermissten Normalo doch niemals so einen Aufriss machen würden.«

Die Art und Weise, wie er es sagte, machte Veronika wahnsinnig. Sie versuchte, zurück zum Thema zu gelangen.

»Gibt es in Ihrem Geschäft auch Überwachungskameras? Könnten wir uns die Aufnahmen von gestern Morgen bitte einmal anschauen?«

»Brauchen Sie dafür nicht einen richterlichen Beschluss oder so etwas? Ich meine schon, sonst frage ich gerne noch mal bei meinem Anwalt nach.« Er schürzte die Lippen zu einem aufgesetzten Lächeln.

»Gut, Herr Bollinger. Dann machen Sie das doch. Wir besorgen den Beschluss und Sie kommen morgen um 9.00 Uhr pünktlich zum Präsidium und bringen am besten gleich die Aufnahmen mit. Einverstanden?« Jetzt grinste Veronika ihn an.

Bollingers Gesicht begann, dunkelrot anzulaufen, und sein Brustkorb bebte. Würde er ihr gleich an die Kehle springen? Doch Veronika war noch nicht fertig.

»Sollte Ihnen das nicht passen, dann stehen wir mit einem Durchsuchungsbeschluss wieder vor Ihrer Tür und legen erst einmal Ihren Betrieb lahm. Und Sie können sich sicher sein, wir finden etwas.«

»Ist das … Ist das nicht etwas übertrieben?«, druckste Bollinger herum. »Ich meine, ein Tag Produktionsausfall kostet uns …«

»Nein, finde ich nicht.«

Veronika drehte sich um und verließ das Büro. Becker folgte ihr.

»Warten Sie, Sie dürfen sich nicht alleine im Unternehmen aufhalten, das ist Sicherheitsvorschrift«, hallte Bollingers Stimme nach, ohne dass er ihnen folgte.

»Was war das denn für ein Typ?« Veronika schüttelte mit einer kurzen Bewegung die Anspannung aus ihrem Körper.

»War ein cooler Abtritt, Chefin. Respekt. Ich war kurz davor, ihn am Kragen zu packen und durch sein Büro zu schleudern, so ein Widerling. Den sollte man mal zu Wurst verarbeiten.«

Becker grunzte. Wie passend.

Veronika musste lachen.

»Oh Mann. Und der Appetit ist mir jetzt auch noch vergangen.«

15

Es war ein erhabenes Gefühl, jemanden auf diese Art unter seiner Kontrolle zu haben. Das hatte er sich nicht so vorgestellt. Überhaupt hatte er darüber nicht lange nachgedacht. Der Plan war spontan entstanden, aus einer Bierlaune heraus. Das Ergebnis wochenlangen Ärgerns. Die Idee stammte aus einer uralten Folge von »Aktenzeichen XY … ungelöst«, fast sepiafarben in seiner Erinnerung. Jemanden zu überraschen und zu überwältigen, der präzisen Tagesroutinen folgte, schien auf einmal das Einfachste auf der Welt.

Gut, der Weg dorthin war dann doch komplizierter gewesen. Nicht die Beschaffung, das Zeug konnte wirklich jeder Depp im Internet bestellen, sondern eher die Dosierung. Das Rumtüfteln, sogar an sich selbst, war unerlässlich gewesen, denn eine tödliche Überdosierung durfte er nicht riskieren. Er wollte ein Zeichen setzen. Wendemanns Endstation.

Zumindest im gastronomischen Sinn. Es galt, diesem sturen Soziopathen endlich mal eine Lektion zu verpassen. Er sollte weiterziehen, sein Lager woanders aufschlagen und Platz machen für die neue Gastronomie-Generation. Weg von verstaubten Mini-Portiönchen mit der hundertsten Trüffelvariation und den Schäumchen, Perlchen und Soßenspiegelchen, hin zu wahren Geschmackserlebnissen und kulinarischen Höhepunkten der ganz anderen Art. Sobald der Groschen gefallen war, würde er ihn gehen lassen. Aussetzen. Am besten irgendwo im rumänischen Hinterland. Aber jetzt hockte der Koch erst einmal in seinem Lagerraum. Gut isoliert und schalldicht in einem im Ausbau befindlichen Industriegebiet. Dort gab es noch nicht einmal streunende Hunde, geschweige denn fließendes Wasser.

Er wollte ihm nicht wirklich Schaden zufügen. Aber zu wissen, dass da jemand war, der ohne ihn nirgendwohin konnte, der ohne ihn verhungern und verdursten müsste, dessen Leben nun von seinem Handeln abhing, das hatte etwas Prickelndes, Erregendes. Er musste ständig daran denken. Nur logistisch lief noch nicht alles rund. Aber mit der richtigen Dosierung würde Wendemann von seiner Auszeit gar nicht so viel mitbekommen. Hauptsache, der Typ blieb lange genug verschollen, bis er die richtigen Weichen gestellt hatte.

Und dann war der Drops gelutscht. Aber nicht für ihn.

16

Er wusste nicht, wie lange er schon aus seinem Bürofenster auf die träge vor sich hinfließende Saar gestarrt hatte, als er durch ein Klopfen an seiner Tür aufgeschreckt wurde.

»Ja, bitte?« Seine Stimme klang brüchig. Er räusperte sich.

»Glaubst du wirklich, dass du mich so einfach abservieren kannst?«

»Larissa!«

Seine Ex-Freundin baute sich breitbeinig vor ihm auf und funkelte ihn böse an. Dieser Auftritt passte zu ihr, sie hatte das Drama schon immer geliebt.

»Larissa, was machst du hier?«

»Denkst du ernsthaft, dass du mich einfach so am Telefon abschießen kannst? Ich will es von dir persönlich hören, du sollst es mir ins Gesicht sagen. Ich will hören, dass das alles nichts wert war, dass du mich nie geliebt hast und dass irgendeine dahergelaufene Kuh besser ist als ich. Wer ist sie überhaupt? Du verlässt mich doch nicht, ohne eine Neue zu haben. Das schaffst du doch gar nicht. Du Arsch. Was ist denn mit all unseren Plänen? Ich dachte, wir wollten heiraten?«

Ihre Stimme kippte ins Hysterische und sie zog trotzig den Rotz hoch. Zwischen ihren glänzenden Perlenohrringen leuchtete ihr Gesicht tiefrot und wirkte verzerrt. Er musste so schnell wie möglich deeskalieren, aber bei ihr war das ein Spiel mit dem Feuerzeug an der Tankstelle. Alles, was er sagte, konnte zu einer weiteren Explosion führen.

»Larissa, lass uns in Ruhe reden. Ich weiß, dass das am Telefon nicht in Ordnung war. Aber ich wollte es dir schnell sagen, ehrlich sein. Magst du etwas trinken gehen? Es gibt hier ein ruhiges Café am Schloss, dort können wir über alles sprechen. Okay?«

Larissa atmete schwer, ließ sich aber widerstandslos am Arm nach draußen führen. Dabei warf sie seiner Sekretärin einen triumphierenden Blick zu, wahrscheinlich waren die beiden kurz vorher noch aneinandergeraten.

Er lotste sie in Richtung des Saarbrücker Schlosses, möglichst außerhalb der Hör- und Sichtweite der Kollegen, die rauchend vor dem Staatsanwaltschaftsgebäude auffallend unauffällig ihre Hälse reckten, um die Szene zu verfolgen.

Larissa hatte auf stur geschaltet, sie schmollte stumm und ließ sich widerwillig auf eine Parkbank fallen. Der Weg ins Café war ihr wohl zu weit. Auch gut. Ihr Blick war auf irgendetwas vor ihren Füßen gerichtet. Sebastian suchte nach den richtigen Worten.

»Hör mal. Ich verstehe ja, dass du wütend bist. Aber es hat doch keinen Zweck. Wenn du ehrlich bist, dann läuft es schon seit geraumer Zeit zwischen uns nicht mehr rund. Die Distanz und unsere komplett unterschiedlichen Lebensentwürfe haben da nicht geholfen. Die Stimmung war nur noch angespannt und zwischen uns standen enttäuschte Erwartungen. Und …«

Larissa stöhnte theatralisch, verengte die Augen und zischte ihn an: »Sei still. Ich wollte dir einfach noch mal ins Gesicht schauen. War dir all diese Zeit nichts wert? Noch nicht einmal so viel, dass du nach München kommst und es mir persönlich sagst? Was bist du nur für ein Feigling, Sebastian? Du sprichst von Enttäuschungen? Das stimmt. Du bist die größte in meinem Leben. Das alles war ein großer Fehler. Du bist ein Fehler. Ach so, und deine Sachen kannst du auf der Müllkippe suchen. War ja dann sicher auch nichts wert, der ganze Krempel.«

Dann rauschte sie ab.

Seufzend ließ er sich gegen die Lehne der grünen Holzbank fallen. Wahrscheinlich hätte er sie aufhalten sollen. Wahrscheinlich hätte er sie um Verzeihung bitten sollen. Nicht dafür, dass er die Beziehung beendet hatte, sondern wie er das getan hatte. Aber er blickte ihr nur nach und schaffte es noch nicht einmal, sich über den Verlust seiner Klamotten und Bücher zu ärgern, die er in ihrer Münchner Wohnung zurückgelassen hatte und wohl nie mehr zu Gesicht bekommen würde.

Er kramte nach dem Zigarettenpäckchen in seiner Jacke. 15 Jahre hatte er nicht mehr geraucht, seit der Nacht mit Veronika hatte er wieder angefangen. Seine Hände zitterten leicht, als er an der Kippe zog und den Rauch inhalierte.

Er musste zurück ins Büro, sich beschäftigen, ablenken, irgendetwas beitragen zu dem Fall, bei dem Veronika ihn offensichtlich nicht dabeihaben wollte. Als er den fragenden Blick seiner Sekretärin auffing, zuckte er entschuldigend mit den Schultern und verzog die Mundwinkel zu einem schiefen Lächeln.

Wer könnte Wendemann schaden wollen? Noch vor wenigen Tagen hatte Sebastian bei ihm im Restaurant gesessen, diese fein abgestimmten Aromen genießen dürfen, für die Wendemann so bekannt war.

Die Art der Entführung sprach nicht für eine Tat im Affekt, einen Streit oder einen Zufall. Jemand musste Wendemanns Rituale und Zeitpläne gekannt haben, seine Vorlieben. Musste genau gewusst haben, wann er allein war. Kirschmeier ging davon aus, dass alles minutiös geplant gewesen war. Er durchforstete die Verhandlungs- und Anklagearchive nach Wendemanns Namen. Er fand zwei eingestellte Verfahren, die aber schon mehrere Jahre zurücklagen. Bei einem ging es um einen Plagiatsvorwurf, bei dem anderen um einen Immobilienkauf. Beide Verfahren hingen auf den ersten Blick nicht zusammen und konnten jeweils mit einem Vergleich gelöst werden. Das war also eine Sackgasse. Er musste jemanden finden, der Wendemann näher kannte und ihn etwas hinter die Kulissen schauen lassen würde. Also jemanden, der gerne mit seinem Adressbuch hausieren ging, und dann euphorisch detailliert sein komplettes Insider-Wissen ausbreitete. Und er wusste auch schon, wen er fragen würde. Seinen Kollegen Brandstetter.

Der kannte wirklich jeden im Saarland, der irgendwann mal in der Zeitung aufgetaucht war – zumindest wenn man seinen Aussagen Glauben schenkte. Er war die perfekte Quelle für den saarländischen Klatsch und Tratsch.

Sebastian wählte Brandstetters Nummer.

»Kollege Brandstetter, Kirschmeier hier, störe ich Sie gerade?«

»Nein, absolut nicht. Ich wälze Akten und bin um jede Abwechslung froh. Ich habe gehört, Sie hatten heute bereits eine kleine Showeinlage?«

Dieses Haus war schneller als jede Nachrichtenagentur, nichts blieb lange verborgen, und solche skandalträchtigen Szenen wie die von Larissa, das war Sebastian auch vorher klar gewesen, verbreiteten sich wie ein Buschfeuer. Er schmunzelte bei dem Bild, das dazu in seinem Kopf entstand. Seine Kollegen als vertrocknete, dürre Äste, die sich sensationsgierig in Richtung der brennenden Geschichte reckten und dann zischend verglühten.

»Immer wieder schön, wie gut unsere interne Hauskommunikation funktioniert. Wäre ja erfreulich, wenn die Verteilung der Hauspost auch so zügig ginge«, frotzelte er. Half ja nichts. »Aber ›Abwechslung‹ ist ein gutes Stichwort. Wir waren schon lange nicht mehr Squash spielen – für Golf ist es ja aktuell etwas zu nass und zu kalt, wenn die nicht sogar schon die Wintergrüns eingerichtet haben. Haben Sie spontan heute Abend Lust?«

»Das ist eine hervorragende Idee. Heute Abend ist allerdings ungünstig, da bin ich schon verabredet. Und die Dame kann ich schlecht sitzen lassen, die ist ein Geschoss. Zehn von zehn, wenn Sie verstehen, was ich meine.«

Sebastian verdrehte die Augen. Dieser Typ war so gar nicht sein Fall, und dass er keine Zeit hatte, war natürlich ungünstig. Aber Brandstetter war noch nicht fertig.

»In einer knappen Stunde könnte ich. Was denken Sie? Noch einmal richtig auspowern, das kann nicht schaden.«

»Oh, okay. Das klingt gut. Dann treffen wir uns direkt an der Halle in Malstatt.«

»Perfekt, Kollege. Und dann sagen Sie mir, was Sie von mir wissen wollen.« Brandstetter lachte und legte auf.

Das mit dem unauffälligen Beschaffen von Informationen musste Sebastian wohl noch üben. Mister Offensichtlich. Nun denn, wenn es der Sache half, dann war es ihm recht. Hauptsache, er bekam Infos, die er in keiner Akte finden würde. Irgendeinen Anhaltspunkt musste es doch geben.

17

Thiels offizielle Ergebnisse aus dem Labor waren da und sie bestätigten die der Schnelltests. Es war Wendemanns Blut in der Küche und tatsächlich handelte es sich um K.-o.-Tropfen, genauer GHB, in der Wurst. Die anderen Lebensmittel aus den Kühlschränken, von denen Proben genommen worden waren, wiesen keinerlei Spuren dieser chemischen Substanz auf. Es ging also weiter um die Wurst.

Veronika trommelte mit den Fingern auf den Konferenztisch. In ihrem Kopf drehten sich die offenen Fragen des Falls mit ihrem eigenen privaten Chaos im Kreis. Sie konnte keinen dieser Gedanken auch nur für länger als zehn Sekunden fassen, dann wurde er wieder weggerissen und sie blieb an einem anderen hängen. Sie schlug mit der flachen Hand auf den Tisch.

»Das bringt doch nichts. Vielleicht sollten wir doch an die Presse gehen und die Bevölkerung um Hinweise bitten. Ich meine, das ist am helllichten Tag passiert – zwar am Hintereingang, aber vielleicht hat jemand ein Fahrzeug gesehen. Oder irgendetwas Verdächtiges.«

»Wir können die Überwachungskameras in der Nähe überprüfen, also Bankfilialen, Tankstellen. Das Restaurant hat leider keine, aber wir haben einen ungefähren Zeitraum, und wenn uns die Kollegen von der Streife unterstützen, können wir alle Ladenlokale in der Gegend abklappern und nach vorhandenem Bildmaterial fragen. Die Lieferanten haben wir alle schon überprüft, da gab es nichts Auffälliges.«

»Das ist eine gute Idee, Langner. Kannst du die Koordination übernehmen? Was ist mit dem Kollegen aus dem Wirtschaftsdezernat. Arbeitet der schon für uns?«

»Meiner Info nach wollte der heute Nachmittag hier aufkreuzen. So wie ich ihn kenne, kommt der aber nicht mit leeren Händen, mach dir keine Sorgen, Veronika. Wenn der Wendemann etwas zu verstecken hat, wird er es finden. Der kennt sich aus.«

Veronika seufzte. Sie war nicht in Form für dieses Spiel, und dass sie daran selbst schuld war, ärgerte sie am meisten.

Eine Kollegin steckte den Kopf durch die Tür. »Sagt mal, wart ihr heute nicht beim Haidmann?«

»Ja, wieso?«

»Von dem wurde eben ein Laster beschossen. Auf der A 1, Richtung Trier. Höhe Göttelborn.«

»Beschossen? Wie, beschossen?« Beckers Stimme klang rau.

»Jemand hat mit einer Schrotflinte auf den Lkw geschossen, durch die Windschutzscheibe. Das Fahrzeug ist verunfallt und der Fahrer zum Glück nur leicht verletzt. Aber wenn ihr mich fragt, hätte das tierisch ins Auge gehen können. Im wahrsten Sinne.« Sie gluckste über ihren eigenen Wortwitz.

»Und warum erzählst du uns das und wir erfahren davon nicht über eine offizielle Meldung?«

»Ich hab halt gedacht, also, die kommt sicher gleich, aber Max, also Kommissar Langner hat heute früh eben erzählt, dass ihr auf dem Weg dorthin seid, und als die Meldung reinkam, hab ich an euch gedacht.«

Wohl eher an Max gedacht, so wie du ihn anschmachtest, schätzte Veronika, sagte aber nichts dazu.

»Danke, das ist wirklich nett, dann machen wir uns doch auf den Weg, werte Kollegen.«

Veronika war froh um die Unterbrechung, und noch mehr darüber, dass es sich dabei um einen glimpflich ausgegangenen Unfall handelte. Sie brannte darauf, herauszufinden, welche Verbindung es da zur Wurstfabrik geben würde. Ihren emotionalen Krempel würde sie auch in den Griff bekommen müssen, deshalb schrieb sie auf dem Weg zur Unfallstelle eine kurze Nachricht an ihre Freundinnen Theresa und Ella.

»Mädels, Intervention. Ich brauche euch dringend. Rat und moralische Unterstützung. Mehr dann heute Abend im ›Tapitas‹?«

Es dauerte keine fünf Minuten, bis die beiden via Daumenhoch-Emoji zugesagt hatten. Immerhin funktionierte das.

Auf der Fahrt Richtung A 1 bekamen sie weitere Informationen zum Unfall. Das verunglückte Fahrzeug war ein Tiertransporter, der zum Glück leer gefahren war. Der Fahrer stand unter Schock und befand sich schon auf dem Weg ins Krankenhaus. Den würden sie im Nachgang befragen müssen. Jetzt mussten sie sich erst einmal ein Bild vor Ort machen.

Becker fuhr vorzeitig von der Autobahn ab.

»Ich fahre einen Schleichweg, dann müssen wir uns nicht durch den Stau quälen. Ich wette, da hat wieder die Hälfte nicht geschnallt, wie eine Rettungsgasse funktioniert. Da rege ich mich nur wieder unnötig auf.«

Veronika lächelte ihrem Kollegen über den Rückspiegel zu. Sie kannte seine Ungeduld am Steuer.

Sie näherten sich der Unfallstelle. Der Lkw stand quer auf der Fahrbahn, Autos stauten sich in zwei Reihen dahinter, deren Insassen waren ausgestiegen. Einige unterhielten sich miteinander, andere telefonierten wild gestikulierend. Ein Abschleppunternehmen wartete auf die Freigabe der Polizei, um die Straße zu räumen.

Veronika ging zu den Kollegen, die bereits vor Ort mit der Dokumentation begonnen hatten. Becker und Langner begutachteten die Umgebung. Laut Zeugenaussagen waren eine oder mehrere Personen auf der Brücke gesichtet worden, unter der der Lkw wenig später zum Stehen gekommen war. Also gab es einen oder mehrere Schützen.

Die beiden Beamten ließen die Umgebung auf sich wirken. Auf der Gegenfahrbahn zog der Verkehr wie zähe Lava unter ihnen vorbei. Kaum ein Fahrer, der sich nicht den Hals verrenkte, um einen Blick auf den Unglücksort zu erhaschen.

»Immer diese Gaffer«, murmelte Langner verärgert.

Die schmale Brücke schien nicht oft genutzt zu werden. Sie überspannte einspurig die Betonschneise, die in das zusammenhängende Waldgebiet für den Bau der Autobahn geschlagen worden war. Überall lagen Blätter, ausgeblichene Getränkedosen, Zigarettenpäckchen.

»Was die Leute einfach so wegschmeißen, wirklich ätzend.« Becker kickte eine Bierdose weg.

»Ich habe diese Faszination für Autobahnen nie verstanden«, murmelte Max. »Ich meine, man sieht doch so oft Menschen, die auf den Brücken oben stehen und die Autokolonnen anstarren. Wie die Plane-Spotter, die stundenlang das Starten und Landen an den Flughäfen beobachten. Das geht mir nicht in den Kopf, was man daran toll finden kann.«

»Hmm, kann ich dir auch nicht sagen. Immer wenn ich unterwegs bin und jemanden auf einer Brücke sehe, bete ich, dass die Person nichts runterschmeißt oder sogar selbst springt – komisch, oder? Bin also ganz bei dir, keine Ahnung, warum man das macht. Vielleicht beruhigt der Anblick der fahrenden Autos, es hat ja schon etwas Monotones«, überlegte Langner.

Er war vor einem kleinen Wall aus hellroten Backsteinen stehen geblieben, die scheinbar vergessen neben der Fahrbahn aufgereiht waren. Sie passten nicht hierher.

»Schau mal, Sven. Ich wette, die haben die als Auflage für die Waffe benutzt. Liegend konnten sie sicher sein, nicht direkt aufzufallen. Was denkst du?«

Becker trat näher, nickte nachdenklich. »Warum macht man das, geht es denen um Macht? Oder wollten sie den Tiertransporter direkt treffen. Stell dir mal vor, der wäre voller Schweine gewesen. Müsste man ausrechnen, aber da wäre das mit dem Bremsverhalten des Fahrzeugs sicher anders ausgegangen.«

»Am Ende wäre der noch umgekippt. Oh Mann, was ein Glück.« Langner betrachtete schweigend die Unfallszene von oben. »Warum sind die Menschen eigentlich so krank? Ich werde langsam wirklich dünnhäutig bei all diesen Irren. Weißt du, wir haben früher auch mal von der Brücke gespuckt oder haben jemandem, den wir in der Schule nicht leiden konnten, die Luft aus dem Fahrradreifen gelassen oder ein Kaugummi auf den Ranzen geklebt. Aber das hier, das ist ja kein Streich mehr, das ist Vorsatz. Ein Anschlag. Versuchter Mord. Ohne zu wissen, wen du triffst.«

Er schüttelte sich.

»Lass uns die Spurensicherung anrufen, solange es noch hell ist. Ich bezweifle, dass wir hier wirklich verwertbare Spuren finden, aber einen Versuch ist es wert.«

»Wer weiß, schau mal, die Zigaretten hier sehen ziemlich frisch aus. Hast du einen Beutel dabei? Ich packe die schon mal ein.«

Becker zog einen kleinen Plastikbeutel aus der Innentasche seiner Jacke und reichte ihn Langner, der den Fundort mit seinem Handy fotografierte.

Dann kehrten sie zu Veronika zurück, die langsam an dem

Tiertransporter vorbeiging und nachdenklich mit den Fingern an den engen Gitterstäben entlangstreifte.

»Lasst uns zu dem Fahrer ins Krankenhaus fahren. Der scheint vernehmungsfähig zu sein. Und Becker, könntest du diesen Bollinger von der Wurstfabrik anrufen? Ich will wissen, was der zu dem Unfall sagt. Das ist wirklich ein komischer Zufall.«

18

»Okay, wir müssen noch den Postencheck machen. In fünf Minuten, passt das für alle?«

Der Lärmpegel in der Küche war hoch, zwei Kollegen unterhielten sich lautstark, eine Metallschüssel landete scheppernd auf dem Boden. Keiner antwortete ihm. Hörten sie ihm überhaupt zu?

»In fünf Minuten Postencheck!«, rief er deshalb energischer. Einige der Köpfe nickten. Markus hätte nie gefragt, ob etwas für das Team okay war. Er entschied, sie führten aus. Jetzt war alles noch ein wenig aus den Fugen, das Team verunsichert, sie mussten sich erst finden in der neuen Konstellation.

»Wie sieht es bei den Soßen aus, Sabrina? Hast du den Fond fertig? Und die Portweinreduktion für den Nachtisch angesetzt?«

»Jaja. Läuft schon«, gab sie unwirsch zurück. Christoph fing Renés Blick auf. Der Sommelier beobachtete ihn. Umso besser.

Christoph trat neben Sabrinas Posten und legte beide Hände auf ihrem Arbeitsplatz ab. Sie hielt in ihrer Bewegung inne und er beugte sich zu ihr hinunter.

»Hör mal, Sabrina. Ich habe jetzt die Verantwortung in der Küche. Und wenn ich dich frage, ob die Soßen fertig sind, dann erwarte ich eine einfache Antwort. ›Ja, Chef‹ oder ›Gleich fertig, Chef‹. Du kannst auch meinen Namen sagen. Du weißt ja, wie ich heiße«, murmelte er ihr eindringlich zu. Und dann lauter: »Wir behandeln uns hier in der Küche mit

Respekt und Wertschätzung. Wir kommunizieren klar und präzise, sonst können wir nicht abliefern heute Abend. Wer sich dazu nicht in der Lage sieht, der sagt das besser jetzt.«

Das Klappern in der Küche hörte schlagartig auf. Niemand bewegte sich. Christoph hielt die Luft an. Sie hatten keine Zeit für Auseinandersetzungen. Diese Küche war ein Motor, der reibungslos laufen musste, sonst passierten Fehler, sonst konnten sie die Qualität nicht halten.

»Okay, Chef«, presste Sabrina neben ihm heraus. Sie biss sich auf die Unterlippe. Die Tür zum Restaurant schwang auf und Mareike kam herein, geschminkt und im schwarzen Hosenanzug. Sie sah aus wie immer. Christoph war erleichtert, wenigstens etwas.

»Was ist denn hier los?«, fragte sie in die Runde. »Stimmt etwas nicht?«

Sie sah Christoph fragend an.

»Nein, alles in Ordnung«, beschwichtigte er. »Wir gehen nur alles noch mal durch. Wir können gleich essen. Pascal, bringst du die Pasta auf den Tisch? Ich hab euch dazu meine Bolognese gemacht, Spezialrezept.« Er zwinkerte in die Runde, doch seine Motivation schien nicht überzuschwappen. Christoph atmete tief durch, sein Blick traf den von Mareike.

»Das wird schon«, formte sie lautlos mit ihren Lippen, nahm sich einen Teller und setzte sich ebenfalls an den langen Tisch im Aufenthaltsraum, wo sie jeden Nachmittag um kurz nach vier gemeinsam aßen, wenn die ersten Vorbereitungen erledigt waren.

Die Stimmung war angespannt. Wo sonst reges Geplapper und zotige Witze zu hören waren, nahm man nur leises Schmatzen und Kauen sowie das Klappern des Bestecks auf den Tellern wahr.

Pascal, der Gardemanger, durchbrach die Stille mit einem Räuspern. »Was, wenn Markus nicht zurückkommt?«

Mareike wurde blass, sie legte langsam ihr Besteck neben den Teller, wischte sich mit der Serviette über den Mund und schaute Pascal direkt an. Der Raum hielt die Luft an.

»Er wird zurückkommen. Warum sollte er denn nicht? Wer auch immer dahintersteckt, wird … Ich, ach, ich weiß doch auch nicht«, ihre Stimme wurde tränenerstickt. »Ich weiß nur, dass er zurückkommen wird. Hier ins Restaurant, an diesen Herd. Und bis dahin müsst ihr die Stellung halten. Das habe ich euch heute Morgen schon gesagt. Mit Christoph an der Spitze. Markus vertraut ihm, ich vertraue ihm, also solltet ihr das jetzt auch tun und dieses alberne Spiel lassen. Das geht alles nur auf die Qualität – und die ist uns heilig, schon vergessen?«

Christoph starrte Mareike mit offenem Mund an. Sie war innerhalb weniger Sekunden von der verzweifelten Schwester zur geschäftsführenden Matrone mutiert. Er war dankbar, dass sie das Ruder an sich gerissen hatte. Seine Kollegen schauten betreten auf ihre Teller, dennoch hatte er das Gefühl, dass ihn alle beobachteten. Er schwitzte. Diese Situation hatte er völlig unterschätzt. Es würde sich einspielen, jetzt mussten sie einfach nur diesen Abend rumkriegen.

Es schepperte in der Küche.

»Scheiße!«

Sabrina betrat den Aufenthaltsraum, ihre Hose war braun eingefärbt.

»Der Fond, ich muss ihn noch mal ansetzen«, stammelte sie bleich.

Christophs Fäuste ballten sich hinter seinem Rücken. Auch das noch.

19

Thiel saß an seinem Schreibtisch und unterdrückte den Husten, der immer wieder in seinem Rachen emporkrabbelte. Er stellte ihn sich wie ein schwarz glänzendes Krustentier vor, das mit den kleinen Widerhaken an seinen kurzen, agilen Beinchen den Schleim seiner Bronchien aufwirbelte und ihn mit heftigen Hustensalven durchschüttelte. In seiner Vorstellung hatte das Tierchen zwar keine Zangen, aber einen dicken stabilen Panzer, dem so schnell nichts etwas anhaben konnte. Es war sein nicht ganz so stiller Mitbewohner. Ein Parasit. Ein Einsiedler. Krebs. Der Ärger machte und nicht ausziehen wollte. Jeder Chemo und jedem Therapieversuch trotzte.

Er hatte von dem Unfall auf der A 1 gehört, aber bis jetzt hatten sie ihn nicht angerufen. Das war ein gutes Zeichen. Die Spurensicherung würde sich schon melden, wenn sie etwas von ihm brauchten. Bis dahin hatte er noch Berichte fertig zu schreiben, den von der toxikologischen Untersuchung der Wurst sowie den von der Blutanalyse. Außerdem war er in zwei anderen Fällen Gutachter gewesen und musste auch diese Schriftstücke fristgerecht an die Staatsanwaltschaft schicken. Und dann musste er noch die nächste Vorlesung vorbereiten, die er an der Medizinfakultät in Homburg Ende der Woche halten würde.

Er rückte seine Brille zurecht, dabei fiel sein Blick auf das Foto auf seinem Schreibtisch. Ach, Simone. Wie sehr du mir fehlst. Wenn du wüsstest, dass Wendemann verschwunden ist. Er seufzte.

Von ihm hatte seine Frau jedes Rezept gesammelt, das ihr in die Finger geraten war. Sie hatte Zeitungsartikel ausgeschnitten und mit Block und Stift ganz nah vor dem Fernseher gesessen und jeden Handgriff in den Sendungen verfolgt, alles mitgeschrieben. Sie war ein Fan-Girl gewesen. Wie oft hatte er sie dafür aufgezogen? Dann hatte sie die Rezepte nachgekocht, stundenlang in der Küche gestanden. Stolz war sie gewesen, auch wenn ein Gericht nicht immer zu einhundert Prozent gelungen war. Er musste lächeln, wenn er daran dachte, wie oft sie sich nach dem ersten Bissen prustend angeschaut hatten. Er hatte ihren Humor geliebt. Der Kloß in seinem Hals schwoll sprunghaft an. Er würde nie wieder ein versalzenes Gericht von ihr essen. Oder von einer Seite angebrannte Schweinelendchen, ihre Spezialität.

Bei der Arbeit sprach er nicht viel über sein Privatleben. Er hatte sein Zuhause immer von diesem kalten, tödlichen Umfeld trennen wollen. Von den Grausamkeiten, den Tragödien, die ihm hier auf seinem Tisch begegneten. Tote, die auch Menschen waren, mit Familien, mit Schicksalen. Nur das Bild auf seinem Schreibtisch gab einen Hinweis darauf, dass er überhaupt verheiratet war. Kaum jemand wusste das. Und niemand, dass seine Frau gestorben war. Vor drei Wochen. Aneurysma im Gehirn. Mitten in der Nacht. Er hatte es nicht einmal bemerkt. Als er am Morgen aufgewacht war, hatte die Leichenstarre gerade eingesetzt und die Kälte ihres Körpers war in sein Herz eingezogen.

Er schluckte gegen den Kloß in seinem Hals an. Alles würde er tun, um mit Simone noch einmal schick auszugehen. Drei-Sterne-Küche, teure Weine, Champagner. Sie einmal in die schillernde Welt des Luxus entführen, von der sie heimlich geträumt hatte, seufzend in ihren Zeitschriften blätternd.

Nur noch einmal.

Er hustete wieder. Es war unerträglich. Seit der letzten Bestrahlung ging es ihm körperlich schlecht, ihm war übel und er fühlte sich schlapp. Sein behandelnder Onkologe hatte bereits eine Perikarditis, also eine Entzündung des Herzbeutels, vermutet. Doch davon war er bisher verschont geblieben. Er hatte ihm allerdings empfohlen, sich auszuruhen, und wollte ihn schon krankschreiben – aber das ging nicht. Thiel brauchte die Arbeit wie die Luft zum Atmen, auch wenn ihm Letzteres gerade sehr schwerfiel.

20

Es wurde langsam dunkel, als Veronika und Langner vor dem Winterbergklinikum aus dem Wagen stiegen. Sie hatten Becker beim Präsidium abgeliefert und waren nun auf dem Weg zu dem verletzten Lkw-Fahrer, um seine Aussage aufzunehmen.

Veronikas Handy vibrierte in ihrer Hosentasche. Francesco. Mist. Ihr Gewissen meldete sich mit einem fiesen Zucken in der Magengegend und sie entfernte sich etwas von Max, bevor sie abhob.

»Hey, du, wie geht es dir?«, flüsterte sie mit gedämpfter Stimme.

»Ciao, amore. Ja, so weit gut. Ist eine traurige Geschichte, du glaubst gar nicht, wie viele Menschen alleine gestern und heute hier waren, um zu kondolieren. Du hast dich gar nicht mehr gemeldet.« Er hörte sich distanziert an.

»Äh, ja. Hier ist die Hölle los. Gleich zwei Fälle auf einmal und wie immer sind wir total unterbesetzt. Du kennst das ja.«

Francesco schwieg.

»Sind deine Eltern schon angekommen?«

»Ja, heute Nachmittag mit dem letzten Flieger. Es gibt ja noch jede Menge zu organisieren. Meine Nonna hat überhaupt nichts vorbereitet, keine Unterlagen zu den Versicherungen, zum Haus, zu ihrem Auto. Nichts. Alles liegt kreuz und quer verstreut in Kartons, und dann die Ämter hier, ich sag dir. Ich bin froh, dass wir das als Familie zusammen durchstehen.«

»Das ist doch schön.«

»Was?«

»Na ja, dass ihr das als Familie angehen könnt.«

Veronika dachte daran, dass von ihrer Familie nur noch sie und ihre Mutter übrig waren. Und bei der hatte sie sich auch schon ewig nicht mehr gemeldet. Das würde sie heute Abend gleich nachholen, nahm sie sich vor.

»Nur du fehlst.« Seine Worte trafen messerscharf.

Veronika stöhnte leise auf und hoffte im selben Moment, dass es Francesco nicht bemerkt hatte.

»Weißt du schon, wann du kommst? Hast du nach Flügen geschaut? Die Beerdigung ist am Freitag. Also in drei Tagen.«

Seine Stimme klang kalt, sie wand sich innerlich, was sollte sie ihm sagen? Sie konnte unmöglich jetzt nach Italien fliegen – nicht nur wegen der Arbeit, sondern wegen der Sache mit Sebastian. Wie sollte sie ihm in die Augen schauen, geschweige denn ihm den Halt geben, den er jetzt brauchte? Mann, reiß dich zusammen, Veronika. Das gibt es doch nicht.

»Schatz, ich fürchte, es wird schwierig. Ich habe mit Klein gesprochen, aber wir finden so schnell keinen Ersatz für mich und haben das Wochenende für die Ermittlungen schon durchgeplant. Von dem Koch gibt es ja immer noch keine Spur, und der Unfall, nun, da stehen wir ganz am Anfang.«

Sie ignorierte den irritierten Blick, den Langner ihr zuwarf.

»Weißt du, ich kenne ja niemanden dort, außer deine Eltern. Und am Ende bin ich dann noch eine Belastung für euch, weil ich nichts verstehe.«

»Du wirst nie eine Belastung für mich sein, Veronika. Niemals. Aber ich verstehe, wenn es nicht passt, dann ist es eben so.«

Wenn er ihren vollen Namen aussprach, war das kein gutes Zeichen.

»Ich mache mal hier weiter. Dir viel Erfolg bei den Ermittlungen. Wir hören uns dann.«

Er legte auf, bevor sie ihm antworten konnte.

»Scheiße!« Sie versuchte, die Tränen der Verzweiflung zu unterdrücken, die sich ihren Weg bahnen wollten.

»Probleme?«, Langner berührte sie leicht am Arm.

»Ach, nichts. Francescos Oma ist gestorben, und jetzt will er, dass ich zu ihm fliege für die Beerdigung. Aber ich kann doch hier nicht weg, und außerdem, was soll ich da? Ich …«

»Du, wir bekommen das auch ohne dich hin. Ist ja nicht für ewig, oder?«

Sie wehrte mit der Hand ab.

»Lass mal, ich hab das für mich schon entschieden. Ist einfach eine blöde Situation. Es geht jetzt nicht. So wie Klein mich schon wieder auf dem Kieker hat, wird das für ihn ein gefundenes Fressen.«

Langner zuckte mit den Schultern und folgte ihr zögernd. Er wusste, dass sie recht hatte. Seit der Baulöwen-Geschichte lauerte ihr Chef förmlich darauf, dass Veronika einen Fehler machte. Der Druck von oben musste wirklich immens sein. Da hatte sie in ein Wespennest gestochen.

Sie fragten am Empfang nach dem Zimmer des verletzten Fahrers und wurden in die Unfallchirurgie geschickt.

Danilo Alves war Portugiese, das wussten sie von ihren Kollegen. Er lag allein in einem Dreibettzimmer. Veronika erschrak ein wenig bei seinem Anblick. Sein teigig glänzendes Gesicht hob sich grünlich-grau vom weißen Kissen ab, die schwarzen Haare hingen ihm strähnig in die Stirn. Neben den zahlreichen kleinen Schnittwunden in seinem Gesicht und an seinem Oberkörper, die bereits medizinisch versorgt worden waren, sah man ihm seinen offensichtlich ungesunden Lebensstil an. Zu viele Zigaretten und zu wenig Schlaf.

»Guten Abend, Herr Alves. Wie geht es Ihnen? Verstehen Sie Deutsch? Oder sollen wir lieber Englisch sprechen?«

»Nein, das geht. Ich verstehe. Sprechen nicht so gut. Aber geht. Ich bin seit zehn Jahre in Deutschland.«

Veronika war froh, dass sie keinen Übersetzer hinzuziehen mussten. Das hätte alles noch mal in die Länge gezogen.

»Und wie geht es Ihnen?«

»Es geht. Schreck ist das Schlimmste. Die Wunden hier«, er zeigte auf die verklebten, rot verkrusteten Stellen, »sind kleine Kratzer.« Er lachte kehlig, verzog dann aber vor Schmerz das Gesicht. So klein waren die Kratzer offensichtlich doch nicht.

»Das verstehe ich. So etwas erwartet man ja nicht. Ich hoffe, es ist in Ordnung, wenn wir Ihnen zu dem Tathergang ein paar Fragen stellen.«

Der Portugiese nickte.

»Können Sie sich denn an irgendetwas Besonderes erinnern? Haben Sie den oder die Täter gesehen?«

Er schüttelte den Kopf.

»Ich bin gefahren, ganz normal. Hatte noch eine Tour. Dann habe ich in Augenwinkel Bewegung auf Brücke gesehen und dann schon Schmerz in Gesicht. Scheibe kaputt. Ich habe gebremst und der Lkw ist ins Schleudern gekommen. Aber konnte ich auffangen. Zum Glück ist niemand in mich reingefahren.«

Seine Stimme zitterte leicht und seine Hände waren zu Fäusten geballt. Veronika sah ein, dass er wieder Ruhe brauchte.

»Eine Frage hätte ich noch, Herr Alves. Wie lange arbeiten Sie schon für die Firma Haidmann?«

Er verzog angewidert das Gesicht.

»Für die arbeite ich gar nicht. Ich arbeite für JobShare, das ist Zeitarbeitsfirma. Alle zwei Monate habe ich neuen Vertrag und manchmal zwei Monate nicht, erfahre ich immer drei Tage vorher. Ein Scheißladen. Filhos da Puta. Und nach dem Unfall ist der Job bestimmt weg.«

Veronika hob erstaunt eine Augenbraue.

»Und wie lange machen Sie das schon so?«

Er überlegte. »Fünf Jahre, ungefähr.«

»Aber ist das denn legal? Ich dachte, befristete Arbeitsverträge dürfen nur maximal zwei Jahre laufen und innerhalb dieser Frist dreimal verlängert werden. Oder so.«

Sie schaute Langner fragend an. Der zuckte nur mit den Schultern.

»Das muss ich mir mal näher anschauen, das kann ja gar nicht sein. So kann ja niemand wirklich planen.«

»Das machen die fast mit allen Mitarbeitern so«, erklärte Alves. »Auch in Produktion. Müssen Sie dort fragen. Bei den Frauen ist es oft noch schlimmer. Wie Saisonarbeiter, nur dass es keine Saison gibt.«

»Ich danke Ihnen, Sie haben uns sehr geholfen. Wir melden uns bei Ihnen, wenn wir noch Fragen haben. Gute Besserung. Da fällt mir noch etwas ein: Nur aus Interesse, wie viele Tiere haben Sie denn vorher in Ihrem Lkw transportiert?«

»87 Schweine, das war etwas knapp dieses Mal. Arme Schweine sind das.«

Veronika schüttelte es bei dem Gedanken an die Panik der Tiere, die Enge und die Grausamkeit dieser letzten Stunden. Was für ein entsetzliches System. Sie hatte bis heute nicht verstanden, warum man den Tieren diese langen Transporte zumuten musste, oft bis Osteuropa, weil das Schlachten dort günstiger war. Doch da endete die Grausamkeit nicht. Letztens hatte sie eine Reportage von Tierexporten nach Libyen gesehen und Rotz und Wasser geheult. Die Rinder waren reihenweise verendet, abgekippt worden wie Restmüll, und für die gierigen Geldgeier hatte es sich immer noch gelohnt. In ihrem Kopf tauchten die Bilder wieder auf, sie jagten ihr Gänsehaut über den Körper.

Als sie mit Langner aus dem Krankenhaus trat, stand ihr Entschluss fest. Sie würde ab sofort keinen Bissen Fleisch mehr essen. Veggie-Vero. Ihre Freundin Theresa wäre stolz auf sie.

21

Das Zittern seines Körpers riss ihn aus dem traumlosen Schlaf. Er fror erbärmlich und der bittere Geschmack in seinem Mund löste augenblicklich einen Würgereiz bei ihm aus. Orientierungslos schnellte sein Blick umher. Wo war er? Mühsam setzte er sich auf, befühlte die feuchte Matratze, auf der er gelegen hatte. Die kratzige Wolldecke. Die sandige Wand neben dem Bett. Kalt, klamm. Es war kein Albtraum, er war immer noch hier. Langsam versuchte er aufzustehen, seine Knie gaben nach. Mit wackligen Schritten erreichte er die Tür, lauschte in die Stille. Ein leises Brummen war zu hören. Wie das Aggregat eines Kühlschranks. Er dachte an seine Küche, an die ruhigen Stunden, die er dort so geliebt hatte. Wenn die Hektik der Stadt hinter den verschlossenen Türen verborgen blieb. Die glänzenden Metalloberflächen, die Töpfe und Pfannen und die beeindruckende Messersammlung auf ihren nächsten Einsatz warteten. Und nur dieses surrende Brummen des Kühlraums zu hören war. Beruhigend. Monoton. Fast meditativ.

Wo hatten sie ihn hingebracht? Und wer? Ein strenger Geruch stieg ihm in die Nase. Er kam aus der hinteren Ecke, in die er sich erbrochen hatte. Wann war das gewesen? Vor einer Stunde? Vor zwei Tagen?

Seine Augen gewöhnten sich nur langsam an die Dunkelheit. Ihm wurde schwindelig, mit der Hand stützte er sich an der Wand ab. Sie war nass. Klatschnass. Wasser rann ihm über die Finger, doch seine Hand war trocken, als er sie an der anderen abwischen wollte. Er sah einen Schatten im Augenwinkel, hielt die Luft an. Doch auch der Schatten verschwand wieder. Sein Atem ging stakkatohaft. Was ging hier vor? Langsam wankte er zurück zum Bett, ließ sich auf die Knie fallen. Seine Zunge fühlte sich geschwollen an, sein Mund wurde trocken, als hätte er in Sand gebissen. Er musste etwas trinken. Wasser. Seine Hand suchte blind nach der Flasche, die er noch neben dem Bett vermutete. Er griff danach, schraubte eilig den Deckel ab, führte die Flüssigkeit zum Mund und erstarrte in der Bewegung. Dieser bittere Geruch. Er würgte. Nein, er konnte das nicht trinken. Sie vergifteten ihn damit. Egal welche Drogen sie ihm gaben, er konnte sich nicht weiter so ausliefern. Er musste hier raus.

Er warf die Plastikflasche gegen die Wand, wo sie mit einem dumpfen Geräusch aufplatzte. Und wenn niemand mehr kam? Würde er dann hier verdursten? Je länger er darüber nachdachte, desto durstiger wurde er. Noch nie hatte er einen solchen Drang verspürt, etwas trinken zu wollen. Kühles, klares Wasser. Er hustete heiser.

Wasser, nur einen Schluck.

Er befühlte seinen Kopf. Die Platzwunde dort war verklebt worden, er zählte drei raue Pflasterstreifen. Die Wunde pochte. Er begann zu wimmern. Wenn er doch nur wüsste, was sie von ihm wollten. Er konnte sich nicht erinnern, sich mit jemandem besonders angelegt zu haben. Vor allem nicht mit denen, mit denen man sich nicht anlegen sollte. Die zu so etwas wie dem hier fähig waren. Seit seinem ersten eigenen Restaurant »kannte man sich«. So nannten sie es. Ein paar Männer und eine Frau waren zum Essen vorbeigekommen, lange geblieben, hatten sich mit ihm unterhalten. Damals kam er noch aus der Küche, wollte das Feedback seiner Gäste am liebsten persönlich abholen, aus erster Hand erfahren, wie es ihnen schmeckte.

Seine Gäste hatten ihm dann die Regeln erklärt. Was zu tun war, wenn man Schäden am Restaurant vermeiden wollte.

Ihr Essen ging damals aufs Haus. Und auch die Rechnungen ihrer anschließenden Besuche. Später, so erfuhr er, wurde die Frau in die JVA nach Zweibrücken eingebuchtet. Die Männer kamen weiterhin, auch ins neue Restaurant. Hatte er sie doch irgendwie verärgert?

Er wischte sich mit dem Unterarm den staubigen Rotz von der Nase. Er würde sich hier unten den Tod holen. Seine Stirn glühte, seine Hände und Füße brannten, alles kribbelte, als würden Tausende Ameisen über seine Haut laufen. Wenn er genau hinschaute, konnte er sie sehen. Ihre kleinen agilen Körper, ihre flinken Beine. Sie waren überall. Sie wurden immer größer.

Er schüttelte den Kopf.

Was zur Hölle hatten sie ihm da gegeben?

22

»Den kriegen Sie noch?«

»Das gibt es doch nicht.«

»War aber knapp.«

»Scheiße!«

Sebastian und Staatsanwalt Brandstetter schlugen sich bereits seit einer halben Stunde einen kleinen dunkelblauen Gummiball um die Ohren. Sebastian hatte Squash immer geliebt, weil er sich dabei so wunderbar auspowern konnte. Er mochte die Geräusche in dem abgeschlossenen Raum, das Quietschen der Sohlen auf dem Holzboden, den Aufprall des Balls gegen die Wand, den dumpfen Kontakt des Schlägers.

»Kommen Sie, noch ein Match, Kirschmeier. Oder sind Sie schon aus der Puste?«

Brandstetter feuerte den Ball gegen die von Gummispuren übersäte Wand und lachte herausfordernd. Sebastian hechtete zum Ball und schaffte es gerade so, ihn mit einer ausreichenden Geschwindigkeit zurückzuspielen, und dann noch in einen Winkel, den sein Gegner nicht mehr erreichen konnte.

»Nicht schlecht, Herr Kollege«, konterte dieser.

20 Minuten später saßen sie verschwitzt und mit roten Köpfen auf der Bank vor dem Squash-Court und tranken gierig den ersten Schluck von ihrem Bier, das Brandstetter an der Theke bestellt hatte.

»Es ist immer wieder ein Fest, gegen Sie zu spielen, Kirschmeier. Aber jetzt schießen Sie schon los, Sie wollten doch nicht nur ein paar Bälle gegen die Wand kloppen, als Sie mich angerufen haben.«

Sebastian nahm noch einen Schluck Bier, dann räusperte er sich.

»Das stimmt nicht ganz, aber dennoch bin ich mir sicher, dass Sie ein paar Infos haben, die für unseren aktuellen Fall nützlich sein könnten.«

»Unseren Fall?«

»Die Kriminalpolizei ermittelt bereits, aber es ist schwierig, weil es keinerlei Hinweise zu Täter und Motiv gibt.«

»Geht es um den Wendemann-Fall? Ich habe davon in der Zeitung gelesen. Die waren etwas früh dran mit der Presse, oder?«

»Stimmt, ist nicht gut gelaufen. Man geht davon aus, dass jemand aus dem Team gequatscht hat. Oder vielleicht auch ein Gast. An einem Abend musste das Restaurant ja geschlossen bleiben.«

»Was wenig ist, wenn man bedenkt, dass der Chefkoch verschwunden ist.«

»Die Geschäftsführerin und Schwester von Wendemann muss an dieser Stelle wohl sehr insistiert haben. Reputation und finanzielle Sicherheit scheinen da vorzugehen.«

»Hmm, das wundert mich. Wendemann müsste finanziell schon ziemlich stabil dastehen. Also wenn es darum ginge, dann hätte das Restaurant sicher noch ein paar Tage standgehalten.«

»Wissen Sie denn, wie schwer er finanziell geschätzt wird?«

»Ein paar Millionen müsste er schon auf dem Konto haben, denke ich. Das Haus, in dem sich das Restaurant befindet, ist auf jeden Fall abbezahlt. Das hat er mir bei einem Absacker erzählt. Waren Sie denn mal dort zum Essen? Das ist wirklich sensationell, was der da zaubert.«

»Ähm, ja, sogar erst kürzlich …«

»Und dann die Weine dazu, exzellent. Gibt es schon eine Lösegeldforderung? Ich nehme an, dass Sie ebenfalls von einer Entführung ausgehen?«

»Nun, alles spricht dafür. Die K.-o.-Tropfen, Wendemanns Blut, welches in der Küche gefunden wurde. Denken Sie denn, dass er so etwas fingiert haben könnte? Beispielsweise um sich vor jemandem zu verstecken?«

Brandstetter schüttelte langsam den Kopf, er schien nachzudenken.

»Ich kann es mir nicht vorstellen. Der Wendemann ist weit vernetzt, der weiß, mit wem er sich gutstellen muss. Aber beliebt ist er trotzdem nicht. Er hat wenig übrig für andere Gastronomen in der Stadt, ist sehr mäkelig mit seinen Zulieferern, von seinem Team ganz zu schweigen. Das ist eine harte Schule, das kann ich Ihnen sagen.«

»Also gäbe es doch eine Reihe von Leuten, die sich über Wendemanns Verschwinden freuen würden? Fallen Ihnen da Namen ein?«

Brandstetter lachte und klopfte dabei Sebastian leicht auf die Schulter.

»Dann machen Sie mal die Gelben Seiten auf und notieren sich alle Restaurants. Nein, aber im Ernst. Für die saarländischen Gastronomen ist Markus ein rotes Tuch, der hatte sich mit jedem in der Wolle. Er hatte einen ganz kleinen, engen Kreis von Vertrauten. Lassen Sie mich überlegen – der eine, Jo Würzburger, ist Weinhändler aus Saarlouis, dann gibt es noch so einen Finanztypen aus Frankfurt, der ihn wohl auch bei seinen Investitionen beraten hat. Komme gerade nicht auf den Namen. Und Herr Haidmann senior.«

»Von der Wurstfabrik?«

»Genau, der Vater. Arbeitet nicht mehr aktiv. Sein Adoptivsohn macht das jetzt wohl, komischer Kerl, wenn Sie mich fragen.«

Sebastian war zufrieden. Sein Einsatz hatte sich gelohnt, er würde heute Abend noch eine Mail an Veronika schreiben und hoffen, dass sie irgendwann wenigstens wieder normal miteinander umgehen konnten.

»So, und Sie waren also vor Kurzem noch im ›La Table‹, dann erzählen Sie mal. Welches Menü hatten Sie denn?«

23

Nach der ersten Flasche Rotwein und dem üblichen Update zu den jeweiligen Neuigkeiten berichtete Veronika ihren Freundinnen kleinlaut von ihrem Seitensprung und dem Gefühlschaos in ihrem Kopf. Sie war froh, endlich offen darüber reden zu können. Ihre Verdrängungsversuche hatten nicht gefruchtet und sie musste dem Damoklesschwert ins Auge sehen, welches sich über ihr eingependelt hatte. Sie arbeitete tagtäglich mit Sebastian, in wenigen Wochen wollten Francesco und sie zusammenziehen. Sie lebten alle in einer Stadt. Einer kleinen Stadt. Saarbrücken, wo jeder jeden kannte. Sie musste etwas tun. Es Francesco sagen, ihren Job kündigen oder auswandern oder sich für 50 Jahre einfrieren lassen oder Sebastian von der Bildfläche verschwinden lassen. So viele realistische Optionen blieben da nicht übrig.

Es fiel ihr schwer, darüber zu sprechen, den Abend Revue passieren zu lassen, die Momente, in denen sie gemerkt hatte, dass etwas anders geworden war, sich die Stimmung zwischen ihnen geändert hatte. Und sie es hatte geschehen lassen.

Ella und Theresa lauschten ihr aufmerksam, unterbrachen sie nicht. Veronika wusste, dass sie ihnen alles anvertrauen konnte, dennoch war sie nervös, wie ihre Freundinnen reagieren würden. Als sie geendet hatte, sagte keine von ihnen etwas. Veronika nahm einen großen Schluck Rotwein, versuchte ein zaghaftes Lächeln.

»Da hast du dir ja ganz schön etwas eingebrockt«, brach Theresa das Schweigen. »Und das auch noch innerhalb derselben Postleitzahl.«

»Was willst du jetzt tun?«, fragte Ella.

»Ich habe keine Ahnung, eigentlich müsste ich mich auf meinen Job konzentrieren, aber ich komme ja um Sebastian nicht herum und Francesco sitzt in Neapel und will, dass ich runterfliege, aber ich kann nicht weg. Und ich will es auch nicht.«

»Würdest du das mit Sebastian rückgängig machen, wenn du könntest?«

Veronika überlegte. Darüber hatte sie sich noch keine Gedanken gemacht. Sie spürte nur, dass alles in ihr sich dagegen wehrte, Francescos Familie kennenzulernen. Er tat ihr leid, aber sie konnte einfach nicht für ihn da sein. Es war ihr schon vorher alles zu viel gewesen. Zu schnell gegangen. Seine enthusiastische Wohnungssuche, die zahllosen Besichtigungen, nirgendwo hatte sie sich wirklich wohlgefühlt, seine Enttäuschung jedes Mal, bis sie zugestimmt hatte. Irgendeiner Vierzimmerwohnung mit Badewanne. Nur, um diese Odyssee zu beenden. Um nicht weiter die Spielverderberin zu sein.

Ella schaute sie nachdenklich an.

»Kann es sein, dass du Angst vor dem Zusammenziehen hast? Wir haben uns schon gewundert, dass ihr das alles einfach so mitmacht. Also ihr, du und deine Bindungsangst.«

Konnte sie Gedanken lesen? Veronika stiegen die Tränen in die Augen, sie nahm einen weiteren tiefen Schluck Wein. Theresa legte ihr die Hand auf den Arm.

»Mach dir keine Sorgen, Süße. Es wird schon werden. Du musst deinem Herzen folgen, sonst wirst du unglücklich. Mit dem einen oder mit dem anderen. Oder mit keinem.«

»Ich weiß«, flüsterte Veronika. »Danke euch.«

»Wir sind in jedem Fall für dich da. Full backing, du verstehst?« Ella zwinkerte ihr zu. »Männer kommen und gehen, wir bleiben. Und wenn du reden willst, schreist du laut und wir sind am Start.«

Veronika nickte dankbar.

»Jetzt aber mal was anderes. Bist du an dem Fall von dem verschwundenen Markus Wendemann dran?«, fragte Ella mit erwartungsvollem Blick.

»Hmm, aber du weißt doch, dass ich über laufende Ermittlungen nichts sagen darf. Wieso fragst du?«

»Weil ich ihn von früher kenne, aus der Schule. Seine Schwester Mareike war zwei Klassen über uns, er in meiner Parallelklasse. Da waren die frisch ins Saarland gezogen. Nur mit ihrem Vater, das war schon ungewöhnlich. Ich erinnere mich so gut an ihn, weil wir den alle süß fanden. Der war so anders als alle anderen Typen. Wild-Romantic-Style, wenn ihr versteht. Verträumt, aber leicht irre. Wie ein Emo, nur mit naturbraunen Locken und dunklen Augen. Den hätte man sich gut in einer amerikanischen Serie vorstellen können.«

»Und, konntet ihr bei ihm landen?«, fragte Theresa amüsiert.

»Nein, nicht dass ich wüsste. Der hat sich für keine von uns auch nur ansatzweise interessiert, hing in den Pausen immer nur mit seiner Schwester ab. Oder sie mit ihm, wie man es nimmt. Die waren unzertrennlich. Es gab dann Gerüchte, dass seine Mutter einen schlimmen Unfall gehabt hatte und die Kinder dabei gewesen waren, oder sie zumindest kurz danach gesehen haben und dann traumatisiert wurden. Was man sich als Teenager halt so erzählt.«

Veronika wurde hellhörig. »Weißt du denn, wann das genau war?«

»Lass mich rechnen, in der neunten Klasse kam er, das war 1994. Oh Gott, ist das ewig her. Überlegt mal. 2050 ist genauso weit weg. Damn, sind wir alt, Mädels.« Ella lachte.

»Und der Unfall?«

»Der muss ein Jahr vorher gewesen sein. Die kamen aus der Nähe von Köln, wenn ich mich richtig erinnere. Müsste mal in meinen alten Klassenbüchern schauen, da stand so was, glaube ich, mal drin. Wobei, du müsstest das doch über deine Datenbanken noch schneller rausbekommen.«

»Stimmt, das muss ich gleich morgen mal raussuchen.« Veronika ärgerte sich, dass sie bisher keine umfassende Hintergrundrecherche zu Markus Wendemann gemacht hatten. Vielleicht fand sich ja auch ein Motiv in seiner Vergangenheit.

»Und seine Schwester?«

»Die hat ihn keine Sekunde aus den Augen gelassen, ihm Brote in die Klasse gebracht, Getränke gekauft, als er den Schulhof offiziell noch nicht verlassen durfte. Hat ihn beim heimlichen Rauchen gedeckt. Wir haben immer gedacht, dass nur noch fehlt, dass sie ihm die Schultasche trägt.« Ella grinste.

»Und er fand das gut?«

»Denke nicht, ihm war das eher unangenehm. Er ist immer ganz schnell mit ihr raus, gesenkter Blick und so. Wenn ich so aus der Distanz drüber nachdenke, war nie ganz klar, wer für wen wichtiger war.«

Veronika versuchte, sich Mareike und Markus Wendemann als Teenager vorzustellen. Es fiel ihr schwer und der Wein trübte ihr Vorstellungsvermögen zusätzlich.

»Sag mal, hast du noch Fotos von damals?«

»Bestimmt, ich hatte ja früher so ein Album, in dem ich die hotten Boys katalogisiert habe. Also, alles aufgeschrieben und dokumentiert, was ich über sie finden konnte. Inklusive Bilder.«

»Also Stalking«, lachte Theresa.

»Quatsch. Habt ihr das denn nicht gemacht? Ich wollte halt vorbereitet sein, wenn sie sich für mich entscheiden. Dann hätte ich einen Wissensvorsprung gehabt.« Ella schaute die beiden anderen fragend an. »Nicht?«

Dann prusteten sie los.

HAUPTGANG

24

Seine Mutter hatte sich kurz nach dem Essen hingelegt. Es war spät geworden, der Abend war holprig verlaufen, es hatte einige Patzer gegeben, aber alles in allem war er zufrieden. Trotz Soßendesasters und der Pannen bei der Julienne. Er hatte nicht richtig kontrolliert, was die Auszubildenden da zurechtgeschnippelt hatten, und hatte es prompt bereut. Was für ein Anfängerfehler! Am meisten hatte er sich über sich selbst geärgert.

Er brachte seiner Mutter jeden Abend ein Essen mit. Sie bestand darauf, auch wenn sie dann manchmal erst um 23.00 Uhr aß. Das späte Essen würde ihr auf den Magen schlagen, sagte sie immer, bevor sie dann noch zwei Cognac kippte und ins Bett fiel. Aber von ihrem Ritual ließ sie sich dennoch nicht abbringen.

Sie war besessen von Essen, redete über nichts anderes als übers Kochen, über Zutaten und Auszeichnungen. Er hatte ihr Internetfernsehen besorgt, sodass sie zu jeder Tages- und Nachtzeit Kochsendungen schauen konnte. In allen Sprachen und auch wenn sie kein Wort verstand, hing sie mit leicht geöffnetem Mund davor, Zettel und Stift vor sich auf dem braun gefliesten Couchtisch, bereit, den neuesten Trend oder eine besonders ausgefeilte Kombination mitzuschreiben und ihm dann auf den Schreibtisch zu legen. Versehen mit kleinen Kommentaren wie »musst du ausprobieren«, »sah lecker aus«, »unbedingt testen«.

Er lebte ihren Traum, sie hätte so gerne in einer Profiküche gearbeitet. Anfangs fand er diesen Enthusiasmus noch irgendwie rührend, doch er kannte seine Mutter. Bei allem, was sie erst mit großem Interesse verfolgte, entwickelte sich eine Besessenheit, die nichts anderes mehr daneben zuließ. Und er befand sich plötzlich im Wettbewerb mit all diesen Köchen von überall auf der Welt, die sie beim Vornamen nannte, als wären es langjährige Bekannte.

Auch wenn sie sein Essen sehr schätzte, so konnte sie sich nie einen Kommentar verkneifen wie »Diego hätte hier sicher mehr Limette genommen« oder »Raffaelle fügt immer noch zwei Esslöffel Parmesan zu seiner Panade hinzu, die schmeckt dann sicher etwas würziger als deine. Solltest du mal versuchen«.

Egal was er machte, es war einfach doch nicht gut genug in ihren Augen. Dass er jetzt den Chefkochposten im Restaurant übernommen hatte, hatte sie mit einem Nicken zur Kenntnis genommen und »wurde ja auch Zeit« gemurmelt. Sein Körper war bis zur letzten Sehne gespannt gewesen, eine Hand zur Faust geballt in der Hosentasche. Er liebte seine Mutter, sie war sein Leben lang für ihn da gewesen, aber ihre permanente Unzufriedenheit machte ihn mürbe. Es kostete so viel Kraft, ihren Erwartungen gerecht zu werden.

Er selbst hatte sich noch mal an den Küchentisch gesetzt und war sein Notizbuch mit Inspirationen durchgegangen. In zwei Wochen stand die Entwicklung einer neuen Karte an. Er wusste, dass Markus bereits alles vorbereitet hatte, aber die Unterlagen hatten sie nicht gefunden. Mareike war akribisch durch das Büro gepflügt, aber Markus' Aufzeichnungen blieben verschwunden. Also hatte er es ihr versprochen. Er würde ein neues Menü aufsetzen, etwas Frisches, Aufregendes. Geschmacksexplosionen. Seine Mutter hatte recht, es wurde Zeit.

Er hatte die halbe Nacht wach gelegen, sich hin und her gewälzt. Jetzt hörte er seine Mutter in der Küche rumoren.

Sicher machte sie sich die erste Kanne Kaffee. Er betrachtete das Foto auf seinem Nachtisch. Er als Zwölfjähriger, die dunklen Haare waren streng zur Seite gekämmt, der Kragen seines Poloshirts stand hoch, seine Hände hatte er in den Hosentaschen vergraben und den Blick am Horizont aufgehangen. Die Hand seines Vaters lag wie eine monströse Pranke auf seiner Schulter, die er leicht nach vorne gebeugt hielt, als könnte er die Hand nur so balancieren. Das Gesicht des Vaters war nur halb auf dem Foto, das kantige Kinn und die wulstigen Lippen, die Mundwinkel, die stets nach unten hingen, wenn er mit seiner Familie zusammen war.

Er schloss die Augen. Die Pranke seines Vaters blieb als roter Abdruck hinter seinen Lidern kleben. Wie oft hatte er sie zu spüren bekommen? Als er aufgehört hatte, sich zu verstecken. Hinter Sesseln, unter Betten, in Schränken. Wenn es laut wurde, sein Vater brüllte, seine Mutter schluchzte. »Du weckst ihn noch auf.« – »Sei doch leise.« – »Ich hab nichts gemacht.« Dann dumpfes Poltern, es klatschte nicht, er schlug immer mit der Faust zu.

Irgendwann war Christoph aufgestanden, hatte sich dazwischengestellt. Schützend vor seine Mutter. Beim ersten Mal hatte sein Vater irritiert von ihnen abgelassen, war aus der Wohnung verschwunden. Das nächste Mal hatte er zugeschlagen.

Als er starb, hatten Christoph und seine Mutter lange schweigend nebeneinander auf der Couch gesessen. Sie hatte seine Hand gedrückt, als sein Vater die letzten Atemzüge tat. Sie hatten zugeschaut, wie sein Herz versagte. Wie er krampfend am Boden lag und röchelnd um Hilfe bettelte. Bis er verstand, dass sie ihm nicht helfen würden. Dass er es versaut hatte. Dass es das für ihn gewesen war. Game over. Er war plötzlich ganz ruhig und seine Atmung schwerfälliger geworden. Bis sein Kopf zur Seite gekippt war.

Seine Mutter hatte sich mit den Handinnenflächen auf die Oberschenkel geklatscht, war aufgestanden und hatte Christoph zu sich hochgezogen:

»Wir zwei gehen jetzt schön ein Eis essen. Der Papa lädt ein.«

»Müssen wir denn nicht jemanden anrufen?«, hatte er zögerlich gefragt. Seine Mutter hatte ihm über den Kopf gestreichelt.

»Das machen wir später. Der Papa, der läuft nicht mehr weg.«

Es war ein seltsamer Moment gewesen, und trotzdem einer der schönsten in seinem Leben.

Er blickte auf die Uhr. In einer halben Stunde würde er aufstehen müssen, ins Restaurant gehen, Bestellungen annehmen, Vorbereitungen treffen. Er schloss noch einmal die Augen. Nur noch einen Moment die Ruhe genießen.

Die Ruhe vor dem Sturm.

25

Von der Arroganz des Vortages war bei Ludger Bollinger am Morgen nichts mehr zu spüren. Er war blass, seine Bewegungen fahrig, und die gestern noch zurückgegelten Haare hingen ihm strähnig an den Seiten des Kopfes herab. Vor ihm auf dem Tisch im Vernehmungsraum lag eine abgegriffene, vergilbte Plastikmappe voller Papiere, die offenbar achtlos hineingestopft worden waren.

»Herr Bollinger, schön, dass Sie es einrichten konnten. Wir haben versucht, die Aufnahmen Ihrer Überwachungskameras auszuwerten, aber es fehlt die Hälfte. Was haben Sie dazu zu sagen?«

Er blickte sie an, als würde sie in einer fremden Sprache zu ihm sprechen.

»Herr Bollinger, was ist mit den Kameras?«

»Kaputt, die über dem Verkaufstresen ist kaputt. Schon seit Wochen. Aber wir bekommen keinen Ersatz. Haben Sie mal versucht, in diesen Tagen einen Handwerker zu erreichen?« Seine Stimme klang monoton und rau, als hätte er sich die Nacht grölend auf einem Konzert oder mit mehreren Flaschen Whisky um die Ohren geschlagen.

»Prima, hätten Sie uns das nicht früher sagen können? Wir wissen jetzt zwar, dass Wendemann bei Ihnen war und wann, aber was rund um den Selbstbedienungstresen vorgefallen ist, kann man nicht sehen.« Veronika wurde laut. »Glauben Sie eigentlich, wir hätten sonst nichts zu tun?«

Becker berührte sie leicht am Arm, sie atmete tief durch.

Bollinger räusperte sich, schien mit seiner Antwort zu

zögern, als hätte er nicht verstanden, dass es sich um eine rhetorische Frage gehandelt hatte.

Dann schob er ihr wortlos die Mappe rüber.

»Was soll das jetzt? Was haben Sie da?«

»Sie sollten sich das vielleicht anschauen. Wir werden erpresst.«

»Was?«

»Seit ein paar Wochen bekommen wir diese Briefe. Ich habe mir nichts dabei gedacht, eine Wurstfabrik hat ja nicht nur Fans.« Er klang jetzt wie ein weinerliches Kleinkind.

Veronika atmete tief durch. Ruhe bewahren.

»Und was steht in den Schreiben?«

»Lesen Sie doch selbst. Ich weiß überhaupt nicht mehr, was ich machen soll.«

Wie schnell war dieser Typ vom schmierigen, überheblichen Kerl zu einem Jammerlappen mutiert? Oder war das nur Teil der Show?

»Herr Bollinger, wir haben keine Zeit. Sagen Sie mir jetzt einfach, was in den Briefen steht, und dann können wir mit den Ermittlungen weitermachen. Warum haben Sie gestern nicht schon was gesagt? Wenn da jemand in die Produktion eingreift, dann müssen wir die stoppen, wir …«

»Ich habe schon mit meinem Qualitätsmanagement gesprochen. Im Unternehmen kann eigentlich nichts passieren. Die Besucher sind nie unbeaufsichtigt. Und bei den Lieferketten ist auch alles abgesichert. Es sei denn …«

»Es sei denn was?«

»Na ja, dass es ein Mitarbeiter ist. Aber das kann ich mir nicht vorstellen.«

»Und was steht nun in den Briefen?« Veronika war drauf und dran, diesen Typen in Untersuchungshaft zu stecken wegen Behinderung der Polizeiarbeit. Oder so etwas. Sebastian müsste sich eben was einfallen lassen. Oh

Mann, Sebastian. Den Gedanken musste sie gleich wegschieben.

»Da steht, dass wir unsere Scheiße selbst essen sollen. Und dass wir Ausbeuter sind. Und Mörder. Und dass man den Dreck, den wir produzieren, noch nicht einmal den Maden zu fressen geben kann. Dass das alles Gift ist.«

Veronika wurde hellhörig.

»Wie bitte?«

»Gift. Dass die Wurst, die wir nach deutschen Qualitätsstandards produzieren, Gift sei. So ein Quatsch. Ich meine …«

»Okay, Herr Bollinger. Verstanden. Die Briefe kommen gleich in die KTU und werden auf Spuren untersucht. Sie müssten mir auch Ihre DNA und Fingerabdrücke dalassen und am besten auch gleich alle Mitarbeiter nennen, die mit diesen Schriftstücken in Kontakt standen, dann können wir die ausschließen.«

Sie winkte Langner zu, der hinter der Scheibe des Vernehmungsraums stand.

»Max, bitte bring Herrn Bollinger hier zur KTU, die sollen seine Daten aufnehmen. Und diese Briefe hier untersuchen und uns am besten gleich Scans machen und zuschicken, damit wir uns um den Inhalt kümmern können.«

Langner nickte und bedeutete dem Geschäftsführer, ihm zu folgen.

Becker schaute sie an. »Und jetzt?«

»Und jetzt: Scheiße. Wenn die Briefe und die vergiftete Wurst zusammenhängen, dann hätten wir das alles vielleicht verhindern können. Auch den Anschlag auf den Lkw. Wenn er sich einfach nur früher gemeldet hätte. Einfach mal etwas anderes ernst genommen hätte als sich selbst. So ein Idiot. Wenn diese Briefe echt sind und es da wirklich jemand auf die Fabrik abgesehen hat, dann schlägt die Person vielleicht noch einmal zu und unser Koch und der Lkw-Fahrer bleiben nicht die einzigen Opfer. Wenn es nicht schon zu spät ist und andere vergiftete Würste bereits im Umlauf sind. Oder weitere Anschläge geplant sind. Oh Gott, stell dir das mal vor. Wir müssen die Leute informieren.«

Veronika wurde flau im Magen. Seit ihrem Besuch in der Wurstfabrik bekam sie den würzig-süßlichen Geruch nicht mehr aus der Nase, die hängenden Schweinehälften, die sie beim Vorbeigehen gesehen hatte, das sterile Weiß der gefliesten Gänge, die verschmierten Gummistiefel, die vor einer Tür zur Produktionshalle vergessen worden waren. Vor ihrem inneren Auge tauchte eine blutige Schmiererei auf der weißen Wand auf. »Schlachthaus«, stand dort. Sie schaute definitiv zu viele Horrorfilme.

»Okay, wie finden wir jetzt heraus, wo die Wurst vergiftet wurde?« Becker riss sie aus ihren Gedanken.

»Es könnte überall passiert sein. In der Fabrik, im Laden. Wir wissen, dass Wendemann immer direkt vom Werk gekauft hat. Aber dort könnte es auch ein anderer Kunde gewesen sein, der sich an den Produkten in der Auslage zu schaffen gemacht hat. Und dann eben noch in der Küche. Theoretisch hätte sein gesamtes Team, inklusive Reinigungskräften, Zugang dazu gehabt. Restaurantkunden können wir ausschließen, in die heiligen Hallen hatte niemand Zutritt.«

»Beruhige dich. Gehen wir systematisch vor. Wenn andere Personen vergiftet worden wären, hätten wir das sicher schon mitbekommen. Oder Thiel. Aber wir müssen alles abklären, mit Fabrikarbeitern sprechen. Führungskräften, Personalrat, Betriebsarzt. Ob irgendjemandem etwas aufgefallen ist. Eine Person, ein Streit. Okay?«

Veronika nickte nachdenklich. Die Briefe waren ein erstes Indiz. Vor allem, solange sich der mutmaßliche Entführer nicht meldete. Aber wieso sollte der mutmaßliche Erpresser das Giftopfer auch noch entführen. Sie hatten sonst einfach nichts. Vielleicht hing das auch alles nicht zusammen. Aber wenn Gefahr für die Bevölkerung bestand, dann musste man sie warnen.

»Fändest du eine öffentliche Bekanntmachung übertrieben? Ich meine, bist du sicher, dass wir mitbekommen hätten, wenn es eine Häufung von Vergiftungserscheinungen bei den Konsumenten gegeben hätte?«

Becker zuckte mit den Achseln. »Ich halte das für übertrieben. Der Fall des Kochs ist ja noch ganz anders gelagert, schließlich ist er verschwunden. Dass jemand so etwas bei allen Wurstmarktkunden plant, halte ich für sehr abwegig. Und wegen dem Anschlag auf den Lkw ist es schwierig, irgendwelche Vorsichtsmaßnahmen umzusetzen. Wir können ja schlecht jede einzelne Autobahnbrücke überwachen.«

Veronika zuckte mit den Schultern.

»Und was, wenn Wendemann gar nicht entführt wurde, sondern wegen der Tropfen gestürzt und dann irgendwohin getorkelt und dann in die Saar gefallen ist? In diese Richtung haben wir noch gar nicht gedacht, oder?«

Ihr trat der Schweiß auf die Stirn. Wie sie solche Situationen hasste, wenn ständig neue Möglichkeiten aufgingen und keine irgendwie plausibler als die andere war.

»Jetzt stress dich nicht. Ich habe am Tag des Verschwindens zwei Kollegen durch die Nachbarschaft des Restaurants geschickt, um zu fragen, ob dort etwas Ungewöhnliches beobachtet wurde. Und da war laut Kollegen alles dabei: die Partygören, die vom Feiern kamen, die Oma mit dem Kissen unterm Arm am Fenster, der pensionierte Beamte, der den Rasen mit der Nagelschere kürzte. Denen ist nichts Außergewöhnliches aufgefallen. Wendemann ist dort ja bekannt. Die üblichen Anlieferungen, sonst nichts.«

Veronika stutzte. Nicht nur, weil sie von diesen Befragungen nichts gewusst hatte, obwohl sie das schon wurmte. Sie war an diesem Tag einfach neben der Spur gewesen, nicht sie selbst. Es war etwas anderes, etwas, was Becker gesagt hatte.

»Anlieferungen? Scheiße. Haben wir die ganz genau überprüft?«

»Frau Wendemann hat uns eine Liste mit den Lieferanten gegeben, ja.«

»Ja, aber haben wir die mit den Zeugen abgeglichen? Waren es nur diese Lieferanten an dem Tag? Oder kam noch einer hinterher? Später. Den anderen hatte er ja noch die Tür geöffnet. Haben wir das überprüft?« Veronikas Stimme überschlug sich. »Scheiße.«

Sie hämmerte mit ihren Fäusten auf den Tisch.

»Scheiße, Scheiße, Scheiße. Konzentrier dich, Veronika Hart. Was ist nur los mit mir? Fuck. Okay, versuch, die gleichen Kollegen noch mal aufzutreiben, die sollen konkret nach den Lieferwagen fragen. Und sich Fotos von den bekannten Lieferanten besorgen. Keine Ahnung, gibt es ja sicher im Internet. Wenn da noch ein Fahrzeug mehr war, dann wissen wir zumindest, dass an der Entführungsgeschichte wirklich etwas dran ist – und mit etwas Glück haben wir außerdem Farbe, Modell und ein Kennzeichen. Träumen darf man ja.«

»Ist gut, ich kümmere mich darum. Ärgere dich nicht, es war alles ziemlich undurchsichtig am Anfang …«

»Ich ärgere mich aber. Verdammt.«

Becker schaute sie lange schweigend an und Veronika konnte den Blick, den sie nur aus dem Augenwinkel sah, nicht deuten. Hatte er Mitleid? Oder amüsierte er sich heimlich? In ihr brodelte es mächtig. Sie stieß ihren Stuhl zurück.

»Ich muss hier raus. Ich drehe eine Runde um den Block, brauche frische Luft. Wenn etwas ist, ruf auf dem Handy an, ja? Bin in spätestens einer Stunde zurück.«

»Sollen wir mit dem Mittagessen auf dich warten?«

»Mir ist der Appetit vergangen, danke.«

26

Wendemann hatte absolut nichts von dem Essen angerührt, das er ihm hingestellt hatte. Sollte er sich Sorgen machen? Sein Ziel war ja nicht, ihn verhungern zu lassen. Wobei diese Nachricht sicher auch Schlagzeilen-Potenzial hätte. »Sternekoch elendig verhungert!«. Aber nein, das wollte ja niemand. Doch er sah schlecht aus, wie er da flach atmend auf der Pritsche lag. Seine Haut war aschgrau geworden und der Essiggeruch seines Körpers vermischte sich mit dem anderen Gestank im Raum. Offensichtlich hatte er zwischendurch kurz aufstehen können.

Nein, das war kein guter Ort. Es war zu gefährlich. Hier würde er ihm zu schnell krepieren, hier musste er sich zu sehr kümmern. Er brauchte ein Versteck, wo Wendemann auch einige Tage allein bleiben konnte. Und wo ihn trotzdem niemand fand. Und er wusste auch schon, wohin er ihn bringen würde.

Heute Nacht würde er ihn überstellen. Raus aus dem einen Loch und rein ins andere. Er kam sich vor wie in einem Agentenfilm. Nur dass ihm niemand auf die Schliche kommen würde. Niemand würde es auch nur erahnen, wenn er wie Phönix aus der Asche stieg und die saarländische Gastronomiewelt eroberte. Dezent und weltmännisch, mit viel Fingerspitzengefühl und Geschmacksexplosionen. Die Kritiker würden ihm zu Füßen liegen. Und dann die Welt. Er wusste, dass es so kommen würde. Eine wohlige Wärme breitete sich in ihm aus, wie immer, wenn er an seinen Traum dachte.

Wendemann wälzte sich stöhnend auf seiner Matratze.

Er würde mit den Dosierungen aufpassen müssen. Mit der Wassermenge, die er ihm immer hinstellte, war das nicht so einfach und er hatte auch nicht mehr die Zeit, ganz genau zu messen und zu rechnen – von Selbsttests ganz zu schweigen. Dafür hatte er noch zu viel vor. Seinen nächsten Coup hatte er bereits vorbereitet.

27

Veronika sog die frische Herbstluft gierig durch die Nase ein. Alles in ihr war angespannt, am liebsten hätte sie ihre Wut laut rausgeschrien. Sie musste sich konzentrieren, es durften keine Fehler mehr passieren. Wenn sich jetzt herausstellte, dass sie vor zwei Tagen schon mehr hätten herausfinden können, dann war die Hölle los. Ganz zu schweigen davon, dass sich Wendemann wahrscheinlich in akuter Gefahr befand. Wenn er überhaupt noch lebte. Warum entführte jemand einen Sternekoch? Oder ging es um den Privatmann Markus Wendemann? Mit wem hatte er sich überworfen?

Sie ließ sich auf eine Bank am Saarufer fallen, zog ihr Handy aus der Tasche und scrollte durch ihre E-Mails. Es war eine von Sebastian darunter. Sie seufzte. Er ließ wohl nicht locker.

Sie dachte an Francesco. Übermorgen war die Beerdigung, wenn sie wirklich noch etwas retten wollte, dann musste sie dahin. Ihm zur Seite stehen. Mit ihm reden. Sie wusste nicht, ob er ihr den Seitensprung verzeihen würde, aber sie war ihm die Wahrheit schuldig.

Sie wählte seine Nummer mit einem mulmigen Gefühl im Bauch.

»Ja?« Francesco klang fremd.

»Hey, ich bin's. Wie geht es dir?«

Veronika hörte Stimmengewirr und Besteckklappern im Hintergrund.

»Hallo, Vero. Alles okay, es sind schon ziemlich viele von der Familie da. Du hörst es ja.«

»Hmm, schön. Ihr habt euch bestimmt viel zu erzählen. So ein Abschied ist ja auch immer ein schöner Moment für Erinnerungen.«

Veronika dachte an die Beerdigung ihres Vaters, bei der sie sich so einsam wie noch nie in ihrem Leben gefühlt hatte, obwohl ihr so viele Menschen auf dem Friedhof die Hand geschüttelt, ihr Beileid ausgesprochen hatten. Die Schulter getätschelt. Sie hatte neben sich gestanden. So leer. So fehl am Platz. Sie schob den Gedanken weg.

»Und du, wie kommst du zurecht?«, fragte sie ihn.

»Wie gesagt, die Familie ist ja jetzt da. Es ist traurig, aber auch schön. Da hast du schon recht.«

Sie schwiegen. Veronika zog mit der Schuhspitze Kreise in den Schotter am Boden.

»Sie fragen nach dir. Weißt du schon, ob du kommen kannst? Wenigstens für die Beerdigung? Ich würde dann mit dir zurückfliegen.«

Sie schluckte. Im Hintergrund rief jemand nach Francesco.

»Sì, ma sono al telefono. Ecco, sì, è lei. Va bene, la saluto. Grazie, zia. Ich soll dich von meiner Tante grüßen. Hier ist ganz schön Trubel.«

»Danke, das ist lieb. Sag gerne einen Gruß zurück ...«

»Hör zu, Veronika. Ich weiß nicht, was mit dir los ist. Ich habe hier viel Zeit, mir Gedanken zu machen. Über dich. Über uns. Sag mir einfach Bescheid, ob du kommst. Dann können wir die Abholung am Flughafen organisieren. Ansonsten reden wir einfach in Ruhe, wenn ich wieder zu Hause bin.«

Veronikas Mund war staubtrocken geworden, sie wusste nicht, was sie sagen sollte.

Das Vibrieren ihres Handys kündigte einen weiteren eingehenden Anruf an.

»Ich hör schon, du bist gefragt. Meld dich einfach, okay? Ich muss hier weitermachen.«

»Nein, warte. Ich muss da nicht dran …«

Aber Francesco hatte schon aufgelegt. Mist.

Sie schaute auf das Display. Sebastian.

»Ich hab dir doch gesagt, dass ich Zeit brauche. Kannst du aufhören, mich mit Mails und Anrufen zu bombardieren?«, bellte sie ins Telefon.

»Hossa. Das ist doch mal eine Begrüßung, nicht schlecht, Frau Kommissarin. Entschuldige, Hauptkommissarin, natürlich.« Er klang pikiert. »Wenn es gerade nicht passt, rufe ich gerne den Kollegen Becker an. Mir käme es aber sehr gelegen, wenn wir in den Ermittlungen auch mal den Hinweisen nachgehen könnten, die ich gestern noch eingesammelt habe. Beispielsweise könnte man erwägen, den engeren Kreis um Markus Wendemann zu befragen. Du weißt schon, wegen potenzieller Feinde, krummer Geschäfte, solche Dinge. So etwas gehört ja bekanntlich auch zu den Motiven von Entführungen, wenn man den Fachbüchern trauen darf.«

Sebastians Stimme triefte vor Sarkasmus und Veronika biss sich auf die Zunge, um nicht automatisch zurückzuschießen. Er hatte recht, sie hatte keine Sekunde daran gedacht, dass seine Nachrichten auch einfach mit ihrem gemeinsamen Fall zu tun haben könnten. War sie überhaupt noch tragbar als leitende Beamtin?

»Anyway, die Namen und Details habe ich dir per Mail gestern Abend geschickt. Wenn dir danach ist, kannst du ja mal reinschauen.«

Veronika starrte auf ihr Handy. Aufgelegt. Lief ja super bei ihr. Fuck. Sie sprang auf und beeilte sich, zurück ins Präsidium zu kommen. Mareike Wendemann hatte nichts von einem Freundeskreis gesagt, hatten sie sie überhaupt danach gefragt?

Wieder klingelte ihr Handy.

»Was noch?«

»Wir haben einen Toten im ›Braukeller‹.« Es war Becker.

»Was? Wie ist er gestorben?«

»Rauchvergiftung, vermutet man. Die Küche ist ausgebrannt. Und die Person war offensichtlich in einem Kühlraum hinter der Küche. Wir fahren hin, sollen wir dich irgendwo einsammeln?«

Veronika versuchte, die auf sie einprasselnden Informationen zu verarbeiten und in den Ermittlungsmodus zu schalten.

»Ist gut. Ja, gerne. Ich warte an der Haltestelle Hellwigstraße stadteinwärts auf euch. Bis gleich.«

28

»Das ist schon ein komischer Zufall, oder?« Langner, der auf dem Beifahrersitz saß, warf ihr einen fragenden Blick zu.

Veronika nickte wortlos. Sie war in die E-Mail mit den Hinweisen zu Wendemann vertieft, die Sebastian ihr geschickt hatte. Vieles davon hatten sie noch nicht gewusst und es ärgerte sie maßlos, dass sie davon so erfahren musste. Eigentlich war es ja kein Problem, sie arbeiteten zusammen und versuchten, den Fall zu lösen – jeder auf seine Weise –, aber im Moment war nichts normal, und so chaotisch, wie es in ihr aussah, führte sie auch die Ermittlungen, das musste aufhören.

»Was wissen wir schon?«

»Der oder die Täter müssen über den Innenhof oder den Personaleingang reingekommen sein. Die Feuerwehr geht nach ersten Einschätzungen der Feuerentwicklung davon aus, dass großflächig Brandbeschleuniger verteilt wurde. Da hatte es jemand eilig.«

»Und das Opfer?«

»Hat sich zu dem Zeitpunkt wohl im Kühlraum, im hinteren Teil der Küche aufgehalten. Warum und wo die anderen Kollegen waren, müssen wir gleich noch klären. Die Küchenmannschaft vor Ort steht unter Schock, medizinische Betreuung ist da.«

»Mann, warum denn der ›Braukeller‹? Habt ihr dort mal die Lyonerpfanne gegessen, mit superkrossen Bratkartoffeln, Speck und ein bisschen Schmand obendrauf? Da läuft mir gerade das Wasser im Mund zusammen.« Langner schmatzte demonstrativ.

»Ich war ein großer Fan vom Biergulasch. Die nehmen das Bier direkt aus dem Braukessel, der Geschmack ist einmalig.«

»Ich will eure kulinarische Schwärmerei ja nicht unterbrechen«, meinte Veronika. »Wir wissen ja noch gar nicht, wie und ob die Fälle zusammenhängen. Aber zweimal so kurz hintereinander ein Fall in der gastronomischen Szene ist schon komisch.«

Sie parkten ihren Wagen unweit der anderen Polizeifahrzeuge auf dem Sankt Johanner Markt. Am Absperrband vor der engen Gasse, in der das Restaurant lag, hatte sich bereits eine Menschentraube gebildet. Veronika scannte die Gesichter im Vorbeigehen. Es kam immer wieder vor, dass Täter zurück zum Tatort kamen, um die Einsatzkräfte bei der Arbeit zu beobachten und ihren »Erfolg« zu genießen. Aber verdächtig kam ihr auf den ersten Blick niemand vor. Wobei, so schlecht, wie sie momentan drauf war, würde ihr wahrscheinlich noch nicht einmal einer mit einem Benzinkanister in der Hand auffallen. Sie wandte sich ihren Kollegen zu.

Die Feuerwehr schien mit den Löscharbeiten fertig zu sein, sie rollten bereits die Schläuche wieder auf. Veronika stieg Brandgeruch in die Nase, beißend und unangenehm. Sie zog ihren Schal vors Gesicht, Becker und Langner taten es ihr gleich, jeweils mit ihren Pullovern.

»Hart, Kriminalpolizei. Können wir schon rein?«, fragte sie einen der Feuerwehrleute, die gerade das Restaurant verließen.

Er betrachtete amüsiert ihre Schalkonstruktion und nickte dann.

»Sie sollten nicht zu lange drinbleiben. Im hinteren Teil haben wir allerdings schon gelüftet, da wird es dann angenehmer.«

»Und das Opfer?«

»Liegt im Innenhof, dort haben wir Wiederbelebungsmaßnahmen eingeleitet. Leider erfolglos. Der Notarzt ist noch dort und macht den Papierkram.«

Die Beamten bedankten sich mit einem wortlosen Nicken und betraten das Restaurant durch einen rauchgeschwärzten Gang. Veronika bemühte sich, auf dem nassen Boden nicht auszurutschen. Löschwasser und Ruß hatten sich auf den Fliesen zu einer seifigen Glasur vermischt. Auch Becker ruderte leicht mit den Armen, um sein Gleichgewicht zu halten. Im Gastraum hatte es nicht gebrannt, zumindest sahen Mobiliar, Vorhänge und Wände intakt aus, wenn man von dem Rauch absah, der noch in der Luft hing.

In der Küche sah es anders aus. Die sonst glänzenden Oberflächen waren mit Ruß bedeckt, der beißende Geruch war unerträglich, Veronika erkannte verbogene Pfannenstiele und zusammengeschrumpfte Lebensmittelbehälter auf den Arbeitsplatten. Die Tür zum Kühlraum stand offen, innen schien alles unbeschädigt.

»Diese Gase sind unsichtbar, man bekommt dann einfach irgendwann keine Luft mehr«, flüsterte Becker, der ihrem Blick gefolgt war. Veronika trat aus der Tür in den Innenhof, wo das Opfer bereits zugedeckt wurde. Der Notarzt kniete daneben und füllte ein Formular auf seinem Klemmbrett aus.

»Hallo, Frau Hauptkommissarin. Wir konnten leider nichts mehr tun. Er hatte keine Vitalzeichen, als wir hier eintrafen. Und die Reanimation hat auch nicht angeschlagen.«

»Hallo, Doktor Bühler. Danke für die Info. Wir überstellen ihn an die Rechtsmedizin, ich sage Thiel Bescheid. Bereiten Sie den Transport vor?«

Der Arzt nickte.

»Leichenwagen ist bestellt, wenn Sie mögen, kann ich auch den Kollegen informieren.«

»Gerne. Könnten Sie ihm ausrichten, dass ich morgen früh bei ihm vorbeikomme?«

Der Arzt nickte.

Langner telefonierte bereits mit der Spurensicherung, so konnten Becker und Veronika die versteinert wirkenden Mitarbeiter des Restaurants befragen, die leise vor dem Eingang diskutierten.

»Guten Tag, ich bin Hauptkommissarin Veronika Hart. Das ist mein Kollege, Kommissar Sven Becker.«

»Hallo. Gut, dass Sie da sind. Ich kann noch gar nicht glauben, was hier passiert ist. Es ging alles so schnell. Mir fehlen die Worte«, stammelte eine aufgeregte Mittfünfzigerin, die aus der Gruppe herausgetreten war. »Wie geht es Moritz? Also, unserem Kollegen? Die Polizisten hier möchten uns nichts sagen, nur, dass der Notarzt gerufen wurde.«

»Und Sie sind?«

»Oh, entschuldigen Sie. Michaela Schreiner. Mein Mann und ich haben das Restaurant gepachtet, ich habe heute die Schicht geleitet.«

»Gut, Frau Schreiner, dann können Sie uns sicher weiterhelfen. Gibt es hier einen ruhigen Raum, der nicht von dem Feuer betroffen ist, in dem wir uns unterhalten können?«

»Sicher, wir haben noch Büroräume im ersten Stock. Die sind nicht mit dem Restaurant verbunden. Oh Gott, der Schaden. Ich habe meinen Mann noch nicht erreicht, er muss doch die Versicherung anrufen. Wir müssen renovieren. Und Moritz, was ist denn mit Moritz?«

»Beruhigen Sie sich bitte. Wir machen jetzt eins nach dem anderen. Ihr Mann wird sich sicher bald melden und die Versicherung kann auch noch eine Stunde warten. Haben Sie denn noch jemand anders, der Sie da beraten oder unterstützen kann?«

»Michael, unseren Anwalt. Brauche ich denn einen Anwalt? Bin ich eine Verdächtige?«

Veronika legte der panischen Frau die Hand auf den Arm. Sie stand unter Schock, das würde schwierig werden mit der Befragung. Aber sie mussten einfach ein paar Eckdaten abklopfen, um herauszufinden, was hier genau geschehen war.

»Nein, wir haben nur ein paar Fragen an Sie. Machen Sie sich keine Sorgen.«

Becker instruierte die Mitarbeiter über die nächsten Schritte. Ein Beamter würde ihre Personalien aufnehmen und man würde auf sie zukommen, wenn sich noch weitere Fragen ergaben.

»Hat denn jemand von Ihnen heute oder in den vergangenen Tagen etwas Verdächtiges beobachtet? Etwas, was Ihnen jetzt im Nachhinein vielleicht komisch vorkommt?«

Die kleine Gruppe sah betreten zu Boden, dann meldete sich eine junge Frau zaghaft.

»Wir haben ja immer mal komische Gäste, aber in letzter Zeit ist es öfter vorgekommen, dass jemand Essen bestellt, es aber nicht angerührt und nur einen 50-Euro-Schein liegen lassen hat. Sonst nichts. Das war das Doppelte von dem, was das Essen eigentlich gekostet hätte.«

Becker notierte etwas in seinem Block.

»Und war das immer dieselbe Person? Mann oder Frau?«

Die Mitarbeiter schauten einander an.

»Bei mir war es ein Mann, zweimal. Einmal hatte er eine Kappe auf, einmal nicht. Ich bin mir nicht sicher, ob es der gleiche war.«

»Ich hatte das auch mal, auch ein Mann. Aber wie der aussah, kann ich Ihnen nicht mehr sagen.«

»Gut, danke Ihnen. Sonst noch Auffälligkeiten?«

Alle schüttelten den Kopf.

»Falls Ihnen noch etwas einfällt, melden Sie sich bei uns, jeder Hinweis ist wichtig.«

»Und was ist jetzt mit Moritz?«

Becker wechselte einen Blick mit Veronika, die nickte ihm kurz zu.

»Es tut mir leid. Aber ich muss Ihnen sagen, dass Ihr Kollege bei dem Brand ums Leben gekommen ist. Die Wiederbelebungsversuche sind erfolglos geblieben. Mein Beileid.«

Mit einem lauten Schluchzen ging eine der Kellnerinnen in die Knie, andere fielen sich in die Arme oder hielten sich die Hände vors Gesicht.

Veronika hasste diese Momente. Diese absolut endgültige Nachricht zu überbringen. Ohne Alternative. Ohne Happy End. Ohne banges Hoffen. Ein Mensch war tot. Ein Freund. Ein Sohn. Ein Vater vielleicht? Und das war immer dramatisch.

Veronika folgte Frau Schreiner in das Büro im ersten Stock. Auch sie wischte sich eine Träne aus den Augen, schien aber um Fassung bemüht zu sein. Sie berichtete Veronika, wie der Tag bisher gelaufen war, wie sie die Mittagsschicht vorbereitet, die Zutaten geschnitten und einige Gerichte schon vorgekocht hatten.

»Die Suppen und die Soßen wärmen wir immer nur noch auf, und auch einige Beilagen wie Gemüse und Kartoffelgratin. Sonst machen wir alles frisch. Das lieben unsere Gäste.«

»Und wie kam es, dass zum Zeitpunkt des Brandes niemand in der Küche war?«

»So gegen elf machen wir immer noch mal eine kleine Pause, bevor das Mittagsgeschäft losgeht. Das Team geht dann meistens noch eine Runde um den Block oder raucht im Innenhof. Heute waren sie an der Saar spazieren, das hat mein Mann mal eingeführt – die Sonne schien ja so herrlich. Wir schließen um 11.30 Uhr auf, ich habe noch kurz etwas im Büro erledigt, als ich die Rufe von der Straße hörte. Dann habe ich schon den Rauch gesehen. Und die Sirenen gehört. Es ging alles ganz schnell.«

»Und warum war Moritz Logrander nicht mit den anderen unterwegs?«

»Ich habe das nicht mitbekommen. Alexander, mein Chefkoch, hat gesagt, Moritz hätte die Tagessuppe versaut und musste sie noch mal ansetzen. Sonst wäre er mitgekommen. Und jetzt nicht tot.«

Sie blickte stumm vor sich auf den Schreibtisch, ihre Schultern hingen nach vorne. Veronika hoffte, dass sie nicht gleich zusammenbrechen würde. Frau Schreiners Handy vibrierte.

»Oh. Mein Mann«, hauchte sie.

»Frau Schreiner, ganz kurz nur. Die Spurensicherung wird nun herausfinden, wie sich der Täter Zutritt verschaffen konnte, und noch weitere Spuren sichern. Ich kann Ihnen nicht sagen, wie lange das dauern wird, aber die Kollegen beeilen sich, versprochen. Dann können Sie alle weiteren Schritte einleiten, in Ordnung?«

Frau Schreiner nickte.

»Und noch etwas. Wurden Sie in letzter Zeit bedroht? Haben Sie Briefe oder Ähnliches erhalten?«

»Nein, um Gottes willen. Das hätte ich Ihnen doch gesagt. Wir haben nichts dergleichen bekommen.«

»Gut, melden Sie sich, wenn noch etwas ist.«

Veronika wandte sich zum Gehen und Frau Schreiner nahm das Telefonat entgegen.

»Günther, du glaubst gar nicht, was hier passiert ist«, schluchzte sie.

Veronika schloss die Tür hinter sich.

29

Was glaubte sie eigentlich, wer sie war? Er hatte sie immer als so tough und geradeaus erlebt, als eine, die wusste, was sie wollte, und die jedes Hindernis mit Bravour nahm. Die sich nicht unterbuttern ließ.

Er sah ein, dass sie beide Mist gebaut hatten. Dass es unprofessionell gewesen war und alles verkompliziert hatte. Aber sie konnte ihn doch nicht so behandeln. Und dabei auch noch die Arbeit liegen lassen. Sie arbeiteten an einem gemeinsamen Fall und er war gezwungen, sich wie ein Praktikant Gehör zu verschaffen und ihr die Informationen aus der Nase zu ziehen. Das war wirklich das Allerletzte. Sie sollte sich mal wieder fangen. Aber schnell. Und Wendemann hatten sie auch noch nicht gefunden.

Veronika hatte Sebastian eben kurz per WhatsApp informiert, dass es in der Innenstadt einen Restaurantbrand mit einem Toten gegeben hatte und die Feuerwehr von Brandstiftung ausging. Wenigstens kam sie dieses Mal ihrer Informationspflicht nach.

Er versuchte, sich auf die Geschehnisse einen Reim zu machen. Erst verschwand ein Sternekoch, dann wurde ein Wursthersteller erpresst und ein Brand in einem anderen Restaurant gelegt. Und das alles in weniger als einer Woche. War das wirklich Zufall? Nach seinem Gespräch mit Brandstetter wurde er das Gefühl nicht los, dass da jemand in der saarländischen Gastronomie-Szene eine Rechnung offen hatte.

Er wählte die Durchwahl seiner Sekretärin.

»Fünkchen, eine Frage. Wenn ich einen Überblick über alle Fälle mit Gastronomiebezug der letzten Jahre haben will, wen frage ich da am besten?«

»Wenn Sie wollen, kann ich das im digitalen Archiv für Sie raussuchen. Falls es um die Papierakten geht, also vor 1979, müssten Sie sich an Herrn Müller vom Archiv wenden, der sitzt im Untergeschoss.«

»Wie wahrscheinlich alle Archivare dieser Welt«, frotzelte Sebastian. »Aber das wäre prima. Zu Wendemann habe ich ja bereits recherchiert. Da gab es den Vorwurf, dass er ein Gastronomiekonzept kopiert habe. Das Verfahren endete mit einem Vergleich. Dann war da noch eine Immobiliensache, die ein Lokal in Saarlouis betraf. So richtig schlau bin ich aus den Akten nicht geworden. Die würde ich mir noch mal genauer anschauen und, falls nötig, die involvierten Kollegen befragen. Wenn Sie also nach allen anderen Fällen suchen könnten – Erpressung, Sabotage. Alles, was Sie finden können.«

»Kein Problem, Chef. Ich setze mich gleich dran. Kann nur sein, dass die Abschriften Ihrer Stellungnahmen dann etwas länger dauern.«

»Man muss Prioritäten setzen, Fünkchen. Ich danke Ihnen, Sie sind ein Schatz. Das nächste Stück Butterkuchen vom Café Lolo geht auf mich.«

Er setzte sich zurück an seinen Laptop. Laut Akte hatte Wendemann vor vier Jahren eine Villa in Saarlouis angemietet, in der er sein Sternerestaurant ansiedeln wollte. Er hatte mit kostspieligen Umbauarbeiten begonnen, doch dann hatte ihm der Besitzer nach einigen Monaten wegen Eigenbedarf gekündigt. Der Koch hatte geklagt und man hatte sich schließlich auf einen Vergleich geeinigt.

Hinweise auf die Gründe des plötzlichen Sinneswandels des Vermieters fanden sich allerdings nicht in der Akte.

In den protokollierten Aussagen sprach dieser stoisch von Eigenbedarf, von anderen Nutzungsideen. Sebastian recherchierte beim Grundbuchamt, wie es aktuell um die Eigentumsverhältnisse dieser Immobilie stand. Er wurde stutzig. Nur wenige Monate danach war das Haus verkauft worden und heute beheimatete es die Pizzeria Milano.

»Hä?« Er schüttelte den Kopf. Wie konnte das denn sein?

Er wählte die Nummer des Kollegen, der den Fall damals bearbeitet hatte. Ihm schlug eine frostige Zurückhaltung entgegen, die ihn an die Ermittlungen in dem Bauskandal erinnerte, bei denen er einigen auf die Füße getreten war.

Nachdem Sebastian nochmals nachgehakt hatte, gab der Kollege zögernd Auskunft: »Ja, ich erinnere mich an den Fall. Der Wendemann hat sich während des Verfahrens ziemlich aufgeführt. Diese Eigenbedarfskonzepte haben uns ehrlich gesagt damals schon etwas erstaunt. Die Immobilie war ein Erbstück, der Besitzer kam aus der Versicherungsbranche, die Pacht hätte ihm ein schönes Auskommen beschert. Aber er war sehr hartnäckig und am Ende mussten wir dem stattgeben, unter der Bedingung eines Vergleichs. Das heißt, Wendemann hat den Großteil seiner Investitionskosten zurückerstattet bekommen. Aber happy war der nicht.«

»Verstehe. Und wieso wurde das Gebäude dann später verkauft? Geht das überhaupt?«

»Nun, es lagen ja ein paar Monate dazwischen. Aber der Besitzer hatte sich finanziell übernommen. Die Ausgleichszahlungen hatten ihm das Genick gebrochen, sein Konzept konnte nicht umgesetzt werden, weil ihm die Mittel fehlten.«

»Und dann?«

»Ich weiß nicht, Herr Kollege, ich denke, das führt jetzt auch zu weit. Ich hab den Fall nur aus privatem Interesse weiterverfolgt, der Wendemann hatte ja dann schon in Saarbrücken Fuß gefasst. Und die Villa in Saarlouis ist wohl für einen horrenden Preis, weit über dem marktüblichen, verkauft worden. Der Besitzer hat am Ende wohl doch alles richtig gemacht.«

Sebastian bedankte sich und machte sich ein paar Notizen. Die Geschichte kam ihm komisch vor.

Er rief im Präsidium an, er brauchte einen Gegner für ein Ideen-Ping-Pong. Becker ging ran.

»Hallo, Becker, wie läuft es?«

»Herr Staatsanwalt. Alles in Ordnung, wir kommen gerade von der Brandstiftung zurück. Üble Sache. Und bei Ihnen?«

»Ich recherchiere zu Wendemanns juristischer Vergangenheit. Ich bin über ein Immobilienverfahren gestolpert, das mich stutzig gemacht hat. Ich würde gerne wissen, was Sie davon halten.«

Er schilderte Becker den Fall und teilte seine Überlegungen dazu.

»Hmm, das ist wirklich ungewöhnlich. Vielleicht haben die Leute das große Geld gewittert, als da jemand in ihre Immobilie investiert hat. Oder sie waren einfach überzeugt, das alles besser aufbauen und dabei in die eigene Tasche wirtschaften zu können.«

»Möglich. Aber wer bezahlt denn dann einen so horrenden Preis? Ich habe recherchiert, es waren 2,5 Millionen. Ich meine, für Saarlouis? An jemanden, der kurz vor der Insolvenz steht? Das ist doch komisch, oder? Nur, um eine Pizzeria dort unterzubringen.«

»Das stimmt schon. Ich habe übrigens gestern Abend ebenfalls meine gastronomischen Kontakte angestupst. Laut meinem Stamm-Italiener Luigi hat Wendemann ziemlich dubiose Kontakte gepflegt, um sich Vorteile zu verschaffen. Die Immobilie, in der er sein Restaurant untergebracht hat, beispielsweise. Die hat er nicht über Immoscout gefunden.«

»Wie meinen Sie das?«

»Soweit Luigi informiert war, hatte ein Investor aus der Türkei, der daraus so ein Boutique-Hotel machen wollte, bereits den Zuschlag dafür erhalten.«

»Okay, und dann?«

»Dann ist Wendemann aufgetaucht und hat wohl überall erzählt, dass er dort sein Restaurant aufmachen und spätestens in zwei Jahren mindestens einen Michelin-Stern holen würde. Bei beidem hat er Recht behalten.«

»Und der Investor?«

»Hat sein Angebot zurückgezogen, einfach so. Obwohl er schon Handwerker beauftragt hatte und alles. Luigi wusste das so genau, weil sein Cousin die Malerarbeiten hätte machen sollen. Eine Ausfallentschädigung hat der nie gesehen.«

Sebastian staunte immer wieder, wie eng das Saarland doch vernetzt war. Immer kannte jemand jemanden, der irgendetwas wusste. Er setzte den Vorfall auf seine Liste. Den hatte er nicht in den Akten gefunden. Da würde er also noch weiter recherchieren müssen.

30

Becker legte auf.

»Mit wem hast du telefoniert?«, fragte Veronika, die gerade mit einem Kaffee in der Hand durch die Tür trat.

»Mit deinem Staatsanwalt«, erwiderte Becker grinsend.

»Das ist nicht MEIN Staatsanwalt«, fuhr ihn Veronika genervt an und knallte ihre Tasse auf den Besprechungstisch. Sie atmete tief durch.

»Und was sagt er?«

Becker hob eine Augenbraue, entschied sich aber dafür, sie nicht weiter zu necken.

»Er recherchiert zu juristischen Fällen, die mit Wendemann in Verbindung stehen. Da sind ein paar Immobiliensachen, die etwas komisch gelaufen sind. Er bleibt dran. Habe auch noch meine Rechercheergebnisse mit ihm geteilt.«

Veronika schnaubte. »Aha, und die wären? Muss ich dich daran erinnern, dass wir Rechercheergebnisse immer erst im Team besprechen und dann entscheiden, was an die Staatsanwaltschaft rausgeht?«

»Weiß ich doch, das war nur Gossip von meinem Stamm-Italiener, den ich ihm mitgegeben habe. Er muss jetzt prüfen, ob da was dran ist. Das ist alles. Es passte einfach zu dem, was er rausgefunden hat.«

»Wie dem auch sei. Zukünftig läuft bitte jegliche Kommunikation nach Vorschrift. Verstanden?«

Becker nickte schmunzelnd. Wenn man bedachte, wie sehr sich Veronika davor drückte, mit dem Staatsanwalt Kontakt aufzunehmen, aus welchem Grund auch immer, dann würden das lange Kommunikationswege werden.

»Okay, konzentrieren wir uns. Was haben wir?«

Langner rekapitulierte die Lage. »Wir haben einen entführten Sternekoch, dem eine vergiftete Lyonerwurst zum Verhängnis wurde, die aus einer Fabrik stammt, die erpresst wird. Dann ist da noch der Schrotflintenangriff auf einen Tiertransport, der just zu dieser Fabrik mehrere Dutzend Schweine gebracht hat. Und jetzt auch noch einen Brand in dem saarländischen Spezialitäten-Restaurant in Saarbrücken. Alles dreht sich um die Wurst.«

»Haben wir bei der Brandsache eine Verbindung zur Wurstfabrik Haidmann?«

»Das kann ich rausfinden. Im Saarland lässt du dich entweder vom Haidmann oder vom Schwerter, der anderen Fleischerei, beliefern. Das kann zu religionsähnlichen Diskussionen führen.« Langner lachte.

»Ja, mach das bitte. Wir müssen wissen, welche Rolle diese Erpressung spielt. Es ist doch komisch, dass beim Haidmann die Fäden zusammenlaufen.«

»Haben die Kollegen von der Spurensicherung gesagt, wann sie uns ihren Bericht liefern können?«, fragte Becker.

»Sie versuchen es noch heute. Wenigstens das mit dem Brandbeschleuniger, dann wäre das gesichert.« Langner trommelte mit dem Kugelschreiber auf dem Tisch.

»Und Thiel?«, wollte Veronika wissen.

»Der müsste den Toten schon auf dem Tisch haben, ich rufe ihn gleich mal an. Wenn er die Todesursache bestätigen kann, dann sind wir da auch einen Schritt weiter. Gibt es von Frau Wendemann etwas Neues?«

»Nein, ich habe eben auf der Rückfahrt mit ihr telefoniert. Sie hat nichts gehört, keine Lösegeldforderung, kein Lebenszeichen. Nichts.« Becker zuckte mit den Schultern.

»Und wie klang sie?«

»Müde. Extrem müde. Das Restaurant ist ja wieder geöffnet und ich habe sie gefragt, wie es läuft. Es müsse sich noch einspielen, hat sie gesagt. Wenn ihr mich fragt, ein schlechtes Zeichen. Auf dem Niveau darf sich nichts einspielen, da muss alles perfekt sein.«

Veronika nickte nachdenklich. Vor ihrem inneren Auge ließ sie die vielen filigranen Gerichte Revue passieren, die sie noch vor wenigen Tagen auf dem Teller gehabt hatte. Geschmacklich hatte sie so etwas noch nicht erlebt. Und das Beste, oder das Schlimmste, je nachdem, war das Gefühl gewesen, das sie durchströmt hatte. Sie hatte sich wie auf einer Schwelle gefühlt, auf einer Schwelle zu einem neuen Leben. Wie eine Raupe, die zum Schmetterling wurde. Voller Neugierde, was sie noch alles erwarten würde. Wie kitschig ihr das alles im Nachhinein erschien.

Sie schüttelte die Gedanken aus ihrem Kopf. Konzentrier dich, verdammt noch mal.

»Gut, wichtig ist, dass wir mit den Leuten in der Fabrik sprechen. Wir brauchen Hinweise auf diese Erpressung. Vielleicht ein ehemaliger Mitarbeiter?«

»Oder ein militanter Veganer«, lachte Max.

»Sehr witzig, dann fang mal an, alle abzutelefonieren.«

»Nein, aber im Ernst. Wäre es okay für euch, wenn ich in die Tiefen der sozialen Netzwerke abtauche und herausfinde, wer im Netz so Stimmung gegen Haidmann macht? Vielleicht hat sich dort ja jemand zu weit aus dem Fenster gelehnt.«

»In Ordnung, eine gute Idee.«

»Und wie kommen wir zu unserem entführten Koch?« Becker runzelte die Stirn. »Ich meine, Kirschmeier recherchiert da ja schon nach möglichen Motiven auf juristischer Seite, aber es muss ja nicht alles den Weg bis vor Gericht geschafft haben.«

Veronika blätterte in ihrem Notizbuch. »Du hast recht. Ich habe noch zwei Namen auf meiner Liste. Den Weinhändler aus Saarlouis und den Investmentbanker aus Frankfurt, außerdem spreche ich morgen noch mal mit Mareike Wendemann. Sie führt ja die Geschäfte des Restaurants. Wenn es irgendetwas gibt, was wir wissen sollten, muss sie es uns jetzt sagen. Was ist eigentlich aus der Umfrage zu den Lieferfahrzeugen geworden?«

»Leider nicht viel. Laut Frau Wendemann waren es vier Lieferanten, wie jeden Montag. Von den Befragten hat keiner alle Fahrzeuge gesehen, wir haben fünf verschiedene Beschreibungen, aber sehr vage. Maximal Form des Fahrzeugs und Farbe, keine Marke, keine Aufschrift. Sehr dünn, wenn ihr mich fragt. Ich hab das mit den Lieferanten abgeglichen, und wenn kein außerplanmäßiger Postbote dazwischenkam, dann wäre da noch ein weißer Kastenwagen, den wir nicht zuordnen können. Aber den können wir ja schlecht zur Fahndung rausgeben.«

»Scheiße«, murmelte Veronika. »Wenn das unser Mann ist, dann brauchen wir mehr Fakten. Wir müssen noch mal alle Überwachungskameras in der Umgebung nach einem solchen Fahrzeug zur fraglichen Uhrzeit durchsuchen.«

»Ja, aber wer soll das denn machen? Wann kommt denn Weissmann zurück?« Langner blickte sie verzweifelt an.

»Ich kümmere mich darum und rede mit Klein. Die sollen uns wenigstens jemanden zur Recherche an die Seite stellen. Der Kollege von der Wirtschaft wurde ja schon wieder abgezogen.« Veronika schaute zwischen ihren beiden Kollegen hin und her.

Becker klappte seinen Laptop zu. »Dann nehme ich mir gleich morgen früh die Haidmann-Mitarbeiter vor. Ich lasse mir über Bollingers Büro Termine geben, rufe dort gleich noch an. Max, du übernimmst die sozialen Medien, die haben ja wenigstens keine Öffnungszeiten, und du, Veronika, die persönlichen Kontakte rund um Wendemann? Was ist mit Haidmann senior, sollen wir den vorladen?«

»Noch nicht, das ist der nächste Schritt. Ich habe gehört, dass er sich zwar aus dem operativen Geschäft zurückgezogen, aber seinen Stiefsohn noch ziemlich gut im Griff hat. Wenn Bollinger nicht pariert, dann bestellen wir seinen alten Herrn ein. Wir treffen uns hier morgen Mittag zum Update. Danke, Kollegen. Ich rufe gleich noch Thiel an und hoffe, wir wissen dort bis morgen auch mehr.« Veronika schlug mit beiden Händen auf den Besprechungstisch, als sie mit Schwung den Stuhl zurückschob.

Die drei Beamten gingen an diesem Abend alle mit dem Bauchgefühl auseinander, dass der Knoten noch nicht geplatzt war.

31

Er kickte den Stein vor seinem Schuh über den Schotterparkplatz. Seit einer halben Stunde wartete er gegen sein Auto gelehnt darauf, dass die Nacht hereinbrach. Er hatte gerade in einem Online-Portal gelesen, dass es ein Todesopfer bei dem Brand gegeben hatte. Das hatte er nicht gewollt. Es sollte ja niemand sterben, vor allem nicht jemand Unbeteiligtes. Er bekam Sodbrennen, wie immer, wenn er gestresst war.

Es war so einfach gewesen. Die Küche, direkt neben der Treppe zu den Toiletten, hatte verwaist dagelegen. Er hatte die Tür einen Spaltbreit geöffnet, sich durchgeschoben und in die Stille gehorcht. Die Hitze der Vorbereitungsarbeiten hing noch im Raum. Der Geruch von Speisefett, Speck und gekochter Sahne. Ihm war das Wasser im Mund zusammengelaufen, als er eine Metallschüssel mit frisch geformten gefüllten Klößen gesehen hatte. »Gefillde« mit Speckrahmsoße und Sauerkraut, das hatte er schon als Kind gerne gegessen. Das schmeckte nach Sonntagsessen bei Oma. Nach Sorgenfreiheit. Nach Familie.

Eigentlich war es schade gewesen, das Ganze den zerstörerischen Flammen zu übergeben. Aber er hatte schnell handeln müssen und zwei Ein-Liter-Speiseölflaschen, die er am Morgen noch mit Brennspiritus befüllt hatte, aus den Jackeninnentaschen gezogen. Sich damit durch die Stadt zu bewegen, war schon ein komisches Gefühl gewesen, als trüge er eine Sprengstoffweste. Er hatte sich wie ein Selbstmordattentäter gefühlt, nur dass er bei seinem Vorhaben nicht draufgehen würde. Und eigentlich hätte niemand dabei draufgehen sollen.

Mit beiden Händen hatte er die Flaschen über den Küchenoberflächen ausgeschüttet. Großzügig in der kleinen Küche verteilt. Der Geruch war ihm beißend in die Nase gestiegen. Die Flaschen hatte er in der Plastikmülltonne direkt hinter der Tür entsorgt. Bei den anderen Speiseölflaschen. Die würden alle zu einem großen Plastikklumpen verschmelzen, da war er sich sicher gewesen.

Ein polterndes Geräusch hatte ihn aufschrecken lassen, er hatte zwei Streichhölzer gezückt, die kleinen roten Köpfe über die Reibfläche gezogen und eine Millisekunde die züngelnde Flamme beobachtet. Dann hatte er sie in die Spirituslache vor seinen Füßen fallen lassen und sich dabei wieder rückwärts durch die Schwingtür geschoben. Wie in einer Slow-Motion-Szene in einem Action-Film, eine minutiös einstudierte Choreografie.

Dann war er aus dem Personaleingang geschlüpft, den er vorher unverschlossen vorgefunden hatte, und in den Menschenfluss in der Fußgängerzone eingetaucht. Besser hätte es nicht laufen können. Und als würde ihm das Schicksal ein High-Five geben wollen, hatte er auf seinem Weg zum Auto die Küchencrew des »Braukellers« bei einem ihrer Spaziergänge gekreuzt. Dieses Ritual wurde in der Szene eher belächelt, doch er fand es eigentlich eine schöne Tradition, entspannend vor einem stressigen Arbeitstag am Herd. Aber das betraf ihn nicht. Zu gerne hätte er ihnen ins Gesicht gegrinst. Ihnen zugerufen, dass sie sich den Weg in ihre Wurstbraterei sparen, ihre Lyonerpfannen zukünftig zu Hause braten und aufhören könnten, die Gaumen ihrer Gäste mit Butter, Sahne und Speck abzutöten.

»Ist alles für den Geschmack«, hatte seine Oma immer gesagt.

Aber sie hatte keine Ahnung vom wahren Genuss gehabt, die arme Alte.

So langsam legte sich die Nacht über die Stadt. Es war Zeit, den Umzug vorzunehmen. Auch wenn die Unterkunft seines Gastes gut versteckt lag, so wollte er sichergehen, dass nicht ein verirrter Gassigänger oder Jogger seine Pläne vereitelte. Er brauchte einen Ort, an dem er Wendemann mit weniger Stoff ruhigstellen konnte, sonst würde er ihm unter der Hand krepieren. Und er brauchte ihn ja noch, zumindest um ihm triumphierend ins Gesicht zu lachen – und vielleicht konnte er ihn ja als Aushilfe anheuern.

Er lachte kehlig bei dem Gedanken. Dann trat er durch die Hintertür des Gebäudes in den Keller, schloss den Verschlag auf und wartete einige Sekunden, um seinen Würgereiz zu regulieren, der durch den stechenden Geruch nach Urin, Erbrochenem und Schweiß ausgelöst wurde.

»So, mein Guter. Wir machen jetzt eine kurze Reise. Auf mit dir.«

Wendemann stöhnte, als er ihm unter die Arme griff. Dieser Geruch. Vielleicht sollte er ihn mal abbrausen. In seinem neuen Zuhause würde er mehr Platz haben – dann reichten sicher ein Eimer, etwas Seife und ein Handtuch.

Wie schwer konnte man sich eigentlich machen? Mühsam hievte er den schlaffen Körper in die Höhe, klemmte seine Schulter unter Wendemanns Achseln und schleifte ihn zum Ausgang, dann ruckartig Stufe für Stufe an die frische Luft. Er ekelte sich vor den klammen, schweißdurchtränkten Klamotten und schnaufte schwer. Er hatte nicht erwartet, dass es so anstrengend sein würde. Wendemann hing reglos in seinem Arm. Er lehnte ihn kurz gegen die Hauswand wie eine Schaufensterpuppe mit hängendem Kopf. Atmete durch. Dann schleppte er ihn zum Auto, ließ ihn auf die Rückbank fallen, verstaute seine Beine im Fußraum und warf eine Decke über ihn.

»So, bereit für die wilde Tour?«, fragte er seinen Fahrgast, nachdem er sich erschöpft auf seinen Sitz fallen gelassen hatte. »Nächster Halt: Pfälzerwald. Krass, das reimt sich sogar.« Er lachte. »Wäre doch ein schöner Titel für deine Memoiren, Wendemann.«

Langsam ließ er sein Auto vom Hof rollen.

32

Hinter Thiel lag ein langer Tag. Wegen einer Klagewelle waren die Ärzte im Klinikum aktuell extrem nervös, und so hatte er täglich eine Reihe von klinischen Sektionen auf dem Tisch. Das bedeutete, dass er bei jedem bei einer OP verstorbenen Patienten die Todesursache ermitteln und gleichzeitig einen Ärztefehler ausschließen musste.

Seinen aktuellen Fall hatte ihm Veronika Hart geschickt. Der junge Mann war tot im Lagerraum einer Restaurantküche gefunden worden, in der es gebrannt hatte. Bei solchen Untersuchungen lag der Teufel oft im Detail und er war froh, wieder mal Teil der polizeilichen Ermittlungen sein zu können.

Er begann mit der äußerlichen Leichenschau und kommentierte die Beobachtungen in sein Diktiergerät. Größe, Gewicht und sonstige körperliche Verfassung erschienen ihm unauffällig, was bei dieser tragischen Todesart nicht überraschend war. Der junge Mann war aus dem Leben gerissen worden. Bis auf ein paar stümperhaft gestochene Tattoos konnte er nichts Außergewöhnliches entdecken. Nur an Händen und Unterarmen wies der Tote Verbrennungen zweiten Grades auf, wahrscheinlich vom Versuch, die Metalltür zur brennenden Küche hin zu öffnen. Diese Verletzungen konnten aber unmöglich zum Tod geführt haben. Der Rechtsmediziner rief seinen Mitarbeiter Lennart zu sich, damit er ihm bei der Leichenöffnung assistierte.

»Was haben wir heute, Chef?«, fragte dieser beim Reinkommen.

»Abklärung der Todesursache nach einem Brand. Verbrennungstod versus Kohlenmonoxidvergiftung. Die hellroten Totenflecken sprechen eigentlich für Letzteres, aber wir schauen uns die Sache trotzdem mal aus der Nähe an. Außerdem sollen wir herausfinden, ob ein Brandbeschleuniger eingesetzt wurde. Dafür haben sie uns diese Tüte mit Proben vom Brandort gebracht.«

»Oha, das wird spannend. Ich bereite also schon mal die Gaschromatografie vor.«

»Immer langsam mit den jungen Pferden, Lennart. Eins nach dem anderen. Ich würde vorschlagen, wir öffnen unseren Patienten erst einmal, einverstanden?«

Der junge Rechtsmediziner grinste ihn an.

»Sehr gerne, ich nehme an, ich soll die Knochenarbeit übernehmen?«

»Im wahrsten Sinne, lieber Lennart.« Thiel lächelte, er mochte, dass sie den gleichen Humor teilten.

Lennart arbeitete schnell und präzise, als er den Brustkorb des Verstorbenen öffnete. Er setzte einen Y-förmigen Schnitt, klappte die Haut zurück und entfernte das Brustbein sowie die angrenzenden Rippen. Vor ihnen lag nun die Lunge wie eine aufgeschnittene Wärmflasche, darunter der Herzbeutel und die Speiseröhre.

Die Lunge sah rosig aus. Thiel dachte an die Röntgenbilder seiner eigenen Lungenflügel, die der Tumor übel zugerichtet hatte. Unbewusst fasste er sich an die Brust, nahm den stechenden Schmerz wahr, der ihn seit Monaten begleitete.

»So weit, so gut«, stellte Lennart fest. »Ich würde jetzt noch den Kehlkopf aufschneiden und mir die Schleimhäute genauer anschauen. Wenn dort durch das Einatmen heißer Luft Schwellungen, Rötungen oder gar Rußablagerungen sind, hat er in jedem Fall bei Ausbruch des Feuers noch gelebt.«

»In Ordnung. Ich nehme derweil eine Blutprobe, um die CO-Hb-Konzentration zu bestimmen. Wenn sie über 20 Prozent liegt, brauchen wir eigentlich nicht mehr weiter zu suchen.«

Doch bis die Ergebnisse vorlagen, würde es circa eine Stunde dauern. Und das Protokoll sah sowieso eine andere Vorgehensweise vor, und so hantierten die beiden konzentriert über den Toten gebeugt, entnahmen Proben, legten Organe frei und arbeiteten sich durch die vorgegebenen Analyseschritte.

»Wonach suchen wir eigentlich genau in Bezug auf den Brandbeschleuniger? Nach etwas Bestimmten?«

»Nein, wir sollen einfach nur die Annahme der Feuerwehr bestätigen. Bei unserem Patienten hier müssen wir noch herausfinden, ob er vorher betäubt wurde, so wie der Sternekoch. Da hatten wir GHB in der Lyoner-Wurst nachgewiesen. Und im ›Braukeller‹ gab es meines Wissens nach ja einige Gerichte mit Lyoner. Wer weiß? Wir werden aus seinen Proben also alles herausfiltern müssen, was sich an toxischen Stoffen finden lässt. In der Küche ist ja auch einiges an Kunststoff verbrannt, also ist die Wahrscheinlichkeit hoch, dass wir Cyanverbindungen, Chlorwasserstoff, Phosgen oder Dioxine finden. Lassen wir uns überraschen.«

»Ist doch schon komisch, dass es in diesem Fall nur Köche trifft. Von Restaurantgästen, die mit K.-o.-Tropfen im Lyoner vergiftet wurden, habe ich zumindest noch nichts gehört. Moment, im Bericht der Feuerwehr geht man ja schon von Brandbeschleuniger aus, sehe ich gerade.«

»Genau, und wir Laborratten stützen jetzt einfach diese These durch unsere Analyse«, lachte Thiel.

Am Ende ihrer Sektion, die knapp zweieinhalb Stunden gedauert hatte, finalisierten die Rechtsmediziner ihren Bericht. Die lachsfarbene Muskulatur und das hellrote, flüssige Blut des Opfers waren ein weiteres Indiz für eine Kohlenmonoxidvergiftung. Sie konnten also nachweisen, dass der Tod im Verlauf des Brandes eingetreten sein musste. Die toxikologisch-chemische Analyse ergab wenig später, dass das Opfer neben den chemischen Stoffen durch die verbrannten Kunststoffe keinerlei andere Chemikalien intus gehabt hatte.

»Er war wohl einfach nur zur falschen Zeit am falschen Ort«, konstatierte Lennart, während er die Organe wieder in den Torso zurücklegte und die Hohlräume mit Zellstoff auffüllte, damit der Tote seine Form bewahrte.

»Kann ich den Schein für die Freigabe des Leichnams ausfüllen? Oder wollen Sie ihn zur Sicherheit noch einmal einen Tag behalten?«

»Nein, ist in Ordnung. Ich denke, wir haben alles, was wir brauchen. Danke, Lennart. Ich werde mich eine halbe Stunde aufs Ohr legen, ich bin heute nicht so fit.«

Lennart nickte ihm mitfühlend zu. Mit schweren Schritten lief Thiel zurück zu seinem Büro und ließ sich auf sein ausgesessenes Ledersofa fallen.

33

Den geldgeilen Aasgeiern würde sie es zeigen. Der Warnschuss auf der Autobahn hatte offensichtlich keinerlei Wirkung gehabt. Eine Randnotiz in der Zeitung, bei den Polizeimeldungen. Niemand hatte verstanden, worum es hier ging. Ein Dummejungenstreich sollte das gewesen sein? Den Arsch hatte sie sich abgefroren, bis dieser verfickte Lkw endlich auf der Bildfläche erschienen war. Natürlich hätte sie ihn auch auf der Hinfahrt abpassen können, dafür hatte sie die Routen dieser Handlanger ja lange genug studiert. Mit den Tieren hätte es sicher einen riesigen Aufschrei gegeben, mehr Aufmerksamkeit generiert. Vielleicht hätten es einige von ihnen in die Freiheit geschafft, aber zu welchem Preis? Und überhaupt, Mastschweine würden im Wald wahrscheinlich auch nicht lange überleben, oder? Sie konnte es am Ende nicht mit ihrem Gewissen vereinbaren, dass die Tiere durch ihre Hand starben. Schlimm genug, dass sie für die fetten Mäuler und Bäuche getötet wurden. Um als Wurst, Schinken oder Kotelett auf dem Teller zu landen.

Nein, sie musste deutlicher machen, worum es ihr ging. Um dieses Scheißhaus an Unternehmen. Sie töteten nicht nur Tiere, sondern gingen auch mit ihren Mitarbeitern um, als wären sie Menschen zweiter Klasse. Natürlich nicht mit allen. Die auf der Chefetage fuhren sich die fetten Boni ein, jedes Jahr. Die Fleischindustrie boomte nach wie vor, egal wie viele Ersatzprodukte auf den Markt kamen. Die, die Fleisch essen wollten, aßen wohl noch mehr.

Sie wollte, dass endlich aufgedeckt wurde, was da lief. Dass das Blut an ihren Händen sichtbar wurde. Nicht nur das Blut der Tiere, sondern auch das der Menschen, die unter dieser asozialen Personalpolitik litten.

Sie zählte die Farbbeutel vor sich auf dem Boden, die sie über den Nachmittag befüllt hatte. 25 Stück. Dann sortierte sie sie in die beiden Schuhkartons ein, die bereitstanden, packte jeweils noch zwei Spraydosen dazu und verstaute ihre bunte Mischung in dem zerfledderten Bundeswehrrucksack, den ihr Bruder ihr vermacht hatte.

Sie nahm die Straßenkarte von Saarbrücken zur Hand und studierte die beste Route zwischen den roten Kreuzen, die sie bereits aufgezeichnet hatte. Jedes Kreuz stand für eine Filiale oder einen Supermarkt, der Haidmann-Wurst und -Fleisch im Sortiment hatte. Zwölf verschiedene Orte, um 22.00 Uhr würde sie losfahren. Ihr Plan stand. Sie wollte, dass sich dieser Bollinger und seine Speichellecker nicht mehr vor die Tür trauten. Um Gnade winselten. Und sie stand erst ganz am Anfang.

34

Becker war direkt von zu Hause zur Wurstfabrik aufgebrochen. Er hatte kaum geschlafen, nicht nur, weil ihn seine Frau mit unangebrachten Fragen zu ihrem aktuellen Fall gelöchert hatte – sie liebte den Gossip bei Fällen mit Lokalprominenz –, sondern auch, weil er kein gutes Gefühl bei der Sache hatte. Wie konnte ein erwachsener Mann einfach so verschwinden, ohne dass irgendjemand etwas gesehen hatte? War die Gesellschaft wirklich schon so abgestumpft oder schaute man nicht mehr hin, weil die Augen in jeder freien Sekunde auf dem Smartphone klebten? Und das war kein Phänomen der Jugend mehr, er beobachtete überall, sogar bei sich selbst, dass die Blicke in die Umgebung flüchtiger wurden, die Wahrnehmung oberflächlicher, das Interesse an anderen aufgesetzt. Man betrachtete lieber lustige Videos oder las schlaue Sprüche, die wildfremde Menschen posteten. Zwischenmenschlicher Austausch rutschte ins Abseits.

Dorthin fühlte sich Becker auch während seiner Befragungen gedrängt. Die Sekretärin von Bollinger hatte ihm einen kleinen Besprechungsraum ohne Tageslicht zugewiesen, in dem eine lauwarme Wasserflasche und ein Plastikbecher auf einem Tisch standen.

Sie hatte ihm gesagt, dass ihr Chef einzelne Führungskräfte gebeten hatte, und dabei hatte sie mit den Händen zwei Anführungszeichen in der Luft angedeutet, bei ihm vorbeizukommen. Eine Liste mit Namen, die von ihr angefertigt worden war, gab seinen Zeitplan für den Vormittag vor.

Es wurde schnell klar, dass keine einzige der Personen die Befragung freiwillig über sich ergehen ließ. Alle schienen vorher ähnlich gebrieft worden zu sein, ihre Antworten waren einsilbig und wirkten einstudiert. Becker sprach mit den Qualitätsbeauftragten, dem Verantwortlichen des Sicherheitsdienstes, dem Prozessmanager und dem Personalchef. Nein, man könne sich nicht vorstellen, dass jemand aus den eigenen Reihen eine Wurst vergiften würde. Wie auch? Nein, es gebe keine Probleme im Werk. Ja, alle würden auf die Qualität achten, die sei schließlich der Stolz des Unternehmens.

Becker kam die Galle hoch, die Termine hätte er sich sparen können. Als Letzte hatte er noch die Betriebsratsvorsitzende auf der Liste. Hannelore Hofmann, eine resolute Mittfünfzigerin mit tätowierten Augenbrauen und etwas zu blonden Haaren, die sie als Dutt zusammengebunden auf dem Hinterkopf trug.

Eine noch, bring es einfach hinter dich, sagte er sich. Motiviert war er nicht mehr, doch er riss sich zusammen.

»Frau Hofmann, ich freu mich, dass Sie sich die Zeit für unser Gespräch nehmen. Man hat Ihnen ja sicherlich im Vorfeld gesagt, worum es geht.« Er versuchte ein Lächeln.

Hannelore Hofmann nickte freundlich.

»Ja, Herr Bollinger hat uns alle heute Morgen instruiert. Ich kann mir vorstellen, dass Ihre Gespräche wenig aufschlussreich waren. Das tut mir sehr leid.«

Becker wurde hellhörig. Er wusste ja, dass Betriebsräte und Geschäftsführungen meist eher Kontrahenten als Freunde waren, aber eine so offen kritische Äußerung, gleich im ersten Satz, hatte er nicht erwartet. Vielleicht konnte er das ausnutzen.

»Da sagen Sie was, es war zum Mäusemelken. Ich hätte gar nicht gedacht, dass es in der Fleischverarbeitung so harmonisch zugeht. Ich hatte da immer ein ganz anderes Bild vor Augen.«

Frau Hofmann schüttelte nachsichtig lächelnd den Kopf.

»Das kann ich mir vorstellen. Lassen Sie sich da mal nicht täuschen. In der Lebensmittelverarbeitung gelten die höchsten Qualitätsstandards. Jede noch so kleine Ungereimtheit, die nach draußen dringt, und eine Fabrik wie unsere kann dichtmachen. Erinnern Sie sich mal an BSE- oder Salmonellen-Skandale. Wir sind alle sehr froh, dass die Herkunft der vergifteten Wurst noch nicht in der Presse gelandet ist und dass wir keinen Produktrückruf machen mussten. Der Kunde ist da sehr anspruchsvoll, und das zurecht. Wobei Fleisch und Wurst dabei noch möglichst billig sein sollen. Und an dieser Sollbruchstelle kämpfe ich seit Jahren.«

»Sollbruchstelle, wie meinen Sie das?«

»Wie sagt man so schön? ›Geiz ist geil‹. Die Waren sollen günstig, aber hochwertig sein. Der Kunde will schließlich jeden Tag Fleisch auf dem Tisch. Also senken die Anbieter immer wieder die Preise, was glauben Sie denn, auf wessen Kosten das geht?«

»Ich dachte, dass mehr Tiere gezüchtet werden und deshalb die Stückpreise heruntergehen. Über Massentierhaltung und die Transporte macht man sich da besser keine Gedanken, oder?«

Frau Hofmann schüttelte den Kopf.

»Nein, wenn Sie ein Tierfreund sind, dann kaufen Sie am besten direkt beim Bauern, der selbst schlachtet. Da machen Sie nichts falsch. Bei den Discountern geht es ja auch um hohe Stückzahlen.«

»Welche Stellschrauben gibt es denn noch?«

»Na, das Personal. Lassen Sie sich mal von unserem Personalchef eine Auswertung der Angestelltenverhältnisse geben. Sie werden sehen, bei uns sind nur knapp 15 Prozent fest angestellt, 40 Prozent befristet oder Saisonarbeiter und der Rest kommt über Personalverleihfirmen – bekommt also weder die gleichen Sozialleistungen noch sonstige Ausschüttungen der Firma, wie die Festangestellten beispielsweise. Und das, obwohl sie teilweise den gleichen Job machen und nebeneinander beim Cuttern stehen.«

»Cuttern?«

»Ja, so nennt man das Zerschneiden der Zutaten, bis das Wurstbrät die richtige Körnung hat.«

Becker schluckte bei dem Gedanken an massenhaft zerkleinertes Fleisch in großen Bottichen. Bei ihrem ersten Besuch hier hatten sie im Vorbeigehen nur einen kleinen Einblick in die Produktionsbedingungen und Prozesse bekommen. Und er war sich auch nicht sicher, ob er wirklich mehr sehen wollte. Allein der Geruch, der in diesem Raum hing, sättigte seine Lust auf Wurst für einige Tage. Er war nicht schlecht, aber zu intensiv. Zu viel. Er musste nicht wissen, was da alles beigemischt wurde. »Hmm, okay. Und Sie setzen sich als Betriebsrätin also für die Belange dieser Mitarbeiter ein? Dürfen Sie das denn, wenn die hier überhaupt nicht offiziell angestellt sind?«

»Das ist ja das Problem, die haben keine Personalvertretung, nur diesen Vermittler, und wer da ungemütlich wird, der wird eben ersetzt. Das sind hauptsächlich ungelernte Kräfte, die keine großen Wahlmöglichkeiten haben.«

»Und glauben Sie, von denen könnte jemand, aus Rache oder so, die Wurst verunreinigt haben?«

»Ich kann das natürlich nicht komplett ausschließen, aber ich halte es für sehr unwahrscheinlich. Alle, die hier arbeiten, brauchen die Jobs, glauben Sie mir, sonst wären sie nicht mehr hier.«

»Gut, dann danke ich Ihnen. Somit wäre ich wieder am Startpunkt.«

Becker stand auf, Frau Hofmann stockte in der Bewegung, schien zu zögern.

»Da wäre noch etwas. Eigentlich darf ich Ihnen dazu nichts sagen, aber dieser Skandal bedroht unser aller Existenz. Reicht ja schon, dass so viele Leute diese ganzen Ersatzprodukte kaufen. Aber ich will einfach, dass Sie die Person finden, die unsere Arbeit so sabotiert hat.«

Becker bezweifelte, dass es sich um einen Sabotage-Akt gegen die Wurstfabrik handelte, sagte aber nichts.

»Es gibt einige laufende Personalverfahren, Personen, die sich einklagen, die Geld vom Unternehmen wollen. In einem Fall ist es erst kürzlich eskaliert, die Frau geht jetzt vor die nächste juristische Instanz. Sie hat im Gerichtssaal ganz schön gewütet. Ich wüsste zwar nicht, wie sie hier im Unternehmen etwas manipulieren könnte, sie ist nicht mehr im Haus. Aber man weiß ja nie.«

»Das ist interessant, können Sie uns ihren Namen nennen?«

»Leider nein, ich bin da an das Betriebsgeheimnis gebunden. Aber ich bin sicher, Sie haben Zugriff auf Gerichtsakten, dort müsste der Fall ja schnell zu finden sein.«

Als Becker neben Bollingers distanziert lächelnder Sekretärin das Gebäude verließ, blickte er ganz anders auf die in kleinen Grüppchen rauchend zusammenstehenden Mitarbeiter. Diesen Knochenjob zu machen und dann auch noch nicht anständig bezahlt zu werden, war schon eine miese Kombi. Aber sich dann auch nicht dagegen wehren zu können, aus Angst, einfach ausgetauscht zu werden, ging gar nicht. Er würde bei den Kollegen der Wirtschaftskriminalität mal nachhören, ob es in dem Zusammenhang schon mal Ermittlungen gegeben hatte.

Sie brauchten jetzt so schnell wie möglich den Namen der Klägerin. Und da er ja nicht mehr mit dem Staatsanwalt reden durfte, musste seine Chefin ran. Schnell tippte er eine Nachricht an sie in sein Handy.

35

Veronika fuhr auf der A 620 Richtung Saarlouis. Ihre Laune war am Tiefpunkt. Der Weinhändler, Jo Würzburger, war schon am Telefon kein wirklich sympathischer Kerl gewesen. Zumindest hatte er darauf bestanden, dass sie bei ihm vorbeikam.

»Sie kennen doch das Sprichwort mit dem Berg und dem Propheten, Frau Kommissarin?«, hatte er sie süffisant gefragt.

»Frau Hauptkommissarin, Herr Würzburger, so viel Zeit muss sein«, hatte sie nur zurückgegeben und war erst gar nicht weiter darauf eingegangen. Ob er zum Verbleib von Markus Wendemann etwas sagen konnte, hatte sie ihn gefragt.

»Wissen Sie, ich habe das seiner Schwester schon gesagt. Markus wird sich mit jemandem angelegt haben, der ihm eine Lektion erteilen will. So ist das manchmal im Business.«

»Sehr spannend, Herr Würzburger. Dann komme ich doch gerne vorbei und Sie erzählen mir mehr über dieses berühmte Business. Einverstanden?«

Würzburger hatte herumgedruckst und Veronika gespürt, dass er sich zu weit aus dem Fenster gelehnt hatte. Aber nun waren die Dinge in der Welt.

»Jaja. Kommen Sie mal, dann sehen wir weiter.«

»Herr Würzburger. Darf ich Sie daran erinnern, dass das polizeiliche Ermittlungen sind. Sie sind verpflichtet, diese zu unterstützen.«

»Ja. Mach ich ja. Ach so, und Frau Kommissarin. Grüßen Sie Lothar ganz lieb von mir. Lothar Klein. Ihren Chef.«

»Schon klar. Sehr gerne«, hatte Veronika gebrummt und aufgelegt. Wie sie das hasste.

Für einen Bruchteil von Sekunden hatte sie darüber nachgedacht, Becker nach Saarlouis zu schicken, aber auf einen erneuten Besuch in der Fleischfabrik legte sie dann auch nicht so viel Wert. Becker würde ja immer noch für eine zweite Befragung einspringen können, wenn Würzburger gleich in ihrem ersten Gespräch den Level des Erträglichen sprengte.

Sie schob sich durch den zähfließenden Morgenverkehr, wechselte von einem Radiosender zum nächsten und hing ihren Gedanken nach. Francesco hatte sich nicht mehr gemeldet und sie sich auch nicht bei ihm. Eine merkwürdige Kälte umschloss ihr Herz bei dem Gedanken. War es das schon gewesen? War alles bereits kaputt, bevor sie es überhaupt ausgesprochen hatte?

Endlich erreichte sie die Ausfahrt und lenkte ihren Mini zur Weinhandlung, die glücklicherweise nur wenige Hundert Meter stadteinwärts an der Hauptstraße lag.

»Würzburger Weine«, stand in Versalien über dem Hoftor und ein bordeauxroter Flachbau mit breiten Fensterfronten thronte am Ende des geschotterten Parkplatzes. Genau so hatte sie sich den Weinhandel vorgestellt, das Gebäude hatte etwas von einer Ranch im Wilden Westen.

Als sie den Laden betrat, blieb ein passender Geräuscheffekt aus. Sie war enttäuscht. Hatte sie Yee-haw-Rufe und Pferdegeklapper erwartet? Nur ein leiser Klingelton kündigte ihr Kommen an, der Raum wirkte mit dem dunklen Holz und den hellen Metro-Fliesen an der Wand warm und einladend. Und natürlich durch die zahllosen Weinflaschen überall, wohin das Auge auch fiel.

Veronika hatte sich unter Jo Würzburger einen kleinen, hageren, verbitterten Mann vorgestellt. Mit rotweingefärbten Zähnen und schütterem Haar. Angriffslustig und in Habachtstellung ging sie in das Gespräch. Sie war sich sicher, dass dieser Typ Probleme mit Frauen in ihrer Position hatte. Nach dem Verhalten bei ihrem Telefonat.

Das Bild in ihrem Kopf zerbarst jäh, als sie den zufrieden lächelnden, gebräunten Mann mit kleinem Bauchansatz hinter der Theke sah. Seine schwarzen Locken waren mit weißen Strähnen durchsetzt und seine Augen von zarten Lachfältchen umrandet. Veronika schätzte ihn nicht älter als Anfang 50.

Sie versuchte, ihre Überraschung zu verbergen, und war nicht sicher, ob ihr das gelang. Zielstrebig trat sie auf den Mann zu und reichte ihm die Hand.

»Herr Würzburger?«

»Ah, Frau Hauptkommissarin. Schön, dass Sie es einrichten konnten. Sie sehen ja, es ist die Hölle los.« Er zwinkerte ihr zu.

Außer ein paar herumliegenden Rechnungen konnte Veronika nichts erkennen. Aber sie war sich sicher, dass er redseliger sein würde, wenn sie sich auf sein Spielchen einließ. Und das war, was am Ende zählte. Wer braucht schon Stolz, dachte sie sich bitter.

»Ja, Wahnsinn. Dass Sie da noch durchblicken. Sie scheinen ein richtiger Profi zu sein. Wie gut, dass Sie dennoch Zeit finden, mit mir zu sprechen. Können wir das irgendwo in Ruhe tun? Unter vier Augen?«

Sie schaute sich im menschenleeren Ladenlokal um, dann zwinkerte sie zurück.

»Hmm, ja. Wir können in mein Büro gehen. Ich rufe meinen Mitarbeiter, der ist gerade im Lager. Der soll auf den Laden aufpassen.«

Aha, der feine Herr hatte auch noch Unterstützung beim Nichtstun. Veronika amüsierte sich innerlich. Wenigstens etwas.

Auf dem großen, schweren Holzschreibtisch im Büro des Weinhändlers stapelten sich Lieferscheine und Rechnungen. Ein Horror für jeden Steuerberater.

»Herr Würzburger, Sie haben doch nichts dagegen, wenn ich Ihre Aussage aufnehme? Ist nur fürs Protokoll. Sie wissen doch, wie viel wir Polizisten immer schreiben müssen.«

Würzburger nickte zögerlich.

»Gut, danke. Wie würden Sie Ihr Verhältnis zu Herrn Wendemann beschreiben?«

»Ach, wir sind gut befreundet. Wir kennen uns schon seit Jahren, aber seit er mich zu seinem Weinlieferanten im ›La Table‹ gemacht hat, sind wir noch näher gerückt.«

Tja, Geschäft verbindet eben, dachte Veronika. Ob sie am Samstag auch Wein aus seinem Bestand getrunken hatte?

»Aha, und wie oft haben Sie denn Wein an das Restaurant geliefert?«

»Wir haben keine festen Tage, agieren hier sehr flexibel. Also, Markus bestellt und wir kommen am nächsten Tag. Am Montag haben wir ihm noch Champagner gebracht. Die Magnum-Flaschen.«

»Haben Sie ihn da gesehen?«

»Nein, mein Mitarbeiter hat die Lieferung übernommen. Ich habe ihn schon gefragt. Markus war wie immer, hat er gesagt. Sie müssen wissen, dass Markus kein großes Herz für Small Talk hat. Wenn er einem, den er nicht kennt oder mag, zur Begrüßung zunickt, dann ist das schon viel.«

»Hmmm, verstehe. Und treffen Sie sich auch privat?«

Würzburger überlegte einen kurzen Moment.

»Markus hat eigentlich kein Privatleben, er lebt für das Restaurant. Ich bin mindestens einmal die Woche dort, aber erst später am Abend, nicht zum Essen. Dann gibt es ein Feierabendgetränk, ich bringe manchmal ein paar neue Produkte mit, die wir testen. Selten gehen wir noch woanders hin.« Er senkte die Stimme. »Wo soll man denn so spät abends unter der Woche in Saarbrücken auch hingehen? Und Markus ist auch nicht überall ein gern gesehener Gast.«

»Wieso denn?«

»Na ja, die Gastronomie ist ein hartes Geschäft. Da kämpft jeder um die wenigen Gäste, die bereit sind, Geld für gutes Essen hinzulegen. Nicht diesen Fast-Food-Scheiß.«

»Und?«

»Sagen wir mal so. Er hatte nicht nur Freunde. Markus ist ein ehrlicher und direkter Mensch. Wenn ihm etwas nicht passt, sagt er es. Damit kommen viele nicht klar.«

»Verstehe, also war er in manchen Etablissements kein gern gesehener Gast?«

»Das könnte man so sagen, ja.«

»Gehörte der ›Braukeller‹ dazu?«

»Nein, nicht dass ich wüsste. Das ist nicht seine Kragenweite.«

»Aber dann macht es Ihnen doch sicher nichts aus, uns eine Liste dieser Etablissements zu erstellen, inklusive der Schlüsselpersonen, mit denen sich Herr Wendemann angelegt hat, oder?«

»Ach, wissen Sie. Das ist manchmal nur so ein Gefühl. Wenn man etwas aufschreibt, dann wirkt das gleich so endgültig. So absolut. Das kann ich Ihnen nicht …«

»Herr Würzburger. Ihr Freund ist seit vier Tagen verschwunden. Wir haben Liquid Ecstasy und sein Blut in seiner Küche gefunden.«

Würzburger wurde blass.

»Denken Sie immer noch, dass ihm da jemand nur eine Lektion erteilen will? Vielleicht übertreibt dieser jemand das Spiel gerade auch massiv, und deswegen wüsste ich gerne, verdammt noch mal, wer hier die Spieler sind, von denen Sie so entspannt berichten. Vielleicht sitzt Wendemann seit vier

Tagen mit einem Sack über dem Kopf im Dunkeln. Würde Ihnen das gefallen? Wenn er überhaupt noch lebt.«

»Was sagen Sie da?«

Veronika wagte ein riskantes Manöver.

»Wir haben bisher kein Lebenszeichen. Keine Forderung, nichts. Egal wer ihn entführt hat, die Person weiß viel über die Abläufe im Restaurant. Sie ist gut informiert. Und sie weiß sicher auch, welche Bedeutung der Chef für seinen Laden hat. Am Ende geht alles den Bach runter, was er sich mühsam aufgebaut hat.«

Es war dünnes Eis, auf das sie sich mit ihrer Aussage begab. Sie beruhte auf Satzfetzen, die Veronika am Vortag im Präsidium aufgeschnappt hatte. Würzburger schien zu überlegen. Veronika legte nach.

»Auch Mareike Wendemann, die Schwester des Opfers, macht sich große Sorgen. Wenn Sie also etwas zum Auffinden des Vermissten beitragen können, dann tun Sie das.«

»Ach, Mareike. Die ist immer so ängstlich. Das war sie schon als Jugendliche.«

»Sie kannten sich da bereits?«

»Nein, aber das hat Markus immer gesagt. Sie hat ihn bemuttert, ihn fast erdrückt mit ihrer Fürsorge. Er war regelmäßig so genervt davon, dass er am liebsten Reißaus genommen hätte.«

Veronika wurde hellhörig. »Meinen Sie, er ist freiwillig verschwunden? Dass das alles nur Show ist?«

Würzburger dachte wieder nach, legte die Stirn in Falten. Dann schüttelte er den Kopf.

»Nein, das denke ich nicht. So weit geht er nicht. Und wie Sie sagen, vor allem würde er nicht das Restaurant alleine lassen. Das sieht ihm nicht ähnlich. Da hätte er eher andere Maßnahmen getroffen.«

Er kratzte sich am Hinterkopf. Veronika sah ihre Chance.

»Herr Würzburger. Sie haben am Telefon die Vermutung geäußert, dass Markus Wendemann sich mit jemandem angelegt haben könnte und nun die Konsequenzen des Business zu spüren bekommt. Welches Business haben Sie da gemeint? Die Gastronomie?«

Der Weinhändler sah sie gequält an. Alles in ihm schien sich gegen die Beantwortung dieser Frage zu wehren. Dann knickte er ein.

»Die Gastronomie ist sicher auch kein Zuckerschlecken. Die Konkurrenz ist hart, gerade im Saarland, wo wir eine hohe Dichte an exzellenter Küche haben. Aber Markus war noch in einem anderen Bereich unterwegs. Und da hat er sich manchmal auch verzockt.«

»Er ist Spieler?«

»Ja, wenn Sie so wollen. Aber nicht in dem Sinne, wie Sie das jetzt verstehen. Er geht nicht ins Casino oder an Spielautomaten. Er investiert. Im großen Stil. In Geschäftsprojekte, in Start-ups, in Gastronomiekonzepte. Allerdings hat er dabei nicht immer ganz sauber gespielt, wenn Sie mich fragen. Details habe ich nicht, aber manchmal hat er sich diebisch gefreut, wenn er in letzter Sekunde eine Investition zurückgezogen hat und das Projekt dann mit Pauken und Trompeten gescheitert ist. Diesen Kick habe ich nie ganz verstanden.«

Veronika versuchte, diese neue Information einzuordnen. Sie eröffnete ein weiteres Feld an Motiven. Sie seufzte.

»Okay, das war mir neu. Und worin hat er in letzter Zeit investiert?« Würzburger lachte laut auf. »Oh, das kann ich Ihnen nicht sagen. Keine Ahnung. Da müssen Sie Jonas fragen.«

»Jonas?«

»Jonas Lorenz, seinen Investmentbanker. Und besten Freund. Falls sich Geld und Freundschaft überhaupt verbinden lassen.«

»Und wo finde ich diesen Herrn Lorenz?«

»In Frankfurt. Er arbeitet bei einer Privatbank. Das lässt sich sicher leicht im Internet recherchieren.«

Der Weinhändler grinste sie an. Im Verkaufsraum läutete ein Glöckchen. Würzburgers Gesicht hellte sich auf.

»Oh, Kundschaft. Sie werden verstehen … Sind wir fertig?«

Veronika nickte und folgte ihm in den vorderen Teil des Geschäftes, wo zwei junge Männer fachmännisch die Auslage betrachteten.

»Wenn Ihnen noch etwas einfällt, dann melden Sie sich bitte«, rief sie ihm über die Schulter beim Hinausgehen zu.

Frankfurt also, ihre alte Heimat.

Sie schrieb Max Langner, dass er ihr die Kontaktdaten von diesem Herrn Lorenz raussuchen sollte. Mit etwas Glück würde sie heute noch mit ihm sprechen können.

36

Mareike Wendemann unterzeichnete geistesabwesend den Wareneingang des Fischlieferanten. Sie funktionierte nur noch als Hülle. Innerlich war sie wie anästhesiert. Es lief nicht rund im »La Table«. Gestern hatte es acht Retouren gegeben, und das nur bei den Hauptspeisen. Die Gäste waren sauer, verständlich, und sie hatte versucht, all ihren Charme aufzubieten und die Wogen zu glätten. Getränke aufs Haus, Preisnachlass. Die letzten Abende hatten sich für das Restaurant zumindest finanziell nicht gelohnt. Vom geschädigten Ruf ganz zu schweigen. Sie hatte heute Morgen wieder zwei Absagen für den Abend im Posteingang gehabt. So konnte das nicht weitergehen. Wenn Markus zurückkam, hätten sie das Restaurant heruntergewirtschaftet. Er würde außer sich sein. Falls er zurückkam.

Sie schluckte.

Obwohl sie am Limit waren, hatte sie Christoph gestern freigegeben. Es wäre sowieso sein freier Tag gewesen und er trug nicht dazu bei, die Stimmung zu bessern. Er hatte das Team bereits vorher mal in Markus' Abwesenheit geführt, aber dieses Mal war es anders. Sobald etwas nicht lief, rastete er aus, wurde selbst hektisch, machte Fehler. Die anderen konnten sich nicht auf ihn verlassen. Bei Markus war das immer anders gewesen, sobald es stressig wurde, wurde er ruhig. Er war der Fels in der Brandung, wenn die Bude bebte.

Er konnte auch austeilen, und wie – aber immer nur in den ruhigen Phasen. Vor oder nach dem Sturm.

Wo war er jetzt?

Jo hatte sie eben angerufen und berichtet, dass die Kommissarin bei ihm gewesen war und er ihr von den Investments erzählen musste. Mareike hatte sich auf die Lippe gebissen. Würde die Polizei jetzt Fragen stellen, weil sie ihnen diese Information nicht sofort gegeben hatte? Sie wusste ja von Markus' Geschäften, eben nur nicht im Detail. Er hatte sie nie wirklich involviert. Ob sie Jonas vorwarnen sollte? Wahrscheinlich war es eh schon zu spät.

Erschöpft ließ sie sich auf einen Stuhl fallen. Das Team würde in der nächsten Stunde eintrudeln und sie hoffte inständig, dass auch Christoph sich fangen würde. Sie hatte lange mit ihm nach Feierabend gesprochen, das musste doch gefruchtet haben.

»Na, das sieht aber nicht nach Stress aus, Schatz.« Sandras Stimme riss sie aus der Lethargie.

Mareike versuchte ein Lächeln. »Hallo. Was machst du denn hier? Ich warte noch auf die letzte Lieferung und dann geht es hier los. Möchtest du einen Kaffee?«

»Mach dir keine Mühe, ich wollte mal nach dir sehen, nachdem ich zu Hause ja nichts mehr von dir mitbekomme. Hier im Restaurant blühst du doch normalerweise immer auf, das wollte ich einfach mal erleben.«

Etwas in Sandras Tonfall ließ sie aufhorchen. Eine unterschwellige, vorwurfsvolle Aggression. Sie seufzte. »Solange ich nichts von Markus höre, werde ich nirgendwo aufblühen. Verstehst du nicht, dass ich mir Sorgen mache?«

Sandra verdrehte die Augen. Seit ihrer Auseinandersetzung am ersten Abend versuchten sie, nicht darüber zu sprechen. Aber das Thema war natürlich omnipräsent und Sandra hatte ihr auch geholfen, beispielsweise dabei, die eingehenden Presseanfragen freundlich abzulehnen und die Journalisten in einem Schreiben davon abzuhalten, den Restaurantbetrieb unangekündigt zu stören.

»Willst du wirklich keinen Kaffee? Wir haben eine neue Lieferung von einer exklusiven Rösterei aus Köln. Der wird dir schmecken.«

»Klar, wie immer ist hier alles ganz exklusiv.« Sandra winkte ab. »Lass mal, ich muss gleich weiter. Sehen uns dann heute Abend. Ich wollte am Wochenende zu Gitte und den Mädels nach Tübingen fahren. Ich brauche dich sicher nicht zu fragen, ob du mitwillst, oder?«

Entgeistert starrte Mareike ihre Frau an. Wann war sie ihr so fremd geworden? Wann hatte es aufgehört, auch um Mareike zu gehen? Oder war das schon immer so gewesen und sie hatte es einfach nicht wahrhaben wollen? Hin- und hergerissen zwischen zwei Narzissten, die vorgaben, nur das Beste für sie zu wollen, und sie dabei aussaugten wie Vampire.

»Nein. Das brauchst du in der Tat nicht«, gab Mareike mit eisiger Stimme zurück. Sie hatte den Rücken aufgerichtet und die Schultern gestrafft. Sie würde etwas ändern müssen, das schwor sie sich in diesem Moment.

Sandra runzelte die Stirn, sagte aber nichts. Als sie das Restaurant durch den Personaleingang verließ, kam ihr Christoph entgegen. Er hatte das Ritual von Markus übernommen, als Erster vom Team vor Ort zu sein.

»Alles okay?«, fragte er sie mit einem Blick auf Sandra.

»Ja, alles gut. Danke. Ist einfach nur ein bisschen viel. Wie geht es dir? Hast du dich erholt?«

»Geht so, der Kopf ist ja sowieso immer hier. Aber ich habe versucht, mein Verhalten in der Küche zu reflektieren. Du hast recht, ich muss mehr Ruhe reinbringen. Das erwartet man vom Chef. Wenn nicht ich, wer sonst soll dafür sorgen? Und wir müssen die Fehler ausmerzen. Ich habe überlegt, ob wir am Pass nicht noch jemanden hinstellen, der alles mit mir kontrolliert. Dann kann ich den Betrieb in der

Küche besser im Auge behalten und auch dort die Fehlerquote runterfahren. Was meinst du?«

Mareike nickte.

»Das halte ich für eine gute Idee, Christoph. Du bist keine Kopie von Markus und die Zeiten sind besonders. Du musst dich da reinfinden. Und ich kann mir auch vorstellen, dass die Gäste gerade besonders kritisch sind. Sie wissen, dass sie bei Wendemann ohne Wendemann essen. Da suchen sie sicher das Haar in der Suppe.«

»Na, das sollten wir dort vielleicht nicht verstecken.« Christoph lachte nervös, er wirkte fahriger als sonst. Ob er das wirklich schaffen konnte?

»Soll ich dir vielleicht einen Kaffee machen? Heute Morgen sind die neuen Bohnen von dieser Kölner Rösterei gekommen – hab sie selbst noch nicht getestet. Hast du Lust?«

»Gerne. Ich gehe schon mal in die Küche und fange mit den Vorbereitungen an. Heute Abend wird richtig gut, das spüre ich in den Fingern.«

Dass es erste Absagen gegeben hatte, verschwieg sie ihm in diesem Moment. Und auch, dass morgen ein Artikel erscheinen würde – eine Freundin, die bei der Saarbrücker Zeitung arbeitete, hatte ihr den Hinweis geschickt – und da würde er als Chefkoch leider nicht gut wegkommen.

Sie würde sich darum kümmern, wenn es so weit war.

37

Sebastians Recherchen waren erfolgreich gewesen. In den vergangenen 18 Monaten hatte es immer wieder kleinere und größere Zwischenfälle in saarländischen Restaurants gegeben, die auf Sabotage hindeuteten. Von überschwemmten Weinkellern über lahmgelegte Webseiten, falsche Reservierungen bis hin zu Kammerjägereinsätzen hatte er alles gefunden. Einige Vorfälle hatten die betroffenen Restaurants nicht überstanden, vor allem in den sozialen Medien war der Imageschaden so nachhaltig gewesen, dass die Gäste ausgeblieben waren. Wenn man alle Fälle nebeneinanderlegte und unterstellte, dass sie von einer Person verübt worden waren, dann könnte man durchaus eine Systematik erkennen. Hätte, hätte – das waren einfach zu viele Vermutungen. Nichts Konkretes.

Sebastians Sekretärin streckte den Kopf durch die Tür.

»Denken Sie an Ihren Termin bei der IHK? Der Business Lunch startet in einer Viertelstunde.«

»Danke, Fünkchen. Da werde ich wohl nicht drum herumkommen, oder?«

Frau Funk lächelte ihn milde an.

»Ich fürchte nicht, Chef. Aber Sie werden das schon überstehen. Und zur Not klinken Sie sich mit dem Hinweis auf den laufenden Fall aus. Das funktioniert doch immer.«

Er zwinkerte ihr zu und warf seinen Mantel über. Heute Morgen war schon fast eine erste Winterluft zu spüren gewesen. Er liebte dieses Wetter, die feuchte Kälte, die einen gleich wach werden ließ.

Mit strammen Schritten lief er die paar Hundert Meter hinüber zum Gebäude der Industrie- und Handelskammer.

Willkommen im Klub der alten weißen Männer, dachte er beim Anblick der bereits anwesenden Teilnehmer, die mit einem Crémant in der Hand auf den Beginn des Geschäftsessens warteten. Sebastian griff sich am Eingang sein Namensschild, und da er nicht scharf auf Small Talk war, stellte er sich an einen Stehtisch am Rand, um die kleine Gruppe der Teilnehmer noch ein wenig zu beobachten. Doch er blieb nicht lange allein. Ein älterer Herr, Sebastian schätzte ihn auf Mitte 70, gesellte sich zu ihm.

»Na, auch keine Lust auf die immer gleichen Gespräche?«

Sebastian fühlte sich ertappt und nippte schnell an seinem Glas.

»Ach, wissen Sie. Ich muss erst mal ankommen«, gab er achselzuckend zurück.

»Kann ich verstehen. Geht mir ähnlich. Manche von denen sehe ich seit 20 Jahren hier, keine Ahnung, was die eigentlich noch bei solchen Veranstaltungen wollen. Die sind schon lange nicht mehr im Geschäft. Hauptsache, gratis was essen.« Der Mann lachte trocken und ließ seinen Blick über die Anwesenden schweifen.

Wer im Glashaus sitzt, dachte Sebastian und musste schmunzeln.

»Wenn wir hier schon so nett beieinanderstehen. Ich bin übrigens Sebastian Kirschmeier.«

»Ah, der neue Staatsanwalt.«

»So neu bin ich nun auch nicht mehr.«

»Ich weiß schon. Ich hab viel von Ihnen gehört. Sie haben in den letzten Monaten ganz schön Staub aufgewirbelt mit Ihren Ermittlungen bei den Baulöwen. Hat mir gefallen, so aus der Ferne. Ich finde es ja immer amüsant, wenn sie dann alle rumrennen wie von der Tarantel gestochen und versuchen, ihre letzten Schäfchen noch schnell ins Trockene zu bringen. Sie dürfen mich natürlich nicht zitieren, nicht wahr?«

Sebastian sog die Luft zwischen den Zähnen ein. Das konnte ja ein spannendes Gespräch werden. Er versuchte, einen Blick auf das Namensschild seines Gegenübers zu werfen, welches fast in dessen Achselhöhle verschwand, so sehr spannte sein Hemd über dem ausladenden Bauch. Der andere fing seinen Blick auf.

»Oh, entschuldigen Sie. Herbert Haidmann. Ich bin hier einer der Vizepräsidenten der IHK und organisiere diesen Lunch seit, lassen Sie mich überlegen, seit einer halben Ewigkeit.«

»Haidmann? Haben Sie etwas mit der Wurstfabrik zu tun?«

»Ja, in dritter Generation. ›Würzig, saftig, rund. Die Lyoner vom Haidmann muss in den Mund.‹«

Sebastian lachte auf.

»Ich gebe zu, die Werbetexter von früher würden heute alle Compliance-Regeln brechen. Der Slogan würde in der aktuellen Zeit sicher direkt einen Skandal lostreten. Aber wie lautet das Sprichwort aus den USA? ›Bad news are good news‹, nicht wahr?«

»Na ja, Bad News haben Sie ja momentan auch so, oder?«

Haidmann verdrehte die Augen.

»Darüber möchte ich eigentlich nicht sprechen, was für eine ärgerliche Sache. Ich hoffe, dass die Polizei bald eine Spur findet. Es wäre ja nicht auszudenken, wenn ihm etwas zustößt.«

»Wen meinen Sie denn?«

»Na, Markus. Markus Wendemann. Ich habe erst heute Morgen noch mit seiner Schwester telefoniert. Das arme Ding ist ja völlig durch den Wind. Verständlich. Aber es ist doch wirklich komisch, dass man noch nichts gehört hat. Ich meine, wer entführt denn einen Koch? Und wieso?«

»Das versuchen wir gerade herauszufinden. Kannten Sie Herrn Wendemann näher?«

»Das kann man so sagen. Er ist wie ein Sohn für mich. Wir haben uns vor knapp 15 Jahren kennengelernt. Damals war er noch Souschef in einem Restaurant in Homburg. Mir ist gleich sein Biss aufgefallen. Sein Sinn für Perfektion. Das mag ich sehr. Wir sind ins Gespräch gekommen. Ich konnte ein paar Kontakte für ihn spielen lassen, ihn ein Stück auf seinem Weg begleiten.«

»Sie waren so eine Art Mentor für ihn?«

»Ja, das kann man sagen. Ich hätte mir sehr gewünscht, dass Ludger sich daran ein Beispiel nimmt.«

»Ludger?«

»Ja, mein Stiefsohn. Ludger Bollinger. Er ist der Sohn meiner zweiten Frau und leitet die Fabrik jetzt. Meine Töchter haben mir schnell klargemacht, dass sie mit der Firma nichts zu tun haben wollen, eine ist jetzt sogar Veganerin. Können Sie sich das vorstellen?«

Er nahm einen großen Schluck aus seinem Glas.

»Also habe ich Ludger die Geschäfte übergeben, als es bei mir gesundheitlich nicht mehr ging. Das Herz, wissen Sie? Ich hab ihn auf die Business School geschickt, ihn den Betrieb von der Pike auf durchlaufen lassen. Hab alles getan, um ihn darauf vorzubereiten. Aber. Nun ja.«

»Sie sind nicht zufrieden?«

Haidmann schaute in sein Glas, dann seufzte er laut und schaute Sebastian direkt in die Augen.

»Nein. Wenn ich ehrlich bin, nein. Ich würde ihn am liebsten an den Ohren samt seinem opulenten Chefsessel aus dem Büro werfen. Wissen Sie, wie oft ich von ehemaligen Mitarbeitern darauf angesprochen werde, wie er die Geschäfte führt? Oder sich aufführt, besser gesagt. Er tritt alles mit Füßen, was meine Familie aufgebaut hat. Die Familientradition, unsere Werte, das Miteinander mit der Belegschaft. All das scheint keine Rolle mehr zu spielen. Nur noch Zahlen, Zahlen, Zahlen. Und damit drängt er langjährige Mitarbeiter in prekäre Lebenssituationen.«

»Und was sagen Sie zu den Erpresserbriefen?«

Haidmanns Gesichtsausdruck versteinerte. Er wurde blass.

»Erpresserbriefe? Davon weiß ich nichts.«

Sebastian biss sich auf die Unterlippe. Hatte er zu viel verraten? Schließlich waren das Ermittlungsergebnisse, die sie noch nicht veröffentlicht hatten.

Haidmann schien sich wieder gefangen zu haben.

»Aber das wird sich sicher lösen lassen. Was meinen Sie, sollen wir den Business-Lunch mal eröffnen? Ich fürchte, die warten alle auf uns. Nicht, dass uns die alten Herren hier vom Stängel fallen.«

Er klopfte Sebastian auf die Schulter und wandte sich zum Gehen.

»Ich bin sofort bei Ihnen. Ich muss nur kurz telefonieren. Bis gleich.«

Er eilte aus dem Foyer und wählte Veronikas Nummer.

38

»Um halb drei hab ich einen Telefontermin mit diesem Investmentbanker. Lorenz. Danke, Max, dass du seine Kontaktdaten so schnell herausgefunden hast. Sein Assistent war in jedem Fall schon mal sehr kooperativ und hat mich dazwischengeschoben. Mal sehen, was dieser Bank-Fuzzi zu berichten hat.«

Becker und Langner schauten gleichzeitig von ihren Laptops auf, als ihre Chefin mit dieser Ankündigung den Raum betrat.

»Wie war es bei dem Weinhändler?«

»Ganz gut, wider Erwarten. Der hat mit dieser Geldspekulationsgeschichte eine neue Seite eröffnet. Wenn ihr mich fragt, lungern dort auch jede Menge Motive. Mehr wissen wir dann nach dem Telefonat.«

»Warum hat uns eigentlich die Schwester nichts davon erzählt? Ich dachte, ihr liegt so viel an ihrem Bruder. Aber offensichtlich hat sie es auch nicht so eilig, dass wir die Lösung finden.«

Veronika nickte in Max' Richtung.

»Hab ich mich auch schon gefragt. Müssen wir mit ihr klären. Vielleicht weiß die Gute doch mehr, als sie zugeben will. Es gibt übrigens noch eine interessante Verbindung, von der wir bis dato nichts wussten.«

»Die da wäre?«

»Sebastian, also Kirschmeier, hat mich eben angerufen. Max, spar dir den Blick«, blaffte sie ihren Kollegen an. »Er hat eben Haidmann senior kennengelernt, den Stiefvater von unserem Lieblingsgeschäftsführer Ludger Bollinger. Und jetzt ratet mal, wen unser Wurst-Vater als Mentee unter seine Fittiche genommen hat.«

Ihre Kollegen schauten Veronika fragend an.

»Markus Wendemann.«

»Oha. Das ist ja mal ein komischer Zufall.«

»Oder typisch Saarland, wenn ihr mich fragt. Die Fleischereien hier sind eng mit den Gastronomiebetrieben verbandelt, da wundert mich diese Verbindung nicht. Liegt doch fast auf der Hand«, gab Becker zu bedenken.

»Aber Sterneküche und Lyoner-Wurst sind schon zwei Paar Schuhe, oder? Ich finde die Konstellation Wendemann und Bollinger an dieser Stelle viel spannender. Wie fühlt man sich als Stiefsohn, wenn da plötzlich ein Konkurrent auf dem Spielfeld auftaucht? Der zwar nicht Papas Firma, aber Papas Aufmerksamkeit auf sich zieht. Ist in manchen Familien ja oft mehr umkämpft als das Monetäre.«

Langner war aufgestanden, um die neuen Informationen auf dem Whiteboard aufzunehmen und mit Linien zu verbinden. So langsam füllte sich ihr Board. Wo vor wenigen Tagen nur Wendemanns Name gestanden hatte, fanden sich einige neue Aspekte, die sie nun näher anschauen müssten.

»Apropos Haidmann. Es gab heute Nacht Farbbeutel-Anschläge auf deren Filialen und einige Supermärkte. Auf den Videoaufnahmen ist eine schwarz vermummte Person auf einem dunklen Mountainbike zu sehen. Sonst nichts. Diesmal wieder mit Botschaft.«

»Die da wäre?«

»›Fresst euch doch selbst‹.«

»Nice. Wie subtil. Und jetzt?«

»Bollinger und ein paar Supermarktleiter haben Anzeige gegen Unbekannt wegen Sachbeschädigung erstattet. Da wird nicht viel bei herumkommen, wenn es keine weiteren Zeugen gibt.«

»Hmm.«

»Langner und ich fahren heute Nachmittag nach Luisenthal, zu der Frau, die das Verfahren gegen die Wurstfabrik verloren hat. Mal sehen, wie die auf die Sache zu sprechen ist. Kirschmeier hat uns gestern Abend noch den Kontakt geschickt.«

»Gut, ich rufe mal bei Thiel an und telefoniere nachher mit dem Banker und versuche herauszufinden, welche der Investitionen, die Wendemann in letzter Zeit geplant hatte, nicht umgesetzt wurden. Also, was da gelaufen ist. Wir müssen wissen, wessen Ärger er auf sich gezogen haben könnte. Würzburger war sich ziemlich sicher, dass der Hase, wenn, dann dort im Pfeffer liegt.«

»Treffen wir uns dann heute Abend wieder hier?«

»Ja, sagen wir 17.30 Uhr? Und noch etwas. Sebastian hat Haidmann senior nach seiner Meinung zu den Erpresserbriefen befragt. Er wusste davon nichts. Wir müssten zu den Ermittlungen eine kurze Info rausgeben, sonst kommen wir da in die Bredouille. Einfach nur, dass wir in dieser Sache offiziell ermitteln. Sonst hat er da etwas ausgeplaudert, was er nicht ausplaudern sollte. Und das muss ja auch nicht sein, gell?«

Sie zwinkerte den beiden zu und verzog sich in ihr Büro. Sie wählte Thiels Nummer.

Er antwortete nach dem dritten Klingeln.

»Thiel, schön, dass ich Sie erreiche. Wie geht es Ihnen? Schlägt die Therapie an?«

Der Rechtsmediziner antwortete mit einem kehligen Husten in den Hörer.

»Entschuldigung. Hallo, Frau Hart. Wie Sie hören, geht es so lala, die Behandlung könnte besser laufen. Meine Lungen haben wohl beschlossen, nicht mitzuspielen. Aber wir bleiben zuversichtlich.«

»Ich drücke Ihnen die Daumen. Wir haben uns ja schon länger nicht mehr gesehen, wir sollten mal wieder essen gehen. Was meinen Sie? Tabaksweiher? Nächste Woche?«

»Klingt gut. Gerne. Aber Sie rufen doch sicher nicht nur an, um sich mit mir zu verabreden, richtig?«

Veronika gab sich zerknirscht.

»Stimmt, ich wollte wissen, ob Sie schon etwas zu unserem Brandopfer herausgefunden haben. Konnten Sie die Todesursache bestimmen?«

»Ja, damit bin ich tatsächlich fertig. Der junge Mann ist an Sauerstoffmangel gestorben. Brandgasvergiftung. Das ging sehr schnell für den armen Kerl. Er muss zwischendurch die Tür geöffnet und versucht haben, an den Flammen vorbeizukommen. Er hatte leichte Brandwunden an den Armen und im Gesicht. Dann hat er sich im Kühlraum verschanzt, aber die Türdichtungen haben offensichtlich der Hitze nicht lange standgehalten. Das Kohlenmonoxid hat dann zugeschlagen. Und Rückstände des Brandbeschleunigers konnten wir ebenfalls nachweisen.«

»Hmm, dann können wir wenigstens weitere Vergiftungen ausschließen. Dennoch tragisch. Ich danke Ihnen, Thiel. Ich melde mich dann mit einem Terminvorschlag für unser Essen. Grüßen Sie Ihre Frau.«

Thiel legte ohne eine Antwort auf und Veronika beschlich das komische Gefühl, irgendetwas Falsches gesagt zu haben. Sie schüttelte es ab.

Bevor sie den Banker Jonas Lorenz anrufen würde, musste sie noch ein bisschen über ihn und seine Geschäfte herausfinden. Eine gute Gelegenheit, sich bei den alten Kollegen von der Wirtschaftskriminalität im Frankfurter Präsidium zu melden.

39

Die Adresse der mutmaßlichen Erpresserin befand sich am Rand von Luisenthal, einem Ortsteil von Völklingen. Die ehemalige Bergbausiedlung schlängelte sich entlang der Saar und war bis heute von der Grubenvergangenheit geprägt. Während Langner am Steuer saß, betrachtete Becker die vergilbten Häuser und vergessenen Plätze, die die Hauptstraße säumten. Shisha-Bars, Tabakläden und Kioske füllten die leer stehenden Gewerbeeinheiten allmählich wieder auf.

»So langsam wird das wieder hier«, stellte er fest. »Es gab eine Zeit, nach der Schließung der Grube, ich glaube, das war 2006, da sah es wirklich übel aus. Aber jetzt ...«

»Saarlands schönste Gemeinde wird es trotzdem nicht.«

Becker zuckte nur mit den Schultern. Sie hielten vor einem grün gestrichenen Mehrfamilienhaus, das auch schon einmal bessere Zeiten gesehen hatte. Die Briefkästen im Eingangsbereich hingen schief, Werbung quoll aus ihnen wie aus aufgerissenen Mäulern. Wie anklagende Fratzen prangten sie an der Wand.

»Da kann man ja überhaupt nix mehr lesen«, beschwerte sich Becker, der sich ganz dicht über die Klingelschilder gebeugt hatte. Die Tür öffnete sich und ein Teenager mit tief ins Gesicht gezogener Kapuze drückte sich an ihnen vorbei.

»Hey, kannst du uns sagen, wo Doris Gerber wohnt?«

»Fick dich, Opa«, brummte er und rannte die Straße hinunter. Max legte Becker, der schon hinterher wollte, beschwichtigend die Hand auf den Arm.

»Bringt doch nichts.« Dann betrachtete er die Klingelschilder selbst. »Schau mal, könnte das nicht ›Gerber‹ heißen? Wir probieren es einfach.« Und er drückte auf die braune Klingel.

Als die Gegensprechanlage anfing, zu knacken und zu rauschen, war bestimmt mehr als eine Minute vergangen. Becker hatte schon angefangen, nervös mit den Füßen zu scharren. Doch eine Stimme kam nicht aus dem Lautsprecher, dafür erklang das Summen der Tür.

Langner stieß sie auf. Im Hochparterre stand eine Haustür einen Spaltbreit offen, mit einer Kette gesichert.

»Was gebt's dann?« Ein breites, teigig wirkendes Gesicht schob sich zwischen den Spalt und beäugte die Beamten neugierig.

»Becker, Kriminalpolizei Saarbrücken. Sind Sie Frau Gerber? Doris Gerber?«

Das Gesicht hinter der Tür nickte vorsichtig.

»Gut, mein Kollege Langner und ich würden Ihnen gerne ein paar Fragen stellen. Dürfen wir reinkommen?«

»Das ist gerade wirklich schlecht.« Sie schniefte demonstrativ, um die beiden abzuwimmeln.

»Hören Sie, es geht wirklich schnell. Wir können Sie aber auch ins Präsidium vorladen, wenn Ihnen das lieber ist.«

Kommentarlos schloss sie die Tür vor ihrer Nase. Becker und Langner schauten sich an. Ein schleifendes Geräusch, dann wurde die Tür wieder geöffnet und Doris Gerber hinkte durch den dunklen Flur und bedeutete ihnen, ihr zu folgen. Es roch nach kaltem Rauch und fettverbrannten Pfannen.

»Nach Ihnen«, sagte Max und ließ seinem Kollegen grinsend den Vortritt. Der runzelte die Stirn und folgte Frau Gerber in ein mit dicken Vorhängen abgedunkeltes Wohnzimmer, wo sie sich bereits auf ein bequem aussehendes, aber leicht ausgebleichtes grünes Cordsofa hatte fallen lassen. Obwohl es draußen hell war, brannte die Deckenlampe und tauchte den Raum in ein warmes oranges Licht. Max blickte immer wieder zu Becker, doch als der keine Anstalten machte, das Gespräch zu eröffnen, fing er selbst an.

»Frau Gerber, Sie haben die Wurstfabrik Haidmann auf Schadensersatz verklagt. Aus welchem Grund?«

»Kann sein. Was geht Sie das an?« Die Frau zündete sich eine Zigarette an.

»Wir sind nicht zum Spaß hier. Würden Sie mir also bitte antworten?«

Langner schaute hilfesuchend zu Becker, doch der musterte Frau Gerber immer noch mit gerunzelter Stirn. Langner seufzte, wurde der alte Kollege jetzt auch noch komisch?

»Die schulden mir etwas. Deshalb«, sie schlug sich mit der linken Hand auf das steife Bein, welches ihm eben schon beim Gehen aufgefallen war. Er versuchte, sie aus der Reserve zu locken.

»Arbeitsunfall?«

Sie nickte stumm, blickte aus dem Fenster und blinzelte die Tränen weg.

»Ich habe 15 Jahre für dieses Drecksloch gearbeitet, das ist Knochenarbeit, wissen Sie. Ich stand in der Eiseskälte, hab Schweinehälften gewuchtet, entbeint, hab Fleischmasse in Cutter reingeschüttet, bin in Blut gewatet.« Sie schniefte. »Ich habe alles gemacht, verstehen Sie?«

Max Langner nickte.

»Und dann, dann bin ich gestürzt. An der Rampe, morgens um 5.30 Uhr. Wir haben Warenannahme gemacht, eisgekühlte Schweinehälften, und plötzlich war da eine Flüssigkeit, ich bin ausgerutscht und knapp zwei Meter gefallen. Nicht dramatisch, haben die gesagt. Ich wäre eben nur blöd aufgekommen. Von der Hüfte bis zum Knie war alles zertrümmert. Und dann hat mich mein Arbeitgeber am langen Arm verhungern lassen.«

»Die Wurstfabrik Haidmann also?«

Frau Gerber lachte bitter.

»Schön wär's, die waren fein raus. Ich war über 15 Jahre lang nicht einen Tag direkt bei denen angestellt, immer nur über Zeitarbeitsfirmen als Leiharbeiterin, am Schluss als Selbstständige. Sie haben mir regelmäßig gesagt, dass das nur vorübergehend sei, bis sie wieder freie Stellen hätten. Aber das ist nie eingetreten. Sie haben mir noch vorgeworfen, ich hätte die Warenannahme nicht richtig gesichert, weil ich die Flüssigkeit übersehen hatte. Dabei weiß ich bis heute nicht, was das war und wo es herkam. Und als Selbstständige hatte ich natürlich an den Versicherungen gespart, sonst bleibt ja nichts übrig.«

Sie wuchtete ihr verletztes Bein auf die Couch und stöhnte.

»Und wovon leben Sie heute?«

Wieder lachte sie auf.

»Na, wonach sieht es denn aus? Ich hatte kurz danach einen Sechser im Lotto und bin dann hier in meine Millionenvilla gezogen. Alles purer Luxus.« Auf Langners fragenden Blick ergänzte sie. »Hartz 4 und Invalidenrente, aber das reicht hinten und vorne nicht, um meine Schulden zu tilgen. Die Krankenversicherung hat nicht alles bezahlt, ich bin auf ziemlich hohen Kosten sitzen geblieben. Einen Anwalt konnte ich mir nicht leisten. Also, ich lebe nicht. Ich überlebe irgendwie. Aber nur mit einer ordentlichen Dosis Schmerzmittel pro Tag.«

Dann deutete sie auf Becker.

»Und was ist mit dem Kollegen hier? Spricht der nicht?«

Becker wachte aus seiner Trance auf.

»Darf ich Sie etwas fragen, Frau Gerber? Ist Ihr Mädchenname Rohrbacher?«

Sie blickte ihn irritiert an.

»Wieso fragen Sie das? Kennen wir uns?«

Becker lächelte.

»Sicher, Doris Rohrbacher. Ich bin's, der Sven. Sven Becker. Erinnerst du dich? Warndt-Gymnasium in Geislautern. Wir waren in einer Klasse und ich war furchtbar verschossen in dich.«

Ihr Gesicht hellte sich auf.

»Sven? Mensch, ich hätte dich gar nicht erkannt. Du bist bei der Polizei gelandet? Ist ja verrückt.«

»Du bist noch während der zehnten Klasse abgegangen, richtig? Ich erinnere mich, danach hab ich dich aus den Augen verloren, gab ja noch keine Handys oder sozialen Netzwerke, mit denen man sich gegenseitig stalken konnte«, lachte Becker.

Langner verfolgte die neue Wendung des Gesprächs mit offenem Mund.

»Ach, das ist eine lange Geschichte. Muss ich dir mal in Ruhe erzählen, ich denke nicht, dass das deinen Kollegen hier großartig interessiert.« Sie warf einen Seitenblick auf Langner, der mittlerweile ungeduldig mit den Beinen wippte.

»Äh, ja. Richtig. Wir sind ja eigentlich hier, um zu erfahren, ob Sie die Erpresserbriefe an die Firma Haidmann geschickt haben.«

»Aha.«

»Und? Haben Sie?«

»Max, jetzt warte doch mal. Doris hat ja noch gar nicht alles erzählt. Du musst immer mit der Tür ins Haus fallen.«

Langners Puls stieg. Was sollte das denn jetzt schon wieder?

»Ich weiß nicht, wovon ihr sprecht. Ich hab niemandem irgendeinen Brief geschrieben, ich bin mit mir selbst genug beschäftigt.«

»Da siehst du es.« Becker nickte Max zu, um ihre Aussage zu unterstreichen.

Er würde mit ihm allein sprechen müssen, das hier hatte absolut keinen Sinn.

»Gut«, lenkte er ein. »Dann macht es Ihnen doch sicher nichts aus, wenn wir rein routinemäßig eine DNA-Probe mitnehmen, damit unsere Spurensicherung diese abgleichen kann. Oder?«

Er ignorierte Beckers wütenden Blick und schaute Frau Gerber herausfordernd an.

»Also, wenn ich diese Reality-Sendungen im Fernsehen richtig interpretiere, dann brauchen Sie dafür doch bestimmt einen gerichtlichen Beschluss, oder? Wenn Sie mir den bringen, dann bekommen Sie alles von mir.« Sie lächelte ihn schief an, ihre Augen blieben kalt. Eins zu null für Doris Gerber. Gut. Langner stand auf und Becker folgte ihm, nicht ohne vorher seine Visitenkarte herauszukramen und auf den stumpfen Glastisch zu legen.

»Melde dich bitte bei mir, dann komme ich mal nach Feierabend vorbei. Es wäre doch gelacht, wenn wir dir nicht helfen könnten, zu deinem Recht zu kommen. Okay? Ich kenne ein paar gute Anwälte. Das bekommen wir hin, ja?«

Sie lächelte ihn an und versprach es.

Langner war außer sich, als sie im Auto wieder Platz nahmen.

»Sag mal, geht es noch? Wie unprofessionell war das denn? Jugendliebe hin oder her. Scheiße, Mann.«

»Hör zu, ich kenne Doris. Die kann keiner Fliege was zuleide tun. Die ist die Verliererin in der Geschichte, nicht die Täterin. Das hat man doch klar und deutlich rausgehört.«

»Sven, ernsthaft? Ich bin gespannt, was Veronika dazu sagt. Ich jedenfalls kann deine Schlüsse hier nicht so unterschreiben.«

»Langner, du musst mir einen Gefallen tun. Sag Veronika nichts davon. Ich finde heraus, was da gelaufen ist. Aber auf meine Art. Vertrau mir. Und wenn rauskommt, dass sie doch Dreck am Stecken hat, dann melde ich das. Ganz nach Vorschrift. Ehrenwort. Alles klar? Machst du das für mich?«

Langner zögerte einen Moment zu lang. Er wusste, dass er gleich hätte Nein sagen sollen. Sich vehement dagegen wehren, auf die Regeln verweisen. Aber Becker war sein engster Kollege, sein Mentor. Und er hatte auch Mitleid mit dieser Frau.

Verdammter Mist. Er biss die Zähne zusammen.

Dann nickte er. »Ist gut.«

40

Der pelzige Geschmack in seinem Mund verursachte einen gallig bitteren Würgereiz. Er stöhnte. Ihm war elend, seine Gliedmaßen schmerzten, als wäre er von einem Bus überfahren worden. Ein Lichtstrahl fiel ihm ins Gesicht, er blinzelte. Wo kam das her? Wenn er sich recht erinnerte, wurde er in einem völlig abgedunkelten Raum festgehalten. Er versuchte, den Geruch aufzunehmen. Es roch muffig. Nach feuchtem Holz. Nach Moos. Aber der beißende Gestank war weg. Langsam öffnete er die Augen und fand sich in einer neuen Umgebung wieder. Er lag auf einer klammen Matratze auf einem Metallbett. Das schummrige Licht, welches durch einen Schlitz an den Fenstern fiel, erhellte notdürftig das Innere einer Holzhütte. Er konnte bis unter den Dachfirst schauen, das Dach war nicht isoliert. Die Hütte bestand, soweit er das überblicken konnte, aus nur einem Raum. Außer dem Bett standen noch ein Tisch mit zwei Stühlen, ein kleiner Küchenblock sowie eine Toilette hinter einem halb zugezogenen Vorhang darin. Mühsam richtete er sich auf. Die Fesseln waren entfernt worden, er rieb sich die schmerzenden Gelenke. Als der Schwindel sich legte, wankte er langsam auf den Küchenblock zu. Die Spüle war kalkverkrustet und es stand eine halb volle Emaille-Tasse darin.

Noch nie hatte er so einen Durst verspürt. Er hatte das Gefühl, seine Zunge hätte sich bis aufs Maximum in seinem Mund ausgedehnt.

»Bitte funktioniere«, flehte er flüsternd den Wasserhahn an, der ihm fast wie ein magisches Instrument vorkam. Zitternd führte er seine Hand an die Mischbatterie und drehte sie langsam in seine Richtung. Es knarzte, der Wasserhahn gab ein glucksendes Geräusch von sich. Spuckte braune Flüssigkeit. Markus hielt die Luft an. »Bitte« formte er mit den Lippen und kämpfte gegen die Tränen an. Der Wasserstrahl beruhigte sich und wechselte langsam die Farbe.

Es kam tatsächlich kühles, klares Wasser aus dieser Leitung. Markus hielt hastig seinen Kopf unter den Hahn und trank gierig, bis er sich hustend verschluckte. Er lachte und weinte gleichzeitig. Noch nie hatte er etwas Besseres, Reineres getrunken, obwohl er sicher sein konnte, dass die Qualität des Wassers nicht den höchsten Ansprüchen genügte. Es war ihm egal. Seit Tagen hatte er nichts mehr getrunken, was nicht mit irgendeiner Droge versetzt gewesen war. Zum ersten Mal schöpfte er Hoffnung, dass er doch hier rauskommen könnte.

Er fühlte sich sofort um Welten besser. Erkundete langsam den Raum, fuhr über den staubigen Tisch, versuchte, aus den mit Brettern verschlagenen Fenstern hinauszuschauen. Zwischen den Ritzen konnte er nur schmale Streifen von Bäumen erkennen. Dichtes Grün, eng bewachsen. Totes Holz auf dem Boden. Er horchte in die Stille, die nicht still war. Da war das Rauschen der Baumwipfel im Wind, der Ruf eines Vogels, das Knacksen eines Astes. Dann ein Geräusch. Ein Kratzen.

Sein Herz setzte einen Schlag aus. Die Tür wurde aufgeschlossen, er hörte Metall auf Metall. Hektisch schaute er sich nach einem Schlagwerkzeug um. Wer auch immer ihm das hier antat, er musste ihn stoppen. Doch die Hütte hatte nichts Passendes zu bieten. Er blieb wie erstarrt in der Ecke des Raums stehen.

Die Tür wurde aufgeschoben. Die Person, die nun die Hütte betrat, versteifte sich ebenfalls, als sie das leere Bett sah. Panisch schaute sie in der Hütte umher, bis sich ihre Blicke trafen.

»Du?« Markus spuckte das Wort wie Gift aus. Er wankte und musste sich an der Hüttenwand festkrallen.

»Ja, da staunst du, was? Das hättest du mir wohl nicht zugetraut. Aber das war schon immer dein Problem.«

»Was soll das? Warum machst du das? Willst du mich … Willst du mich umbringen?«

Die Person lachte hämisch auf.

»Wenn ich das wollen würde, dann hätte ich es längst gemacht. Denkst du nicht?«

Markus Wendemann war sprachlos. Mit offenem Mund starrte er sein Gegenüber an. Dann ging er langsam in Richtung Tür.

»Du bleibst besser, wo du bist!«, warnte ihn die Person und zog einen Elektroschocker aus der Jackentasche. Markus stoppte auf der Stelle.

»Braver Junge, ich erkläre dir jetzt mal, wie wir hier weitermachen.«

41

»Hey Süße, wie geht es dir? Mache mir Sorgen. Hast du für dich entschieden, was du machen willst?«

Veronika las Theresas Nachricht auf ihrem Handy.

»Leider nein, ich verdränge erfolgreich«, murmelte sie und schrieb: »Ich weiß, dass ich das nicht mehr lange hinauszögern kann. Hab nur gerade ziemlich wenig Zeit, mir da einen Kopf zu machen. Leider. Ich werde noch wahnsinnig.«

Theresa tippte sofort eine Antwort. »Wenn du reden willst, melde dich. Okay? Fühl dich gedrückt.«

Veronika seufzte. Wieso musste sie immer so viele offene Baustellen haben? Dabei war der Tag bisher eigentlich ganz gut verlaufen, zumindest was ihren Fall betraf.

Das Telefonat mit dem Investmentbanker war aufschlussreich gewesen. Falls es in diesem Fall ein Bankgeheimnis gab, sah sich dieser offensichtlich nicht daran gebunden. Veronika hatte ihm am Anfang gleich den Gruß eines alten Kollegen aus Frankfurt ausgerichtet, mit dem er offensichtlich mal in Konflikt geraten war. Und so zeigte er sich sehr betroffen, dass Markus verschwunden war, und legte ihr bereitwillig dar, an welchen Geschäften dieser sich in letzter Zeit beteiligt hatte. Ein direkter Draht zu Mareike Wendemann bestand offensichtlich aber nicht, denn von der Entführung hatte er noch nichts gewusst. Er habe sich nur gewundert, weil Markus einen Termin verpasst und nicht auf seine Anrufe reagiert habe. Er habe sich schon Sorgen gemacht. In jedem Fall würde das Wendemann nicht ähnlich sehen. Veronika lag nun eine Liste mit Investitionsprojekten der vergangenen drei Jahre vor. In gleich sieben Fällen hatte Wendemann seine Investition kurzfristig zurückgezogen, allesamt Gastronomieprojekte. Angeblich, laut Lorenz, weil er von dem Konzept dann doch nicht mehr überzeugt gewesen war. Aber irgendetwas in seiner Stimme hatte Veronika den Eindruck vermittelt, dass es hier mehr um ein Spiel als um wirklichen Support von Existenzgründern ging. Vier der Projekte waren im Saarland angesiedelt gewesen. Sie würde Langner später bitten, die Hintergründe dieser Firmen zu recherchieren.

Wie aufs Stichwort traten Becker und Langner in ihr Büro, Max wirkte sauer, wahrscheinlich hatten sie sich wegen irgendetwas wieder in die Haare bekommen. Fußball, der Frage, welche die beste Wurstbude der Stadt war, oder wer in der Befragung die Leitung übernahm. Becker hielt sich anfangs immer gerne zurück, überholte dann aber auf der Zielgeraden und überrumpelte die Kollegen. Veronika wusste, dass Langner das hasste. Wenn hier alles vorbei war, dann würde sie mit den beiden noch mal sprechen müssen. Solche Kindereien konnten sie wirklich nicht brauchen.

»Und, wie war's bei der Befragung?«

»Aufschlussreich. Ich denke, die Person können wir ausschließen. Sie hatte einen Arbeitsunfall und ist schwer gehbehindert. Da sie als Leiharbeiterin gearbeitet hat, hat sie keine Schadensersatzforderungen geltend machen können, die hat sie jetzt eingeklagt. Aber mit der Einschränkung ist sie sicher nicht unsere Schützin.«

»Und die Briefe, die kann sie doch trotzdem geschrieben haben, oder?« Veronika warf einen besorgten Blick auf Langner, der im Hintergrund vor Nervosität zu platzen schien.

»Jaja. Dem gehen wir noch nach«, schoss Becker vor.

»Max, alles okay?«

»Ja.« Kurz angebunden. Dann Stille.

Oha, da lag einiges im Argen.

»Okay«, räusperte sich Veronika. »Ich habe eine Liste mit Investitionsprojekten, bei denen Wendemann Geld versprochen und dann zurückgezogen hat. Max, wenn du mehr zu den Hintergründen der Firmen herausfinden könntest, wäre das prima. Vier davon sind aus dem Saarland, vielleicht fängst du mit denen an.«

»Kann ich das morgen machen? Ich habe noch einen Termin.«

Erstaunt schaute Veronika auf die Uhr. Es war viertel nach fünf.

»Pass auf, dann schau ich, wie weit ich heute Abend noch komme, und du machst dann morgen früh gleich den Rest. In Ordnung?«

Langner nickte wortlos und schlüpfte aus der Tür.

»Habt ihr euch gestritten, Sven?«

»Ach was, eine Kleinigkeit, der kriegt sich wieder ein. Wirst sehen. Brauchst du Hilfe bei den Firmen?«

»Nein, ist gut. Schreib du deinen Bericht für die Akte, wir sehen uns dann morgen.«

»In old freshness«, gab Becker lachend zurück und zog die Tür hinter sich zu.

»Hmm, genau«, murmelte Veronika.

Sie starrte aus dem Fenster, wo das herbstliche Abendrot den Himmel in ein hellblau-rotes Farbspektakel getaucht hatte. Plötzlich wusste sie, was zu tun war.

Sie nahm ihr Handy und wählte Francescos Nummer.

»Vero, was gibt's?«

»Hey. Wie geht es dir?«

»Ganz gut, die Familie stützt mich. Aber so etwas kennst du ja nicht.«

Veronika schockierte die Kälte und Gehässigkeit, die in seiner Stimme lagen. Sie war irritiert.

»Hmm. Ja. Wenn du meinst. Hör zu. Ich muss dir etwas

sagen. Es ist etwas vorgefallen und ich wollte es dir schon früher sagen, aber dann war das mit deiner Oma und ich wollte dich nicht noch zusätzlich belasten. Und, na ja, ich war auch verwirrt, weil mir so etwas noch nie passiert ist. Und ich auch nicht weiß, was es bedeuten sollte. Aber jetzt weiß ich es, und ich muss es dir sagen, alles andere ist einfach nicht fair, und ...«

»Ich weiß es schon.«

»Was?«

»Ich weiß es schon.« Seine Stimme klang ungerührt.

»Ich. Ich, ich meine, wie? Und woher? Und seit wann? Ich. Ach, Francesco, es tut mir so leid.«

»Ich weiß es von Anfang an, seit du mich im Wohnzimmer gefunden hast. Zwei meiner Kollegen haben dich im Restaurant gesehen und beobachtet, wie ihr zusammen ins Taxi gestiegen seid. Und ein anderer hat dich morgens am Triller gesehen. Du weißt doch, Saarbrücken ist ein Dorf. Und dass du mir nichts davon erzählt hast, war für mich Beweis genug.«

»Oh. Wenn ich das gewusst hätte. Aber deine Oma?«

»Der geht es gut, die ist mopsfidel. Die Nummer war ein bisschen arschig, ich weiß, aber ich brauchte eine Exit-Strategie und das hat gut gepasst. Und wie aufopfernd du dich noch um mich gekümmert hast, an dem Abend. Rührend.«

Seine Stimme triefte vor Sarkasmus und Veronikas Wut wuchs.

»Weißt du, ich glaube dir sogar, dass das nicht geplant war. Dass der Abend einen anderen Verlauf genommen hat. So dumm bist du ja nicht. Aber ich wollte wissen, wie loyal du bist. Wie leid es dir wirklich tut. Ob du bis nach Neapel geflogen wärst, um es mir zu beweisen. Und, was soll ich sagen. Du bist nicht hier.«

Veronika fehlten die Worte. Sie rang nach Luft, in ihrem Büro schien der komplette Sauerstoff verbraucht zu sein.

»Du hast den Tod deiner Oma nur vorgeschoben, um mich zu testen?«, presste sie hervor. »Wie krank bist du denn? Willst du mich verarschen? Ich bin nicht in Neapel, weil ich einen Scheiß-Fall zu lösen habe. Weil es hier um Menschenleben geht und nicht um eine verletzte Ego-Tour.«

»Vero, ich …«

»Nein, jetzt hörst du mir zu. Ja, ich habe Mist gebaut. Das war falsch, und als ich es dir sagen wollte, hast du diese Oma-Nummer abgezogen. Sollte ich das da noch draufpacken? Und warum habe ich Mist gebaut? Weil ich Panik habe, vor diesem ganzen Zusammenziehen-Quatsch. Das geht mir einfach zu schnell, du bist wie ein Oktopus, der einen zerquetscht mit seinen Gefühlen. Oder ist es nur das Gefühl, jemanden zu besitzen? Nur für sich zu haben? Ich meine, was bist du für ein kranker Typ? Weiß deine Oma, dass du sie umgebracht hast, um mir eins auszuwischen?«

Veronikas Puls war in die Höhe geschossen, am liebsten hätte sie ihr Handy gegen die Wand gepfeffert. Aber es war ihr Diensthandy, und es war neu. Also umklammerte sie es nur fest, bis ihre Knöchel weiß hervortraten.

Sie schwiegen beide.

»Hör zu, amore. Äh, Veronika. Ich komme morgen Abend zurück. Dann reden wir in Ruhe, okay?«

Veronika atmete tief durch. Plötzlich lag alles glasklar vor ihr.

»Ich glaube nicht, dass es da noch viel zu besprechen gibt. Ich packe deine Sachen zusammen. Du kannst sie gerne morgen abholen. Sie stehen dann im Flur. Lass den Schlüssel einfach auf der Konsole liegen und pass auf, dass der Kater nicht abhaut.«

»Veronika, lass uns doch …«

»Mach's gut, Francesco.«

Sie legte auf.

Und fühlte sich befreit.

42

Er war froh, dass er den Staatsanwalt am Abend noch erreicht hatte. Dieses Gespräch mit Doris Gerber ließ ihn einfach nicht los. Er ärgerte sich über Beckers unprofessionelles Verhalten und über die Situation, in die dieser ihn gebracht hatte. Auch wenn er sich selbst nicht vorstellen konnte, dass Frau Gerber im schwarzen Kampfanzug auf einer Autobahnbrücke gelegen und mit Schrot auf einen fahrenden Lkw geschossen hatte, wollte er dennoch 100 Prozent sicher sein, dass sie sie wirklich ausschließen konnten. Und der Absender der Briefe musste ja auch noch geklärt werden, selbst wenn das nicht in ihr Ressort fiel.

Er hatte sich mit Sebastian um halb acht vor dem Eingang der Staatsanwaltschaft verabredet. Am Telefon hatte er ihn davon überzeugen können, dass, wenn es sich bei der Verdächtigen tatsächlich um die Verfasserin der Briefe handelte, sie auch hinter den Anschlägen auf die Firma Haidmann stecken könnte. Also Gefahr im Verzug war. Nur so würde er mit der staatsanwaltlichen Anordnung der DNA-Entnahme auch gegen ihren Willen Proben beschaffen können.

Kirschmeier war wie verabredet vor Ort.

»Guten Morgen, Kommissar Langner. Sind Sie alleine unterwegs? Wo ist Becker?«

»Guten Morgen, Herr Staatsanwalt. Wir haben uns aufgeteilt, der Fall Wendemann hat Fahrt aufgenommen, wir brauchen alle verfügbaren Kräfte.«

»Hmm, okay. Hier die Anordnung. Ist jetzt mit der schnellen Nadel gestrickt, ich hoffe, dass unsere Verdächtige nicht vorhat, die juristische Klaviatur bis zum Ende zu spielen. Ich bin nicht sicher, wie weit wir mit dem Hinweis auf Gefahr im Verzug kämen. Aber hoffen wir mal das Beste.«

»Machen Sie sich keine Sorgen. Das wird schon gut gehen. So, wie ich sie gestern verstanden habe, ist ihr Vertrauen in das juristische System eh gestört. Ich rechne nicht mit viel Gegenwehr.«

Zumindest bei ihr, dachte er. Becker wird außer sich sein, wenn er von seinem Alleingang hörte. Aber bis dahin, so hoffte Max, würde er die notwendigen Beweise haben.

»Ich danke Ihnen in jedem Fall für das schnelle Handeln. Das hilft uns sehr.«

Kirschmeier verabschiedete sich und Langner machte sich auf den Weg in die alte Bergbau-Siedlung. Ein bisschen hoffte er auch auf den Überraschungseffekt am frühen Morgen.

Frau Gerber öffnete nach dem zweiten Klingeln, verblüfft zunächst, und schaute sich dann verwirrt um. Wahrscheinlich suchte sie das bekannte Gesicht von Becker, welcher ihr wieder aus der Patsche helfen würde.

»Machen Sie sich keine Mühe, Frau Gerber. Ich bin alleine da. Hier ist die gerichtliche Anordnung, ich möchte Sie bitten, mir DNA-Proben zu geben, damit wir Sie in dem vorliegenden Fall eindeutig als Verdächtige ausschließen können.« Oder eben nicht, dachte er sich. »Reine Routine, verstehen Sie sicher«, sagte er und hielt ihr das Probenröhrchen vor die Nase.

Solche Überraschungsangriffe führten meistens zum Erfolg, wenn der Schock dieses offiziellen Schreibens noch wirkte und die Betroffenen gar keine Zeit hatten, sich über die Folgen Gedanken zu machen. Und auch dieses Mal funktionierte es.

»Dann machen Sie halt«, murmelte sie und riss den Mund vor seiner Nase auf, sodass er einen kleinen Moment zurückwich vor dem intensiven, tabakgeschwängerten Geruch, der ihm entgegenschlug. Ob sie als Jugendliebe von Becker auch schon so viel geraucht hatte?

Er nahm die Schleimhautprobe, verabschiedete sich und brachte das Plastikröhrchen auf direktem Weg zu Thiel ins Klinikum.

»Thiel, sind Sie da?«, rief Langner, während er die Tür zum Labor aufstieß. »Thiel?«

»Was? Ja. Hier. Was ist …?«

Er fand ihn ausgestreckt auf seiner durchgesessenen Ledercouch liegend, den Unterarm schützend über den Augen.

»Hab ich Sie geweckt, das tut mir leid.«

»Ach was, ist schon okay. Musste mich nur kurz ein wenig hinlegen, Sie wissen ja, Langner, das Alter.«

Und deine Krankheit, von der mittlerweile alle wissen, dachte Max.

»Aber das bleibt unter uns, alles klar, Herr Kommissar?«

Max runzelte die Stirn über den Kalauer, der so gar nicht zu Thiel passte. Dann nickte er nur.

»Ich hab Ihnen Spuren zum DNA-Abgleich mit den Erpresserbriefen mitgebracht.«

Und auf Thiels fragenden Blick ergänzte er: »Ganz legal beschafft, keine Sorge. Mit Anordnung vom Staatsanwalt.« Er grinste.

»Ist gut, schau ich mir an. Bis wann brauchen Sie das?«

»Macht nichts, wenn es schnell geht. Wir tappen da echt noch im Dunkeln und es wäre schön, wenn wir die Person zumindest ausschließen könnten. Allerdings sagt mein Bauchgefühl etwas anderes, aber das bleibt bitte auch unter uns, sollte ich falschliegen. Einverstanden? Becker ist kein großer Freund von Gefühlen, vor allem nicht aus dem Bauch.«

»Verstehe. Ich kümmere mich gleich drum.«

»Perfekt, danke Ihnen. Und Thiel, erholen Sie sich ein bisschen. Sie sehen aus, als könnten Sie noch eine Mütze Schlaf gebrauchen. Kann die Analyse nicht Lennart machen?«

»Nett, dass Sie sich sorgen, Langner. Ich entscheide, was ich brauche und wem ich was delegiere. Aber ich weiß Ihre Anteilnahme sehr zu schätzen. Ich nehme an, Sie wissen, was los ist. Mittlerweile hat es sich herumgesprochen, wenn ich die mitleidigen Blicke um mich herum richtig deute. Ansprechen tut mich ja keiner drauf.«

Max zuckte entschuldigend mit den Schultern.

»Stimmt. Man munkelt, dass es Lungenkrebs ist. Das tut mir sehr leid. Mein Vater hatte das auch, viel zu spät erkannt, ging alles sehr schnell«, seine Stimme brach, wie jedes Mal, wenn er darüber sprach.

»Das tut mir leid, Max. Ich darf doch Max sagen, oder?«

»Sicher.«

Thiel deutete auf die Couch und die beiden setzten sich, Max spürte noch die Wärme unter sich, die Thiels Körper hinterlassen hatte.

»Sie haben recht, die Gerüchte stimmen. Es ist Lungenkrebs, wir haben es zwar früh erkannt, aber er ist hartnäckig, kommt immer wieder. Und hat jetzt gestreut.«

Langner rutschte unruhig hin und her, er fühlte sich nicht ganz wohl bei so viel Vertrautheit, vor allem weil Thiel bisher damit sehr sparsam umgegangen war.

»Wissen Sie was? Ich hatte die ganze Zeit eine Scheiß-Angst vor dem Sterben. Ironie des Schicksals, oder? Ich, der so viel mit Toten und den verschiedensten Todesformen zu tun hat, hatte Angst vor den letzten Stunden. Den Schmerzen. Dem Moment, wo du realisierst, dass es das war. Dass es kein Zurück mehr gibt, du nichts mehr nachholen kannst, deine Zeit abgelaufen ist. Ich habe immer darüber nachgedacht, was ich bereuen würde, was ich noch hätte tun wollen, was ich anders gemacht hätte. Und jetzt, nachdem Simone so plötzlich verstorben ist, ohne sich all diese Gedanken machen zu müssen, sind meine Ängste weg. Ich kämpfe noch, aber wenn ich doch verliere, dann ist es eben so. Ich kann es jetzt besser akzeptieren.«

Max Langner nickte wie ein Wackeldackel. Er wusste genau, was Thiel meinte, fand aber nicht die richtigen Worte. Dann nahm er einfach Thiels Hand und drückte sie fest. Dabei lächelte er ihn an. Und es war das Richtige. Thiel verstand, auch ohne Worte.

»Das mit Ihrer Frau wusste ich nicht, Thiel. Das tut mir sehr, sehr leid. Das ist schrecklich. Wenn Sie jemanden zum Reden brauchen, oder zum Ablenken, dann melden Sie sich. Sie sind nicht alleine, okay?«

Der Rechtsmediziner drückte seine Hand zurück, nickte ihm zu und stand lächelnd auf.

»Dann mache ich mich mal an meine molekulargenetische Untersuchung.«

Langner verließ das Labor.

»Und, Max? Danke Ihnen.«

43

Klein hatte sie für neun Uhr in sein Büro bestellt. Seine Mail war knapp formuliert. »Hart, ich erwarte Ihren Bericht. Es ist Tag fünf und ich will wissen, wo wir stehen.«

Veronika war bereit. Sie hatte in der Nacht kaum geschlafen, war mit einem mulmigen Gefühl in ihre Wohnung zurückgekehrt und fühlte sich dennoch erleichtert. Es war raus. Und Francescos Reaktion, die Farce danach, hatten es ihr leicht gemacht, das Ganze abzuhaken. Sie würde sicher noch eine Weile dem hinterhertrauern, was sie gehabt hatten. Was auch immer das letztendlich war. Aber jetzt war sie fokussiert, sie wusste, was sie zu tun hatte. Endlich lagen ein paar mögliche Motive auf dem Tisch und sie mussten heute alles daran setzen, erste Verdächtige zu identifizieren. Dieses Stochern im Dunkeln musste ein Ende haben.

Klein begrüßte sie mit einem kurzen Nicken und gab ihr ein Zeichen, gleich loszulegen.

Sie berichtete ihm von den bisherigen Ermittlungsergebnissen, von den Gesprächen mit Würzburger und dem Frankfurter Banker, wobei sie nicht unerwähnt ließ, dass ihre alten Kontakte zu dem offenen Austausch mit Letzterem beigetragen hatten. Sie gab ihrem Chef dann noch ein Update zu ihren Erkenntnissen in der Erpressersache sowie zu den Anschlägen und Sachbeschädigungen, die im Zusammenhang mit der Wurstfabrik Haidmann standen.

»Herbert Haidmann hat mich angerufen, wir kennen uns von den Rotariern.«

Natürlich, dachte Veronika. Wie sollte es auch sonst sein?

»Er bittet darum, dass wir die Erpressung vertraulich behandeln, wenn möglich gar nicht damit an die Öffentlichkeit gehen. Ich habe Ihre Info an die Presseabteilung deshalb auch gestoppt. Er möchte verhindern, dass ein Misstrauen gegenüber den Produkten entsteht, dass die Kunden sich nicht mehr trauen, bei ihm einzukaufen, aus Angst, es könne mit den Produkten etwas nicht stimmen.

»Geht es ihm um die Kunden oder um sein Business?« Veronika ärgerte sich, dass ihr Chef ihr so in die Parade gefahren war. Dabei hatte sie ja nur Sebastian schützen wollen, der sich etwas zu weit aus dem Fenster gelehnt hatte. Und das wiederum, um den Fall voranzubringen. Eine Hand wusch eben die andere.

»Hart, ich bitte Sie. Ich denke, dass wir den Entführungsfall weit höher hängen sollten als diese Briefchen. Die sollten nicht unsere Priorität sein, und schon gar nicht in der Kommunikation nach außen. Haben wir uns verstanden?«

»Ja.«

Veronika saß wie auf glühenden Kohlen, sie wollte jetzt endlich loslegen und vor allem aus dieser unangenehmen Situation raus. Auch wenn ihr in dem Moment schlagartig übel wurde. Wahrscheinlich sollte sie mal etwas essen. Wann hatte sie das letzte Mal gegessen? Sie konnte sich nicht erinnern.

Sie kämpfte erfolgreich gegen den Brechreiz an und versuchte, den kalten Schweißfilm, der sich auf ihrer Stirn gebildet hatte, unauffällig wegzuwischen. Was war das für ein Signal ihres Körpers? Krank zu werden, konnte sie in jedem Fall jetzt nicht gebrauchen.

»Kann ich gehen? Ich würde mich mit meinem Team gerne besprechen. Wissen Sie, ohne die versprochene Unterstützung ist es wirklich schwierig. Schade, dass das bis nicht wenigstens für ein paar Tage geklappt hat.«

»Ich weiß, wir sind alle dünn besetzt gerade, und dann auch noch die Grippewelle. Ich erwarte heute Abend vor Feierabend noch einmal einen schriftlichen Bericht über Ihre Fortschritte. Lange können wir die Medien nicht mehr zurückhalten. Der bereits erschienene Artikel hat schon genug Wellen gemacht – und vergessen Sie nicht, Hart. Ich bin derjenige, der Ihnen da den Rücken freihält, damit Sie Ihre Ermittlungen leiten können.«

Veronika unterdrückte die aufkeimende Wut und erhob sich. Sie musste an die frische Luft, die Übelkeit kam in Wellen und nahm ihr fast den Atem. Auch das noch. Erst in ihrem Büro, am Fenster stehend und ein Glas Wasser in der Hand, beruhigte sich ihr Magen langsam.

»Alles okay mit dir?« Becker betrat den Raum mit zwei Pappbechern. Der Kaffeeduft löste gleich die nächste Übelkeitswelle aus.

»Hmm, ja. Mir ist nur ein bisschen schlecht. Vielleicht etwas Falsches gegessen. Oder der Stress, der mir auf den Magen schlägt. Es geht schon. Wir müssen heute unbedingt diese Unternehmen anschauen, in die Wendemann investieren wollte.«

»Wo bleibt denn Langner?«

»Keine Ahnung, er hat vor zehn Minuten geschrieben, dass er auf dem Weg ist. Klein hat mir übrigens unmissverständlich klargemacht, dass wir den Erpressungsfall nicht priorisieren sollen. Er hat dazu auch mit Haidmann senior gesprochen, der das nicht an die große Glocke hängen will. Wir unternehmen dazu also erst einmal nichts mehr. Anscheinend kann man polizeiliche Ermittlungen jetzt telefonisch bestellen oder ändern. Wir sind bei Wünsch-dir-was, schon gewusst? Anyway, Wendemann geht vor.«

»Okay, und die Restaurant-Anschläge? Das Feuer? Wie wollen wir da weitermachen?«

»Was hältst du von einem öffentlichen Zeugenaufruf? Das Team und die Passanten vor Ort konnten ja nicht so viel beitragen. Aber vielleicht hat noch jemand anders etwas gesehen, was uns einen Hinweis auf den oder die Täter geben könnte.«

»Ist gut, ich kümmere mich um den Aufruf. Soll ich mir auch noch mal die Fälle anschauen, die Kirschmeier rausgesucht hat? Vielleicht finden wir dort Parallelen, Hinweise, die nur auffallen, wenn man sie zusammen betrachtet.«

»Gut, dann setze ich mich mit Langner an die Investitionsprojekte, sobald er auftaucht.«

Wie aufs Stichwort streckte Max den Kopf durch die Tür.

»Ich hab meinen Namen gehört?«

»Genau, wir müssen uns um die Unternehmen kümmern. Es kann gut sein, dass da Personen drunter sind, die noch ein Hühnchen mit Wendemann zu rupfen haben.«

»Ist alles okay mit dir, Veronika? Du bist so blass.«

Veronika schnaubte genervt.

»Als wäre es das erste Mal, dass ich scheiße aussehe. Jetzt reicht es aber. Mir geht es gut. Okay? Francesco und ich haben uns gestern getrennt, aber es ist gut. Ich muss das verarbeiten, aber ich bin voll da.«

Wahrscheinlich mehr als die letzten Tage, dachte sie und behielt es für sich.

»Und jetzt an die Arbeit.«

44

Es war okay. Es war ganz gut gelaufen. Besser als die Tage zuvor. Sie würden das Wochenende überstehen. Ganz sicher.

Mareike versuchte, sich zu beruhigen. Ihr gesamter Körper war verspannt, ihr Kopf schmerzte. Sie atmete tief durch, hielt die Nase über ihre dampfende Teetasse und sog den Geruch des frischen Ingwers ein. Er kitzelte sie in den Atemwegen. Wie sehr sie diese kleinen Details des Alltags vermisste, das bewusste Wahrnehmen von Gerüchen, Geschmäcken. Mit Markus hatten sie manchmal spätabends noch stundenlang zusammengesessen und seine neuesten Soßenreduktionen, seine Extrakte und Schäumchen probiert, versucht, Nuancen herauszuschmecken, und überlegt, wie er diese weiterentwickeln könnte. Manchmal kam René, der Sommelier, dazu und gemeinsam suchten sie die passenden Weine zu neuen Gerichten. Das war das, was Markus immer so fasziniert hatte – das Orchestrieren von Geschmacksnoten, Gerüchen und Optik. Das Harmonisieren dieser Eindrücke zu einem Gesamterlebnis. Nun saß sie hier, überschwemmt von Sorgen und gefangen im Gedankenkarussell.

Christoph kam herein und schaute sie irritiert an. Sah sie wirklich so fertig aus?

»Guten Morgen«, seine Stimme klang rau, als hätte er die Nacht durchgesoffen.

»Alles okay mit dir, Christoph?«

»Geht schon, sicher. Wie fandest du es gestern Abend?«

»Gut, lief fast reibungslos. Wir hatten nur schon wieder drei kurzfristige Absagen. Das ist echt ärgerlich. Es scheint sich rumgesprochen zu haben, dass wir am Anfang etwas Probleme hatten. Wirklich krass, wie schnell sich das auswirkt.«

Sie schüttelte nachdenklich den Kopf.

»Wir bekommen das hin, Mareike. Mach dir keine Sorgen. Und wenn Markus zurück ist, dann wird er denen allen in den Hintern treten. Die werden betteln, dass sie einen Tisch bei uns bekommen. Du wirst schon sehen.«

Mareike wollte ihm unbedingt glauben, und so kickte sie den aufkeimenden Zweifel weg. Wie konnte er so sicher sein? Und wann würde ihr Bruder endlich zurückkehren? Diese Unwissenheit machte sie wahnsinnig.

»Auf jeden Fall würde ich gerne heute alleine die Ansprache ans Team machen, wenn es dir recht ist.«

Sie schaute ihn verwundert an.

»Okay«, gab sie zögerlich zurück. »Und was hast du vor?«

»Das wirst du schon sehen, ich hab mir viele Gedanken gemacht, ich denke, ich weiß, was ich verbessern muss. Ich war nervös, habe Fehler begangen, ich …«

»Aber Christoph, das waren wir doch alle. Ich meine, wer hätte schon mit so einer Situation rechnen können? Niemand, oder? Das kam so unerwartet. Wir schaffen das gemeinsam.«

»Nein, Mareike. Du verstehst das nicht. *Ich* muss das schaffen, ich bin der Chefkoch und die müssen sich auf mich einlassen. Zumindest temporär«, schob er hinterher.

Ihr fehlte die Kraft, um sich über diese ungewöhnliche Bitte aufzuregen. Es war ein Bruch mit der Tradition, die Ansprache machten sie immer zusammen. Die Leitung der Küche schwor das Team auf die kulinarischen Aufgaben und die Produkte, die sie verwendeten, ein und sie, als Geschäftsleitung, informierte zum operativen Betrieb, also wie viele Reservierungen sie hatten, wie viele davon Menü und à la carte bestellten. In leichtem Aberglauben waren sie überzeugt davon, dass das den Erfolg des Restaurants mit ausmachte. Das Team. Dass Christoph einen Alleingang plante, gab ihr kein gutes Gefühl.

Die Tür schwang auf und drei Mitarbeiter traten gut gelaunt in den Aufenthaltsraum hinter der Küche. Als sie die beiden sahen, verstummten sie augenblicklich.

»Guten Morgen, Leute«, versuchte Mareike mit angestrengt beschwingter Stimme die Stimmung zu heben. »Heute wird ein guter Tag, das spüre ich.«

Christoph warf ihr einen mahnenden Blick zu.

»Was?«, formte sie lautlos mit den Lippen und zuckte mit den Schultern. Durfte sie jetzt gar nicht mehr mit den Mitarbeitern sprechen?

»Was ist denn mit euch los?«, fragte Sabrina belustigt.

»Nichts, Sabrina. Kümmer du dich mal um deine Soßen. Ich will nicht, dass die Reduktion für den Hirschrücken wieder so zähflüssig wird.«

Sabrina warf Christoph einen empörten Blick zu.

»Na hör mal, das war deine Wahrnehmung. Aber die Soße, auf die du jetzt anspielst, die war wie immer und vor allem so, wie ich sie mit Markus abgesprochen habe. Das ist ja wirklich unverschämt. Ich glaube, es geht los.«

»Hört mal, wir klären das am besten gleich in Ruhe«, versuchte Mareike zu vermitteln, doch Christoph fuchtelte mit der Hand vor ihrem Gesicht herum, um sie zum Verstummen zu bringen.

»Nein, wir klären das gleich hier. Die anderen sollen ruhig mitbekommen, was mit jemandem in der Küche geschieht, der den Chefkoch nicht respektiert. Das hier funktioniert nur, wenn wir streng hierarchisch organisiert sind, und wenn dir das nicht passt, liebe Sabrina, dann ist dort die Tür. Aber ich denke, du brauchst den Job, oder? Jetzt, wo dein Partner erst mal beurlaubt ist.«

Das saß, die Farbe von Sabrinas Gesicht wechselte in Tiefrot.

»Du Arschloch, was soll das denn heißen? Er kann ja nichts dafür, wenn jemand im ›Braukeller‹ Feuer legt, oder? Und was hat das mit meiner Arbeit zu tun? Willst du mir wirklich drohen?«

Sabrina hatte sich vor Christoph aufgebaut, die Hände in die Hüften gestemmt. Sie war genauso groß wie er, schaute ihm direkt in die Augen. Die anderen in der Küche hielten die Luft an.

»Christoph, jetzt lass doch …«, versuchte es Mareike wieder, doch sie drang nicht zu ihm durch. Er starrte Sabrina an, dann verzog er den rechten Mundwinkel zu einem schiefen Lächeln.

»Du willst also Krieg, Sabrina Dennerle? Den kannst du haben.« Die Luft im Raum schien spannungsgeladen.

»Jetzt reicht es aber«, schrie Mareike in die Stille. »Hier wird niemandem gedroht und auch kein Krieg geführt, was ist denn in euch gefahren? Wir sind ein Team und nur als gut eingespieltes Team können wir die Leistung hochhalten. Das muss ich euch doch alles nicht erzählen. Das ›La Table‹ ist unser aller Existenz, ihr alle lebt von eurem Job und ihr macht ihn verdammt gut.«

»Mareike, das ist jetzt mein Job«, unterbrach sie Christoph.

»Fuck, Christoph. Dein verdammter Job ist es, den Laden hier zusammenzuhalten und exklusive Gerichte da rauszuschicken und nicht hier einen auf Megalomanen zu machen. Du vertrittst Markus, bis er zurück ist«, sie versuchte, den Kloß, der in ihrem Hals wuchs, hinunterzuschlucken. »Aber du machst hier nicht auf große Revolution und schon gar nicht gehst du das Team an, haben wir uns verstanden?«

Mareike war aufgestanden und trat nun direkt neben Christoph. Sabrina hatte sich wortlos zurückgezogen. Wenn zwei Alphas stritten, geriet man besser nicht dazwischen. In Mareike tobte das Adrenalin. Christoph schaute sie mit geblähten Nasenflügeln an. Ihr schoss durch den Kopf, dass er sie körperlich angreifen könnte, doch das würde er sich nicht trauen. Sie musste die Situation auflösen.

»Geh an die frische Luft, wir machen hier die Vorbereitungen fertig und du kommst zur Besprechung wieder. So eine Stimmung hilft doch niemandem weiter. Wir reden später noch mal in Ruhe. Oder heute Abend. Und die anderen vergessen diesen Vorfall schnell wieder. Wir sind ein gutes Team und wir werden es auch bleiben, verstanden?«

Wortlos verließ Christoph den Raum, knallte die Tür ins Schloss und schrie noch ein letztes »Scheiße«, als er ins Freie trat. Die Spannung im Raum fiel deutlich ab. Alle atmeten tief durch.

»Was war das denn?«, fragte jemand laut.

»Ich habe gesagt, wir vergessen das jetzt schnell. Ihr wisst alle, was zu tun ist. Wir treffen uns um kurz vor zwei zur Besprechung.«

Mareike zog sich ins Büro zurück und versank im schweren Ledersessel ihres Bruders. Sie vergrub ihr Gesicht in den Händen und schluchzte.

»Was für ein Mist. Mensch, Markus. Wo bist du? Du fehlst mir hier.«

Ihr kamen die Worte ihrer Frau von gestern Abend in den Sinn. Du musst schließen, hatte sie ihr gesagt. Du machst dich noch kaputt, ihr schafft das nicht ohne ihn.

Sie war so enttäuscht gewesen, dass Sandra nicht an sie glaubte. Dass sie sie nicht unterstützte. Nach ihrer letzten Diskussion wusste sie jetzt aber wenigstens, woran das lag. Im Nachhinein konnte sie so viele Situationen zwischen Markus, Sandra und ihr anders einordnen, hatte endlich Erklärungen für das Verhalten ihrer Frau gefunden. Die jahrelange

Eifersucht hatte zu blankem Hass geführt und sie war zu blind oder zu nah dran gewesen, um es zu erkennen.

Sie würden eine Lösung finden müssen, wenn Markus zurückkam. »Komm endlich zurück, kleiner Bruder«, flüsterte sie in die Stille des Raums, wischte sich die Tränen aus dem Gesicht und machte sich daran, den Papierkram zu bearbeiten.

45

»Maas hier. Guten Morgen. Ich hab einen Anrufer für euch. Ein Augenzeuge von dem Brand im Restaurant. Wegen eurem Aufruf.«

»Das ging aber schnell«, wunderte sich Becker, der den Aufruf erst vor einer halben Stunde über die Kommunikationskanäle der saarländischen Polizei hatte verbreiten lassen. »Aber stell mal durch, danke.«

»Kommissar Becker, guten Morgen. Wie kann ich Ihnen helfen?«

»Äh, ja. Guten Morgen, Mayer hier. Sie haben doch diesen Aufruf gestartet, wer etwas zu dem Brand im ›Braukeller‹ sagen kann. Und, nun ja, ich war an dem Tag in der Stadt, um was zu besorgen. Meine Frau hatte Geburtstag, wissen Sie. Gut, ist ja auch egal.«

Becker unterbrach den Zeugen.

»Herr Mayer, schön, dass Sie anrufen. Bevor wir hier durcheinanderkommen, bräuchte ich noch mal kurz Ihre Personalien und dann können Sie mir gerne schildern, was Sie genau gesehen haben. Einverstanden?«

»Sicher, gut. Ich wusste nicht, wie … Das ist das erste Mal, dass ich mich auf so einen Aufruf melde. Aber meine Frau, die Dorle, wissen Sie, die hat gesagt, wenn du etwas gesehen hast, Dieter, dann musst du da anrufen, hat sie gesagt. Und das hab ich ja jetzt auch gemacht.«

Becker verlor langsam die Geduld, er hatte wenig geschlafen und seine Nerven waren am frühen Morgen noch nicht bereit, verwirrte Senioren wieder einzufangen. Er atmete tief durch.

»Gut, Herr Mayer. Wie gesagt, wir fangen mal mit Ihren Personalien an.«

Er nahm die persönlichen Daten von Herrn Mayer auf und stellte ihm dann konkrete Fragen zum Tattag, um den Redefluss des Rentners etwas zu kanalisieren.

»Was ist Ihnen denn konkret aufgefallen?«

»Ich war schon unterwegs zum Parkhaus, als dieser Typ mich angerempelt hat. Er kam aus einem Hauseingang gestolpert, hat weder nach links noch nach rechts geschaut. Und er ist einfach losgerannt. Also mehr geeilt, aber er hat sich noch nicht einmal entschuldigt. Ich habe kurz überlegt, ob ich mich beschwere. Aber offensichtlich kam er vom Arbeiten und hatte etwas Dringendes zu tun, hab ich gedacht. Deswegen bin ich dann doch weiter.«

»Woher wussten Sie denn, dass er dort arbeitete?«

»Er trug eine dunkelblaue Hose und so ein Kochhemd unter der Jacke. Und an der Tür war das Schild vom ›Braukeller‹. Da hab ich angenommen, dass das einer der Köche ist.«

Becker runzelte die Stirn. Nach seiner Information war das Küchenteam geschlossen in der Pause gewesen, bis auf das spätere Opfer. Hatte sich ihnen doch noch jemand angeschlossen? Vielleicht, weil er etwas vergessen hatte?

»Und Sie können sich noch ganz genau daran erinnern?«

»Ja, sag ich doch. Als ich dann mit dem Auto aus dem Parkhaus gefahren kam, hab ich schon die Sirenen gehört. Und abends dann in den Nachrichten von dem Brand im ›Braukeller‹. Und da hab ich zu meiner Frau gesagt, stell dir vor, Dorle. Vor dem ›Braukeller‹ stand ich heute auch kurz, weil mich dieser Koch da umgerannt hat. Und meine Frau, wissen Sie, die ist wie eine Miss Marple – die sagt immer, wenn einer rennt, dann ist er entweder zu spät oder er hat was zu verstecken. Und deswegen rufe ich Sie an. Sie können ja mit der Information dann machen, was Sie wollen.«

»Das ist super, Herr Mayer. Vielen Dank für Ihren Anruf. Jeder Hinweis ist wichtig. Haben Sie denn von der Person noch mehr gesehen als die Hose?«

»Er hatte so eine dunkle Jacke an, mit Kapuze, die er über den Kopf gezogen hatte. Gesicht oder Haare konnte ich nicht erkennen, besonders groß war er nicht. Und ziemlich dünn. Gar nicht, wie man sich so einen Koch vorstellt.«

»Sie haben uns sehr geholfen, danke. Und wenn Ihnen noch etwas einfällt, melden Sie sich gerne direkt bei mir.«

Becker gab dem Zeugen seine direkte Durchwahl und legte auf, bevor Herr Mayer weiter ausholen konnte. Im Kopf ging er das Team des »Braukellers« durch. Groß und dünn, hatte Mayer gesagt. Er hatte doch mit ihnen allen gesprochen, aber ihm fiel keiner ein. Er würde sich also die Fotos noch mal anschauen müssen.

46

Wieder nur ein kleiner Artikel in der Zeitung. Eine Randnotiz. Noch nicht einmal im Fernsehen hatten sie es gebracht. Niemand schien zu raffen, was sie eigentlich wollte. Es wurde Zeit, zu härteren Bandagen zu greifen. Dieses Unternehmen, und vor allem dieses Arschloch an der Spitze, musste endlich bluten. Seit zwei Wochen verfolgte sie jeden seiner Schritte, den er außerhalb dieser fleischverarbeitenden Hölle machte. Sie wusste, wann er aus dem Haus ging, dass er in der Mittagspause immer auswärts aß und wann er die Firma wieder verließ. Sie kannte seine Routen, seine Stammtankstelle und hatte beim Bäcker schon direkt hinter ihm in der Schlange gestanden. Sie hatte sein schweres Aftershave gerochen, die winzigen Stoppeln in seinem Nacken gezählt. Sie hätte ihn berühren können, einfach so. Vor ihrem inneren Auge zog sie ein Messer, wog es einige Sekunden in der Hand, bevor sie lächelnd zustach. Zwischen die Rippen, wieder und wieder. Bis er röchelnd zusammenbrach, die Augen weit aufgerissen und fragend auf sie gerichtet. Sie hatte den Gedanken abgeschüttelt und mit Abscheu verfolgt, wie er seine Brötchen bestellte. Wie ein Maschinengewehr, stakkatohaft. Alles passte ins Bild.

Den GPS-Sender an seinem Auto zu platzieren, war kein Hexenwerk gewesen. Er parkte seinen SUV zwar stets in der Nähe, aber ein kurzes Bücken neben seinem Fahrzeug hatte genügt, und schon war die kleine Box im Inneren seines Radkastens befestigt. Seitdem konnte sie mühelos über ihr Handy seine Position abrufen und ihm einen Besuch abstatten, nur um zu beweisen, dass sie ihm einen Schritt voraus war. Dass sie die Macht hatte, zuzuschlagen, wann immer sie es wollte.

Ihr Ziel war es, ständig zu wissen, wo er sich aufhielt, und den richtigen Moment abzupassen, um diesem Kapitalistenschwein ordentlich Angst zu machen. Sie hatte sich Schweineblut besorgt und auch eine Quelle aufgetan, die ihr müllsäckeweise Schlachtabfälle besorgen würde. Ihr Plan war, ihm zu einem passenden Moment aufzulauern und dann sein beschissenes Auto bis ans Dach mit dem Blut und den Abfällen zu füllen. Die Aktion würde sie livestreamen, bis der Typ zurückkam und sein Auto vorfand. Sie wollte den Ekel in seinem Gesicht sehen, die Wut. Dann den Hass auf die Person, die ihm das angetan hatte. Alles Emotionen, die sie mit ihm verband und die tief in ihr brodelten.

Sie parkte ihren Motorroller vor dem Haus ihrer Mutter. Die Anzeigenblättchen stapelten sich im Eingang, irgendjemand hatte das Haustürschloss mit Kaugummi verklebt, der Schnapper rastete nicht mehr ein, wenn man versuchte, die Tür zuzuziehen. Im Treppenhaus roch es nach Bratensoße und kaltem Zigarettenrauch. Eine der Nachbarinnen schrubbte die Stufen zu ihrer Wohnung, die geblümte Kittelschürze war verwaschen und schien aus der Zeit gefallen. Wer trug denn heute noch Kittelschürzen? Die Mittfünfzigerin grüßte mit einem kurzen Nicken und widmete sich dann wieder ihrem Schrubber. Auf Zehenspitzen huschte sie über die nassen Stufen, nahm dann zwei auf einmal für die letzten Stockwerke. Der Lift, der hier mal verbaut worden war, funktionierte schon seit Monaten nicht mehr.

Die Tür zur Wohnung ihrer Mutter war angelehnt. Das machte sie immer, wenn sie nicht wegen des Klingelns gehetzt werden wollte. Und sie wusste ja, dass ihre Tochter kam. Sie klopfte leise, bevor sie die Tür aufschob.

»Mutti, ich bin's!«

»Im Wohnzimmer«, krächzte ihre Mutter zurück. Wahrscheinlich hatte sie heute noch kein Wort gesprochen, sodass ihre Stimme sich erst warmlaufen musste.

»Hey, alles gut bei dir?« Sie umarmte die dünnen Schultern, die unter ihr zu zerbrechen drohten. Wie wenig von ihr noch übrig war. Die letzten Monate, der Stress mit dem Gerichtsverfahren, die permanenten Schmerzen, die Geldsorgen. Das alles hatte ihrer Mutter schwer zugesetzt. Sie kämpfte gegen die aufkommenden Tränen an.

»Erzähl du erst mal, Sarah-Schatz. Was machst du den ganzen Tag? Ich hab dich ja eine Weile nicht zu Gesicht bekommen und ans Handy gehst du auch nicht. Ich könnte hier verrecken und du würdest es nicht mitbekommen.«

Die Stimmung bekam einen schweren Schlag. Prima, dachte sie, keine zwei Minuten hier und schon wird mir der erste Vorwurf an den Kopf geknallt. Die anfängliche Harmonie bekam Risse. Sie atmete tief durch.

»Bin beschäftigt, Mutti. Die Uni und der Job, das ist halt viel. Und ich war oft in der Bibliothek zum Lernen, da darf man keine Handys mitnehmen. Aber du weißt doch, dass ich für dich da bin, wenn etwas ist.«

Sie streichelte ihrer Mutter über den Arm, wusste, dass ihre Nerven überreizt waren, sie durfte jetzt nicht auch noch Öl ins Feuer gießen. Witzig, wie sich Rollen verschoben. Sie schien jetzt die Besonnenere, die Tolerantere zu sein. In den schlimmsten Pubertätsjahren war das anders gewesen.

»Und bei dir?«

»Die Polizei war da.«

Sarahs Atem stockte.

»Was? Was wollten die denn?«

»DNA-Proben. Der kam mit so einem Stäbchen.«

»Und die hast du ihm gegeben? Einfach so?«

»Nein, der hatte doch so einen Wisch vom Richter. Oder Staatsanwalt. Was weiß ich.«

»Und warum? Ich meine, was werfen sie dir vor?« Sarah hielt die Luft an. War die Polizei ihr bereits auf der Spur und wollte jetzt über ihre Mutter an sie rankommen? Ergab das Sinn? Ihr Roller war nicht hier gemeldet, sie ebenfalls nicht mehr.

Ihre Mutter lächelte sie schief an, dann zuckte sie mit den Schultern.

»Vielleicht hab ich da so Briefe geschrieben«, murmelte sie.

»Briefe? Was für Briefe?«

»Briefe mit ... also mit Drohungen. Du weißt schon, ›das ist alles vergiftet‹, ›ihr könnt nicht mehr sicher sein‹, so in etwa. Ich war sauer und dann hab ich gedacht, ich mache denen mal ein bisschen Angst.«

Sarah lachte erleichtert auf.

»Du hast Drohbriefe an Haidmann geschrieben? Oh Mann. Aber wie kamen die denn dann auf dich? Diese Scheißfabrik hassen doch ziemlich viele Menschen.«

»Hab ich auch schon überlegt, ich nehme an, ich hätte nicht kurz nach der Urteilsverkündung damit anfangen sollen. War wohl nicht so schlau. Aber stell dir vor, ich habe einen alten Schulfreund wiedergetroffen. Eine Jugendliebe«, sie zwinkerte ihrer Tochter zu. »Der ist bei der Polizei und wollte mir eigentlich helfen.«

»Schöne Hilfe, wenn sie dann Proben von dir nehmen.«

»Ich glaube, der hatte damit nichts zu tun, das war sein Kollege.«

»Und jetzt?«

»Haben sie mich wohl am Arsch.«

»Ach, Mutti. Das sehen wir erst einmal. Hast du schon deinen Anwalt angerufen?«

»Nein. Muss ich noch machen. Aber der Polizist hat gesagt, dass es auch Schüsse auf einen Lkw gab und Schmierereien an Geschäften. Ob ich was davon wisse, hat er mich gefragt. Stell dir das mal vor.«

Sarah presste die Lippen aufeinander. Sie wusste nicht, wo sie hinschauen sollte.

»Sarah Gerber. Was soll dieser Blick? Weißt du etwas darüber?«

Ihre Mutter kannte sie einfach zu gut, schon als kleines Kind hatte sie ihr nie etwas verheimlichen können. Jetzt war Sarah es, die ein entschuldigendes Lächeln versuchte.

»Vielleicht«, presste sie zögerlich hervor, und dann vehementer: »Ja, vielleicht weiß ich etwas darüber und ja, vielleicht war ich das auch einfach, die diesem Drecksunternehmen eins auswischen wollte. Ich konnte doch nicht mit ansehen, wie sie dich so in der Scheiße sitzen lassen.« Sie lachte.

»Wer hätte denn ahnen können, dass du auch eine kleine Racheaktion am Laufen hast.«

Sarah ließ sich neben ihrer Mutter aufs Sofa fallen und lehnte ihren Kopf an ihre Schulter. »Wir können doch nicht zulassen, dass die einfach so davonkommen, oder?« Ihre Stimme klang ganz weich.

»Du bist echt bekloppt.«

»Das sagt die Richtige.«

Aneinandergeschmiegt hingen sie eine Weile stumm ihren Gedanken nach.

»Meinst du, wir sollten abhauen?«, unterbrach Sarah die Stille und setzte sich aufrecht hin.

Ihre Mutter sah sie skeptisch an. »Ich glaube, wegrennen ist mit dem Bein keine gute Option. Und wo sollen wir denn hin?«

Sarah zuckte mit den Schultern.

»Jetzt warten wir erst einmal ab. Dir sind sie ja nicht auf der Spur, soweit wir wissen. Und wenn rauskommt, dass ich diese Briefe geschrieben habe, nun denn. Dann ist es so. Die anderen Sachen können sie mir ja nicht nachweisen, weil ich es nicht gewesen bin.«

»Du hast recht, dann halten wir lieber mal die Füße still und ich verschiebe meine nächste Aktion.«

»Die da wäre?«

»Dem Bollinger direkt einen einzuschenken. Ich überwache seit Wochen sein Auto. Der entkommt mir nicht.«

Ihre Mutter nahm sie in den Arm.

»So ist es richtig. Das ist meine Tochter. Ich bin stolz auf dich.«

47

»Man munkelt, dass ihr ohne mich nicht klarkommt.« Philipp Weissmann stand mit ausgebreiteten Armen in der Tür zum Besprechungsraum und freute sich über die verdutzten Gesichter seiner Kollegen.

»Alter, was willst du denn hier? Ich dachte, du machst auf Hinkebein und fällst erst mal für länger aus.« Langner war aufgestanden und umarmte den jungen Kollegen, der jetzt hastig nach seinen Krücken griff.

»Hey, schmeiß mich nicht um. Das Sprunggelenk zickt noch, brauche mindestens sechs Wochen Krücken, aber wenigstens mussten sie nicht operieren und die Bänder sind auch noch heil. Glück im Unglück, quasi.«

»Und was machst du jetzt hier?«

»Ich hab heute früh mit Veronika telefoniert. Mir fällt echt die Decke auf den Kopf zu Hause und ich hatte ein schlechtes Gewissen, weil ihr so wenige seid. Ich hab sie gefragt, ob ich nicht irgendwie unterstützen kann und sie klang voll erleichtert. Echt mies, dass ihr keine Verstärkung bekommen habt. Also hab ich meinen Arzt angerufen, ihm die Lage erklärt, und wenn ich mein Beinchen schön hochlege, dann darf ich euch ruhig ein paar Stunden am Schreibtisch entlasten. Nur die Verfolgungsjagden muss ich euch überlassen.«

Er lachte laut und humpelte zu einem freien Platz am Konferenztisch.

»Schießt los, was gibt es zu tun?«

Langner übergab ihm einen Teil der Recherche zu den

Investitionsprojekten, die von Wendemann unterstützt, beziehungsweise nicht mehr unterstützt worden waren. Er sollte herausfinden, welche Unternehmen und Personen dahintersteckten, wie es mit den Projekten weitergegangen war, ob sie realisiert worden, ob andere Investoren eingestiegen oder sie gar gescheitert waren.

»Macht nix, wenn es schnell geht«, hatte Langner ihm grinsend mitgegeben und sich dann wieder seiner eigenen Informationssuche gewidmet.

»Oh Mann, wie hab ich das vermisst.«

In den kommenden Stunden durchforsteten sie das Internet und die Unternehmensdatenbanken und telefonierten mit einer zuständigen Person der Industrie- und Handelskammer. Philipp Weissmann hatte die Liste mit den saarländischen Unternehmen bekommen, Max Langner kümmerte sich um die überregionalen Projekte.

»Ist schon krass, wenn du so ein Projekt hast und du brauchst eine Menge Geld, die keine Bank der Welt dir geben würde, sondern nur Investoren, und dann bekommst du die Zusage. Das ist doch wie ein Lottogewinn.«

»Stimmt, aber stell dir vor, diese Zusage wird dann wieder zurückgenommen. Einfach so.«

»Dann wäre ich sauer. Aber so richtig.«

»Eben. Und deswegen machen wir das Ganze hier.«

»Max, ich hab zu jedem Unternehmen so Faktenblätter angelegt, mit den relevanten Infos. Kannst du die für mich vorne anpinnen? Wird sonst kompliziert mit den Krücken.«

»Schau an, der feine Herr«, neckte ihn Max und sprang auf, um die ersten Ergebnisse seines Kollegen ans Whiteboard zu hängen, dabei überflog er die Notizen darauf.

»Ach, nee.«

Weissmann warf ihm einen fragenden Blick zu.

»Du kannst das nicht wissen, aber hier bist du auf zwei

alte Bekannte von uns gestoßen. Ich wusste gar nicht, dass die sich kennen. Das ist ja interessant.«

Er zog sein Handy aus der Hosentasche und rief Veronika an.

»Hey, Chefin. Ich glaube, wir haben hier etwas. Kannst du eine kurze Statusrunde einberufen? Das ist sicher für alle interessant. Geht um die Existenzgründer.«

Veronika schickte kurz darauf eine Outlook-Einladung an Becker, Langner und Weissmann sowie an Sebastian Kirschmeier. Wenn sie schnell reagieren mussten, dann war es gut, die Staatsanwaltschaft gleich an einem Tisch zu haben.

48

»Wir müssen uns treffen. Halb zwei. Am Spielplatz an der Saarwiese.«

Mehr hatte er ihm nicht geschrieben. Er musste mit ihm reden. Das Ganze lief aus dem Ruder. Er wusste nicht mehr, was er mit Wendemann noch machen sollte. Bei der Dosierung der Drogen hatte er den Überblick verloren. Weil er ihn einmal nicht rechtzeitig besuchen konnte, war alles aus dem Rhythmus gekommen und jetzt hatte er einfach nicht mehr den Kopf dafür, es neu auszurechnen. Und überhaupt, wieso musste nur er sich darum kümmern? Sie hatten es anders besprochen. Einen Denkzettel wollten sie ihm verpassen, ihn einige Tage aus dem Verkehr ziehen und in der Zeit den Weg frei machen für ihre Sache.

Aber so schnell ging das alles nicht. Die anderen Interventionen fraßen ja auch Zeit, die Vorbereitung, die Durchführung, die Vorsichtsmaßnahmen. Und der gewünschte Erfolg stellte sich einfach nicht ein. Heute wusste er überhaupt nicht mehr, was er erwartet hatte. Wie er sich das vorgestellt hatte. Dass alles innerhalb kürzester Zeit zusammenbrach und sie dann wie Phönix aus der Asche emporkommen könnten? Dass niemand Fragen stellen würde? Dass die Polizei nicht ermitteln würde?

Was hatte er sich dabei gedacht? Sie wollten das gemeinsam durchziehen, aber am Ende machte er alles allein, von kurzen Repräsentationsbesuchen mal abgesehen, und vor allem übernahm er die Drecksarbeit. Seit zehn Minuten stand er an der Ecke des Spielplatzes und ignorierte die argwöhnischen Blicke der Handvoll Mütter, die sich dort mit ihren Kindern aufhielten und ihn sicher für einen Pädophilen hielten. Die feuchte Herbstkälte kroch ihm die Hosenbeine hoch, er fröstelte. Jetzt nur nicht krank werden, sagte er sich.

Endlich entdeckte er das bekannte Gesicht in einiger Entfernung am Saarufer, sie nickten sich kurz zu und liefen gemeinsam am Fluss entlang, wie bei den letzten Treffen. Dort bestand kaum die Gefahr, dass sie jemand beobachtete oder mithörte, was sie zu besprechen hatten.

»Was gibt es denn so Dringendes? Ich hab dir doch gesagt, dass ich mir Treffen so spontan nur schlecht einrichten kann. Kann ja nicht ständig Termine absagen, nur weil du gerade Redebedarf hast.«

»Was heißt denn hier ständig? Seit Markus bei uns ist, haben wir uns noch nicht einmal gesprochen. Du kümmerst dich ja um nichts, ich muss alles machen. Das nervt mich langsam.«

»Was heißt hier nichts? Ich hab dir doch den Schlüssel für die Hütte besorgt, weil dieses erste Versteck, das du ausgesucht hattest, dann doch nicht gut genug war. Was soll ich denn noch machen?«

Er versuchte, die aufwallende Wut hinunterzuschlucken. Es war jetzt nicht der richtige Zeitpunkt.

»Na ja, du könntest dich ja auch um ihn kümmern. Und überhaupt, wie lange soll das denn jetzt noch weitergehen? Du wolltest mir schon längst gesagt haben, wie wir die Abwicklung durchziehen. Das war ja etwas, was du dir überlegen wolltest.«

»Das bisschen Zeug ins Getränk mischen wirst du doch noch hinbekommen, oder? Ich hab halt auch nicht die Zeit, da stundenlang durch die Gegend zu fahren.«

»Ich arbeite auch, schon vergessen?«

Sie senkten die Stimmen, als zwei andere Fußgänger ihnen entgegenkamen.

»Außerdem ist das mit dem Zeug nicht so einfach. Ich konnte einen Abend nicht hin und jetzt ist der Rhythmus raus. Als ich dann dort war, war er wach und ansprechbar.«

Sein Gesprächspartner blieb verdutzt stehen.

»Er hat dich gesehen?«

»Ja, wir haben kurz gesprochen. Ich wusste ja nicht, dass er da im Raum steht, sondern hatte gehofft, dass die letzte Dosierung stark genug gewesen wäre für eine etwas längere Abwesenheit. Aber dem war nicht so. Er stand da und hat sich umgeschaut.«

»Und du hattest keine Maske oder so etwas auf?«

»Jetzt sei doch nicht albern, wie gesagt, ich hatte nicht erwartet, dass er da steht.«

»Wie dumm bist du eigentlich? Das ist doch jetzt nicht dein Ernst. Wie stellst du dir das denn jetzt vor? Dass wir ihn freilassen und er nirgendwo erwähnen wird, dass du ihn da besucht hast? Dass er dich nicht anzeigen wird? Er wird doch keine Ruhe geben, bis er uns ans Messer liefern kann. Beziehungsweise dich. Meinst du wirklich, er wird einfach friedlich mit uns koexistieren?«

Er wusste keine Antwort. So weit hatte er gar nicht gedacht. Natürlich würde Markus das nicht auf sich sitzen lassen. Er war am Arsch.

»Ich nehme das aber nicht alleine auf mich. Nur weil er mich gesehen hat. Wir brauchen eine Lösung. Er wird wohl kaum verstehen, warum wir das getan haben, und es dann auch noch akzeptieren.«

»Genau, du Schnellmerker. Das wird er nicht tun. Er wird Jagd auf uns machen, falls er die Polizei raushalten möchte, oder eben die Bullen auf uns hetzen. Dass er dich gesehen hat, ändert alles. Ist dir das nicht vorher klar gewesen?«

»Wir haben da nie drüber gesprochen«, gab er kleinlaut zu bedenken.

»Oh Mann, das liegt doch auf der Hand. Wir müssen doch nicht die offensichtlichsten Sachen besprechen.«

»Und was machen wir jetzt?«

»Was glaubst du?«

»Ich weiß es nicht. Wir könnten ihn ins Ausland bringen, weit weg.«

Der andere lachte.

»Genau, und in Zeiten von Telefon, Internet und Kreditkarten wird er keine Möglichkeit finden, wieder zurückzukommen. Haben sie dir ins Hirn geschissen? Ich glaube, du atmest zu viel Dämpfe ein.«

Was fiel ihm ein, so mit ihm zu reden? In ihm begann es zu brodeln, am liebsten hätte er ihn gepackt und seinen Kopf so lange auf den Asphalt geschlagen, bis er sich nicht mehr rührte, bevor er ihn dann in die Saar warf. Sie hatten gemeinsam begonnen, auf Augenhöhe. Beide entschieden, wie früher. Es brauchte immer Konsens. Wann bitte war das gekippt?

»Es gibt nur eine Lösung«, verkündete der andere. »Markus Wendemann kommt gar nicht zurück. Er muss sterben und wir müssen ihn halt irgendwo verschwinden lassen, wo ihn niemand mehr findet. Ihn im Wald verscharren, wo ihn die Wildschweine irgendwann auffressen.«

Ihm wurde übel. Dass Markus ernsthaft verletzt wurde, war nicht ausgemacht gewesen. Das ging doch nicht, sie konnten ihn doch nicht einfach umbringen. Er kam sich so dumm vor. Naiv.

»Bist du verrückt? Da mache ich sicher nicht mit. Wir müssen eine andere Lösung finden.«

»Es gibt keine andere Lösung. Ich gehe wegen dir bestimmt nicht in den Bau. Du bist so eine Memme. Ich kümmere mich darum«, warf ihm sein Partner vor die Füße und kehrte um.

Versteinert blickte er ihm hinterher.

49

»Sag mal, hintergehst du mich?«

»Was?«

»Thiel hat gerade angerufen. Er schickt dir die DNA-Ergebnisse gleich zu. Darf man fragen, was das für Proben sind?«

Langner schluckte, ihm war klar gewesen, dass seine Solo-Aktion irgendwann ans Licht kommen würde und er Becker besser früher als später davon hätte erzählen sollen. Weissmann starrte die beiden entgeistert an.

»Jetzt reg dich nicht auf. Du weißt doch genau, was Phase ist. Und wenn deine alte Schulfreundin nichts mit der Sache zu tun hat, dann ist es doch umso besser. So können wir sie gleich offiziell ausschließen.«

»Aber ohne Beschluss …«

»Ich hatte eine gerichtliche Anordnung. Mach dir keine Sorgen. Und sie war sehr kooperativ, also alles gut.«

»Nichts ist gut, Langner. Seit wann arbeitet hier jeder für sich? Wir sind ein Team, sprechen uns ab.«

»Jetzt mach aber mal einen Punkt, Sven. Wir sind ein Team, ja. Aber ich bin nicht dein Praktikant. Wenn wir unterschiedlicher Meinung sind, dann hab ich auch das Recht, meine eigenen Nachforschungen anzustellen, solange alles legal ist. Und das war es.«

Becker schnaubte vor Ärger, sein Kopf war rot angelaufen und seine Stirn glänzte vor Schweiß unter dem schütteren Haar.

»Jetzt reg dich doch nicht so auf. Hat Thiel gesagt, wie die Untersuchungen ausgegangen sind?«

Becker schüttelte unwirsch den Kopf.

»Dann warte doch erst mal ab. Vielleicht hab ich mich geirrt und du kannst dich dann gerne eine Woche lang über mich lustig machen, okay?«

»Ach, leck mich. Ich geh eine rauchen.«

Philipp Weissmann schaute Langner mit hochgezogenen Augenbrauen an.

»Was war denn das bitte? Kaum ist man mal einige Wochen weg, mutiert ihr zum alten Ehepaar.«

»Frag nicht«, seufzte Max und hoffte, dass das Ergebnis ihm in dieser Situation in die Karten spielen würde. Er checkte seine E-Mails und öffnete die von Thiel, die zuoberst in seinem Posteingang angezeigt wurde.

Veronika kam rein.

»Was ist denn mit Becker los? Der ist mir gerade wutentbrannt entgegengekommen. Und hey, Philipp, schön, dass du wieder an Bord bist. Alles okay?«

»Ach, der beruhigt sich schon wieder«, schaltete sich Langner dazwischen. »Der ist sauer, weil ich eine Spur doch noch weiterverfolgt habe, die er schon zu den Akten legen wollte, und ihm davon nichts gesagt habe.«

»Oha, nicht gut.« Veronika blickte ihn besorgt an. »Das Letzte, was wir jetzt brauchen können, ist ein zerstrittenes Team. Schau dir an, wie viele wir sind. Das passt jetzt wirklich gar nicht.«

»Schon klar, weiß ich ja.«

»Und?«

»Und was?«

»Na, was ist bei deinen Recherchen rausgekommen?«

»Ach so. Bin gerade dabei, den Bericht von Thiel zu lesen.«

»Thiel?«

»Ja, ging um eine DNA-Analyse.«

»Ohne Verfügung?«

»Doch, Kirschmeier hat ausgeholfen.«

»Hmm. Okay.«

»Yes.« Max riss die Arme in die Höhe, just in dem Moment, als Becker den Raum wieder betrat.

Alle Augen ruhten auf Langner.

»Jetzt mach es nicht so spannend«, platzte Weissmann heraus.

»Wir haben eine Übereinstimmung. Doris Gerber hat die Briefe zumindest berührt. Ihre Spuren konnten großflächig darauf nachgewiesen werden. Sie steht also irgendwie damit in Verbindung. Und ein Motiv hätte sie.«

Becker schaute betreten zu Boden, seine Füße scharrten imaginäre Steine weg. Er sah nicht sehr glücklich aus.

»Sehr gut, Langner. Dann fühlen wir der Dame doch auf den Zahn. So harmlos war sie dann doch nicht, oder, Becker?«

»Jaja. Schon gut. Da hab ich mich wohl verrannt. Sehr guter Job, Max.«

»Und das Autobahn-Attentat, was ist mit den Spuren, die wir dort sichergestellt haben?«

»Die wertet Thiel jetzt als Nächstes aus.«

»Leute, das ist doch nicht euer Ernst«, warf Becker ein, klang dabei aber wenig überzeugend.

»Ist gut. Dann soll er sich beeilen. Wir brauchen dringend Ergebnisse, Klein hat mir heute Morgen schon die Hölle heißgemacht. Ich mach noch mal bei Thiel Druck.«

Veronika nahm bereits den Hörer in die Hand, als Max intervenierte.

»Das würde ich nicht machen, auf die paar Stunden kommt es jetzt doch auch nicht an. Wir sollten ein bisschen auf ihn achten, ich glaube, es geht ihm nicht gut.«

»Wegen seiner Krankheit? Dann muss er sich krankschreiben lassen, wenn er nicht fit ist.«

»Das ist es nicht.«

»Was meinst du? Jetzt lass dir doch nicht alles aus der Nase ziehen, wir haben dafür keine Zeit.« Veronika wurde ungeduldig, sie standen tierisch unter Druck, also mussten auch alle mitziehen.

»Seine Frau ist tot. Hirnschlag. Vor ein paar Wochen.«

Stille. Alle hielten die Luft an.

»Was?«, hauchte Veronika schließlich, »Das ist ja schrecklich. Warum hat er denn nichts gesagt?«

Sie ließ sich wie ein nasser Sack auf den nächsten Stuhl fallen. Jegliche Energie schien aus ihr gewichen zu sein, sie starrte stumm vor sich hin. Und sie hatte noch herzliche Grüße ausrichten lassen.

»Oh Mann«, seufzte Becker.

Für einen Moment hingen alle ihren Gedanken nach.

»Okay, wahrscheinlich hat er nichts gesagt, um genau das zu vermeiden«, schaltete sich Max ein. »Er wird sicher nicht wollen, dass wir ihn jetzt alle mit Samthandschuhen anfassen oder mitleidig anstarren. Ihr kennt doch Thiel. Aber ihn jetzt zusätzlich unter Druck zu setzen, wenn wir noch andere Baustellen haben, finde ich einfach deplatziert. Er beeilt sich wie immer, und das sollten wir auch machen.«

»Du hast recht, Max. Ich hole Doris Gerber hierher, dann können wir sie noch mal befragen. Und dieses Mal ohne angezogene Handbremse, versprochen.«

Langner nickte.

»Ist gut. Wir warten jetzt noch auf Kirschmeier, der wird in einer halben Stunde hier sein. Dann machen wir die Lagebesprechung. Wie lange brauchst du?«

»Beeile mich.«

»Okay, dann bis gleich.«

50

Wieso hatte er immer noch dieses mulmige Gefühl, wenn er die Treppen im Polizeipräsidium hochstieg? Come on, Sebastian. Du musst das abhaken, hämmerte er sich in den Kopf. Sie will dich nicht und du sie doch eigentlich auch nicht. Das passt doch alles sowieso vorne und hinten nicht zusammen. Abhaken! Sebastian atmete tief durch und schob die Tür auf.

Die Spannung im Raum war fast mit den Händen greifbar. Langner und Weissmann saßen über ihre Laptops gebeugt am großen Konferenztisch, Veronika stand mit dem Rücken zu ihm am Whiteboard.

»Hallo zusammen«, begrüßte er die Anwesenden und steuerte einen freien Platz am Tisch an.

Veronika drehte sich um, sie sah blass und müde aus. Die dunklen Augenringe ließen ihre Augen noch größer wirken. Doch ihr Blick war hellwach. Irgendetwas an ihr hatte sich verändert, seit er ihr das letzte Mal persönlich begegnet war. Sie schaute ihm direkt in die Augen, nickte ihm zur Begrüßung zu. War das der Anflug eines Lächelns?

Langsam entspannte er sich.

»Becker kommt etwas später, wir starten aber schon mal. Max, Philipp, wollt ihr loslegen?«

»Gerne. Wir haben uns jetzt in einer ersten Runde die saarländischen Finanzierungsprojekte angeschaut und sind dabei auf die BoGla GmbH gestoßen, die ein neues Gastronomiekonzept umsetzen wollten, gehobene Erlebnisgastronomie. Fragt mich nicht, was das genau ist. Jedenfalls stecken hinter der Firma zwei alte Bekannte.«

Veronika stand vor dem Whiteboard und suchte den Zettel mit den entsprechenden Infos. Endlich fand sie die Information, die sie suchte, stockte, als sie die Namen las, und drehte sich mit hochgezogenen Augenbrauen um.

»What? Bollinger und Glaser?«

Langner nickte, enttäuscht, dass er seine Pointe nicht hatte platzieren können.

»Die hätte ich nie in Verbindung gebracht. Das Konzept wurde dann wohl nicht umgesetzt, oder?«

»Nein«, schaltete sich Weissmann ein, »ich habe mit jemandem von der IHK telefoniert, der die beiden damals bei der Gründung der Firma beraten hat. Er meinte, dass sich nach dem Rückzieher von Wendemann in der Branche niemand mehr getraut hätte zu investieren und dass die beiden vermutet hatten, dass Wendemann da auch nachgeholfen haben könnte.«

»Hmm, nicht schön. So wie ich Bollinger aus den Beschreibungen seines Stiefvaters einschätze, war das sicher ein herber Schlag für ihn. Seine Chance, aus dem Schatten des Wurstimperiums zu treten. Aber wer ist dieser Glaser?«

»Das ist der Souschef aus Wendemanns Restaurant. Bisher ziemlich unauffällig. Haben wir den überprüft?«

»Mach ich sofort, Chef«, bot Weissmann an und ließ seine Finger über die Tastatur fliegen.

»Okay, was haben wir noch?«, fragte Sebastian Kirschmeier.

»Becker holt gerade eine Verdächtige in der Erpresser-Brief-Sache ins Präsidium. Thiel überprüft, ob die Spuren aus den Anschlägen auf den Lkw und die Filialen von Haidmann auch mit ihr in Verbindung gebracht werden können«, erklärte Max.

»Bollinger und Glaser. Je länger ich darüber nachdenke, desto besser passt das zusammen. Überlegt doch mal. Glaser kennt die Gewohnheiten seines Chefs wie kein anderer, er kann sich dem ›La Table‹ unauffällig nähern, teilweise nimmt er ja auch Lieferungen an, das heißt, er weiß auch, wann welcher Lieferant normalerweise kommt. Über Bollinger hat er Zugang zu Fahrzeugen, Infrastruktur. Wir müssen die herholen. Langner, ruf die beiden an, finde raus, wo sie sind, die sollen hier vorbeikommen.«

»Ist gut, ich kümmere mich.«

Max Langner ging in den Nebenraum, um zu telefonieren. Veronika stand auf, um die Fenster zu kippen. Die Luft war stickig geworden.

»Leute, ich hab was zu Glaser. Kleinere Delikte, noch nach Jugendstrafrecht. Dokumentenfälschung, Betrug, Verstoß gegen das Betäubungsmittelgesetz. Nichts Wildes.«

Becker kam herein. Er hatte sich wirklich beeilt.

»Doris Gerber wartet im Flur, will jemand von euch bei der Befragung dabei sein?«

»Das wäre gut, nimm Langner dazu. Er kümmert sich gerade darum, dass Bollinger und Glaser herkommen. Denen gehörte eine der Firmen, bei denen Wendemann die Finanzierung zurückgezogen hat.«

»Okay, krass.«

»Sollte nicht lange dauern.«

»Ist gut. Ich sag ihr kurz Bescheid.«

Er ließ die Tür einen Spaltbreit offen, als er den Raum verließ.

»Ey, keiner von beiden geht ans Telefon. In der Firma und im Restaurant weiß auch niemand, wo sie sind. Hab auch bei Bollinger zu Hause angerufen, klingelt ins Leere.«

»Komisch. Bleib da bitte dran.«

»Ich kann eine richterliche Anordnung einholen, um die Handys zu orten«, warf Sebastian ein. »Ich denke, mit Blick auf die Dauer des Verschwindens von Wendemann wäre das durchaus vertretbar.«

»Das wäre gut, dann sind wir schneller dran. Kannst du das gleich machen?«

»Bin schon dabei.«

Währenddessen unterhielt sich Becker vor der Tür leise mit Doris Gerber. Als der Name Bollinger im Konferenzraum fiel, zuckte sie zusammen und schaute Becker zögerlich an.

»Hörst den Namen wohl nicht gerne, oder?«, fragte Becker und ärgerte sich, dass er die Tür beim Rausgehen nicht verschlossen hatte.

»Ihr sucht ihn?«

»Ja, wir müssen ihn noch mal befragen, aber in einem anderen Fall. Wieso, weißt du was darüber?« Seine Anspannung wuchs, er traute ihr jetzt alles zu.

Sie schüttelte vehement den Kopf und starrte zu Boden.

»Aber?«

»Sven, ich weiß, ich hab Mist gebaut. Das mit den Briefen, ich war so wütend und … Kann ich dir etwas im Vertrauen sagen?«

Becker nickte zögerlich.

»Ich kenne jemanden, der wissen könnte, wo sich Bollinger genau aufhält. Aber diese Info ist, sagen wir mal so, nicht ganz legal, verstehst du?«

»Nein, ich verstehe nur Bahnhof. Was meinst du?«

»Was, wenn jemand beispielsweise einen Sender an Bollingers Auto platziert hätte, nur um zu sehen, was er so macht den lieben langen Tag. Um ihm vielleicht mal, hmm, einen Streich zu spielen. Genau, einen Kinderstreich. Bloß um ihn zu ärgern.«

»Aha.«

»Ja, und dieses Wissen könnte euch doch nützlich sein, oder? Würdet ihr dann bei der anderen Sache, also der mit dem Sender, ein Auge zudrücken?«

Becker seufzte. Eigentlich hatte er sich vor knapp einer Stunde geschworen, dass er solche privaten Arrangements nicht mehr eingehen würde. Auf der anderen Seite machten sie immer wieder Deals, wenn es um wichtige Informationen ging.

»Ich kann dir nichts versprechen, Doris. Ich komme in Teufelsküche, wenn da mehr dahintersteckt, als du mir jetzt verraten willst. Aber wenn du weißt oder herausfinden könntest, wo sich Bollinger aufhält, dann wird sich das gerichtlich sicher positiv auswirken.«

Doris Gerber schluckte.

»Okay. Es geht um Sarah, meine Tochter«, flüsterte sie so leise, dass Becker näher heranrücken musste, um sie zu verstehen. »Sie wollte mir helfen, sie wusste nichts von den Briefen und hat sich dann auch auf Bollinger eingeschossen und sein Auto mit dem Sender ausgestattet. Sie hatte vor, künstliches Blut darüberzuschütten, wenn er irgendwann mal wieder illegalerweise auf dem Behindertenparkplatz am Finanzamt parkt. Das macht er nämlich öfter, musst du wissen. Die Aktion sollte ihn vor allen Leuten lächerlich machen, damit er mal weiß, wie sich das anfühlt.«

»Und das mit den Farbbeuteln, war sie das auch?«

Doris Gerber schwieg und presste die Lippen aufeinander.

»Ich verstehe. Und die Schüsse auf den Lkw?«

Ihr schossen Tränen in die Augen.

»Bitte, Sven, sie ist ein gutes Mädchen, wirklich. Sie studiert, als Erste in unserer Familie. Sie hat so viel mitgemacht seit meinem Unfall. Sie hat drei Jobs, weil ich sie finanziell nicht unterstützen kann. Sie konnte mir nicht helfen, bei all meinen Schmerzen. Verstehst du? Sie wollte ihm einen mitgeben. Bitte, ich konnte sie nicht beschützen. Das musst du tun, bitte.«

Sie sah ihn flehend an.

»Alles okay hier?«

Veronika stand in der offenen Tür und betrachtete die Szene. Becker nickte Doris Gerber ganz leicht zu, dann wandte er sich an seine Chefin.

»Ja, alles gut. Wir wissen vielleicht, wo sich Bollinger aufhält.«

»Prima, wir sind aber auch gerade an der Handyortung dran. Frau Gerber, es kann noch ein paar Minuten dauern, wir sind dann aber gleich bei Ihnen, ja?«

Sven Becker wollte etwas erwidern, hielt sich aber zurück. Er würde dem Hinweis von Doris Gerbers Tochter allein nachgehen, so würde er sie besser raushalten können. Aufkeimende Zweifel an seiner Aktion unterdrückte er schnell. Die beiden verschwanden in seinem Büro, um zu telefonieren.

Wenige Minuten später gab Max die Info durch, dass beide Handys ausgeschaltet waren. Eine Ortung war also aktuell nicht möglich.

»Zuletzt waren beide Handys allerdings in derselben Funkzelle eingeloggt, es besteht also eine hohe Wahrscheinlichkeit, dass sie gemeinsam unterwegs waren.«

Veronika und Sebastian schauten sich an und überlegten.

»Muss Glaser nicht arbeiten?«

»Eigentlich schon, aber er ist im Restaurant nicht aufgetaucht. Hab ich das eben nicht gesagt? Frau Wendemann war ganz fertig, weil er sich sonst nie verspätet. Sie haben sich wohl gestritten, aber dass er dann ganz wegbleibt, sehe ihm nicht ähnlich, hat sie gesagt.«

»Oh Mann, das ist echt komisch. Wisst ihr was, wir geben eine Fahndung raus. Irgendetwas stimmt da nicht.«

51

»Was zur Hölle machst du hier? Musst du nicht arbeiten?«

Seine Mutter hatte ihm gerade die Tür geöffnet und ihre keifende Stimme brannte sich in sein ohnehin schon strapaziertes Hirn.

»Mir ist nicht gut, ich hab mich krankgemeldet.«

»So krank siehst du aber nicht aus. Und dein Telefon klingelt die ganze Zeit. Was hast du wieder angestellt?«

»Gar nichts, Mutter. Was soll ich denn angestellt haben?« Kalter Schweiß bildete sich auf seiner Stirn, er atmete flach und unregelmäßig, als würde ihm jemand ganz langsam die Luft abschnüren.

»Wir reden später. Kann ich mich hier kurz hinlegen?«

»Warum gehst du nicht in deine Wohnung? Was ist los, Christoph? Du verheimlichst mir doch was.«

»Können wir bitte reingehen? Deine Schreierei muss doch nicht das ganze Haus hören. Bitte, Mutter.«

Er drückte sich an ihr vorbei in den Hausflur, der Geruch nach blumigem Weichspüler und altem Schweiß, der von ihr ausging, ließ Übelkeit in ihm aufsteigen. Er rang nach Luft.

Zeternd folgte sie ihm ins Wohnzimmer, wo die obligatorische Kerze vor dem Porträtfoto seines Vaters brannte. Christoph ließ sich auf das schottisch karierte Sofa fallen, kickte seine Schuhe unter den Couchtisch und kippte den Kopf nach hinten auf die Lehne, wo eine Armada von Plüschteddybären in allen Farben und Formen postiert worden war. Die Sammelleidenschaft seiner Mutter.

»Die hören mir zu und geben mir Liebe. Schau dir doch

nur mal ihre Augen an«, hatte seine Mutter einmal gesagt. »Und sie enttäuschen mich wenigstens nicht, so wie du.«

Als Kind hatte er sich immer vorgestellt, dass die Teddybären seine Stiefgeschwister wären und er nur vertauscht worden wäre – und irgendwo auf der Welt seine wahren Eltern nach ihm suchten, um ihm endlich die Liebe zu geben, die er verdiente.

Denn Zuneigung hatte es bei ihm zu Hause nicht gegeben. Seine Eltern hatten heiraten müssen, weil er auf dem Weg gewesen war. Aus der anfänglichen Affäre mit der Sekretärin war sein Vater nicht mehr herausgekommen und Christoph hatte immer das Gefühl gehabt, dass er ihm das übelgenommen hatte. Dabei konnte er doch nichts dafür. Es war für ihn schwer gewesen mitanzusehen, wie sein Vater seine Mutter behandelte. Piesackte. Quälte. Und wie seine Mutter ihren Mann trotzdem vergöttert hatte. Für sie war er die große Liebe gewesen, die zeitlebens unerwidert geblieben war. In blinder Hoffnung, alles würde sich eines Tages zum Guten wenden, hatte sie alles für ihn getan, ihm jeden Wunsch von den Augen abgelesen, sich zurechtgemacht, die Wohnung blitzblank gehalten, für ihn mitten in der Nacht gekocht, wenn er betrunken aus der Kneipe gekommen war. Kurzum, sie hatte ihr Selbstwertgefühl ins Unterirdische geschraubt. In seiner Erinnerung sah Christoph eine unterwürfige, mit Schminke vollgekleisterte Frau mit aufgesetztem Lächeln vor sich, die jedes Mal in sich zusammenfiel, wenn ihr Mann wieder wortlos die Wohnung verließ. Ihren Frust darüber bekam er ab. Nicht, weil er irgendetwas falsch gemacht hatte, sondern weil sie dachte, dass ihr Mann sie seinetwegen nicht liebte. Diese Familie war ein einziger Teufelskreis. Er hätte sich aus dem Staub machen sollen, sobald er konnte.

Doch sein Vater starb, als Christoph 17 war. Bei dem Alkoholkonsum hätte man es kommen sehen müssen, doch seine

Mutter hatte es wie ein Schlag getroffen. Ihn weniger. Sein Vater hatte ihn nicht bösartig behandelt, ihn nie geschlagen oder angebrüllt. Er hatte ihn einfach ignoriert. Nicht mit ihm gesprochen. Ihn höchstens in seiner Wohnung geduldet. Christoph hatte sich in seiner Gegenwart immer wie ein Fremdkörper gefühlt.

Und nachdem er gestorben war, entdeckte seine Witwe ihre Mutterliebe. Sie überschwemmte Christoph mit Fürsorge und Aufmerksamkeit, was in einer Kontrollsucht mündete. Für ihn war das an der Schwelle zum Erwachsensein nur schwer zu ertragen gewesen, aber seine Mutter erschien ihm so verletzlich, so instabil zu dieser Zeit, dass er versuchte, ihr Spiel mitzuspielen. Die Idee, Koch zu werden, kam von ihr. Sie träumte davon, dass er irgendwann im Fernsehen seine eigene Kochsendung haben würde und sie als stolze Mutter davorsäße und von ihren wenigen Freundinnen darum beneidet würde. Dass es ein Knochenjob war, der mit viel Stress und wenig Freizeit einherging, ignorierte sie.

Doch ihr Ehrgeiz steckte ihn an, er leckte Blut, wollte mehr. Mehr lernen, besser sein als alle anderen. Höher hinaus. Er wollte in die Champions League und raus aus diesem beschissenen Leben. Ein paarmal versuchte er, eine Abkürzung zu nehmen, Zeugnisse zu fälschen, was immer misslang. Also arbeitete er noch härter, bis im »La Table« sein Ziel zum Greifen nah war.

Das Gezeter seiner Mutter dröhnte in seinem Kopf, ohne dass die Bedeutung ihrer Worte bei ihm ankam. Er versuchte sie auszublenden, um besser nachdenken zu können. Es gelang ihm nur schwer.

»Christoph, du bist ein Versager. Dein Vater hatte recht, wie konnte ich mich all die Jahre nur so täuschen? Wenn er das noch erleben würde, er würde dich hochkant rausschmeißen.«

Der Satz durchschnitt seinen Gedankenfluss, er hielt die Luft an. Vor seinen geschlossenen Augenlidern explodierte ein roter Ball. Er öffnete sie langsam. Schaute seiner Mutter direkt ins Gesicht, mit dem vor Wut verzerrten Mund, den zusammengekniffenen Augen, dem Speichel, der ihr am Kinn entlanglief. Noch nie hatte er sie so gehasst wie in diesem Moment.

»Lass mich in Ruhe«, flüsterte er.

»Du sagst mir nicht, dass …«

»Ich sagte, du sollst mich in Ruhe lassen.« Der Druck in seiner Stimme nahm zu, er wurde lauter.

»Was fällt dir ein, so mit mir …«

»Halt die Fresse!«, schrie er jetzt und sprang auf. Sie, die sich breitbeinig vor ihm aufgebaut hatte, taumelte zurück, stolperte und fiel rückwärts in die Schrankwand. Es krachte.

Christoph bebte, als er den regungslosen Körper seiner Mutter vor sich betrachtete. Sie sah so friedlich aus, als würde sie schlafen. War sie tot?

Langsam kniete er sich neben sie, legte die Hand auf ihren weichen, ausladenden Bauch. Er bewegte sich. Ging ganz leicht auf und nieder. Sein Blick fiel auf die rosa geblümten Sofakissen. Er könnte es jetzt ganz leicht beenden, einen Schlussstrich ziehen. Was hatte er noch zu verlieren?

Er betrachtete das vertraute Gesicht, die tiefen Furchen um den Mund, die faltigen Augenlider, den dünnen Strich ihrer Oberlippe. So nah war er ihr schon lange nicht mehr gewesen.

Sie würde nichts merken. Ihr verkorkstes Leben, die große Enttäuschung, wenn er jetzt aufflog, alles wäre vorbei.

Er musste sie erlösen.

52

Nur mit großer Mühe konnte er die Augen öffnen. Desorientiert bewegte er den Kopf in alle Richtungen. Er wusste nicht, ob ihn der beißende Geruch in seiner Nase oder das Hundegebell geweckt hatte. Hundegebell? Stöhnend richtete er sich auf. Ihm wurde schwindelig. Wie lange hatte er geschlafen? Welcher Tag war heute? Wie lange sollte diese Farce noch laufen? Langsam kroch er von der Pritsche, schob sich über den rauen Holzboden und hangelte sich am zugenagelten Fenster hoch. Er lauschte.

Da waren sie wieder. Die Hunde. Sie bewegten sich, ihr Bellen klang aufgeregt, gehetzt. Eine Jagdgesellschaft, schoss es ihm durch den Kopf. Er musste auf sich aufmerksam machen.

Gegen die Übelkeit kämpfend wankte er durch den quadratischen Raum. Es gab keinerlei Werkzeug, keinen Stock, keine Suppenkelle, irgendetwas, mit dem er hätte Lärm machen können. Er griff nach der Stuhllehne, riss den Stuhl hoch. Das Holz zerbarst direkt, als es gegen die Wand krachte. Für ihn fühlte sich der Lärm ohrenbetäubend an. Für ihn, der seit Tagen in der absoluten Stille verharrte. Ob man das da draußen gehört hatte?

Wieder lauschte er auf die Geräusche vor seiner Tür. Er konnte nicht lokalisieren, woher sie kamen. Näherten sie sich? Er legte sein Ohr gegen die Holztür, hier war der beißende Gestank am übelsten. Er wusste, was das war. Man hatte es ihm gesagt. Es war Brandbeschleuniger, der angeblich mit einer sich selbst entzündenden Vorrichtung verbunden war. Ein Sturmfeuerzeug, ein Flaschenzug. Er hatte es nicht ganz verstanden, war noch zu benebelt gewesen.

»Wenn du versuchst, hier rauszukommen, dann geht alles in Flammen auf. Inklusive dir. Dann wird aus dir ein Roasted Chicken. Markus Wendemann vom Grill«, hatte er ihm mit einem breiten Grinsen im Gesicht gesagt. Suchte denn keiner nach ihm?

Er hörte ein Rascheln hinter der Tür, ein Schnüffeln, dann ein leises Jaulen. In der Ferne rief jemand einen Namen.

»Nein. Bleib hier! Komm, komm schön her, Hund. Bleib bei mir«, krächzte er durch die Tür. Seine Stimme verließ ihn. Er konnte keine Kraft mehr dahintersetzen. Seine Zunge lag wie ein dicker Klumpen in seinem Mund, bald würde er daran ersticken. Verzweifelt rutschte er mit dem Rücken an der Tür entlang auf den Boden. Die Stille war zurückgekehrt, von den Hunden war nichts mehr zu hören.

Heiße Tränen rannen ihm die Wangen hinunter. Er verstand nicht, warum er ihm das antat. Er war nicht immer nett gewesen, ja. Etwas hart. Vielleicht ein bisschen übertrieben, hätte ihm noch mehr Chancen geben sollen. Aber das hier, das ging doch wirklich zu weit. Er würde ihn umbringen. Das war's. Sein Leben würde in einer versifften Hütte irgendwo im Wald enden.

Ein tiefer Schluchzer kroch aus seiner Brust. Er bekam kaum noch Luft.

War wirklich alles umsonst gewesen? Würde er so erbärmlich sterben? Die ganze Arbeit, das Schinden, sich von unten hochzuarbeiten. Wie oft hatte er sich verbrannt, wie viele Tonnen Gemüse geschält, Fleisch entbeint, Fische geschuppt und entgrätet? Er hatte sich die Beine in den Bauch gestanden, die Sehnen wund gescheuert. Er hatte Böden und Oberflächen blitzblank geputzt und Kisten geschleppt. Er hatte alles gemacht für seinen Traum.

Und dieser Idiot, was fiel ihm ein? Er hatte ihn unter seine Fittiche genommen, an ihn geglaubt, ihn aufgebaut. Er konnte sich nicht vorstellen, dass er das alles allein in die Wege geleitet hatte. Christoph war kein Stratege, dafür aber manipulierbar. Wenn das jemand wusste, dann er. Also wer zur Hölle steckte noch dahinter? Er dachte nach, ließ Szenen Revue passieren. Ein leiser Verdacht kroch in ihm hoch. Das war es. Das musste es sein.

Sein Kreislauf kippte. Der chemische Geruch haftete tief in seiner Nase. Er konnte sich nicht mehr bewegen. Ein bisschen hinlegen nur, Kraft tanken. Nein, er würde wach bleiben müssen. Irgendwie. Ihn abpassen, wenn er wiederkam. Mareike. Was würde sie tun? Er musste Christoph überzeugen, ihn laufen zu lassen. Er würde ihm alles versprechen. Seinen Posten. Ein eigenes Restaurant. Alles, nur um zu leben. Um alles anders zu machen.

Neu anzufangen.

Wach bleiben. Wach.

Dann versank er in der Dunkelheit.

53

»Er hat sich eingeloggt. Das Handy von Glaser ist an. Okay, war an. Aber wir haben die Funkzelle.«

»Und, wo ist die?«

»In der Nähe seiner Wohnadresse.«

»Dann nichts wie hin.« Veronika schnappte sich ihre Jacke und stieß auf dem Flur mit Becker zusammen.

»Wir fahren zu Glaser, der hat sein Handy wieder angeschaltet. Kommst du mit?«

»Ich muss noch etwas abklären.«

Veronika runzelte die Stirn. Nach ihren Erfahrungen der letzten Jahre wollte sie absolut keine Alleingänge mehr. Das wäre schon ein paarmal fast schiefgegangen.

»Aber keine Solo-Aktionen, gell?«

»Ach was, zur Not nehme ich Weissmann mit.« Becker lachte. »Das passt schon, ich schaue mich nur um. Und Frau Gerber schicke ich nach Hause, die befragen wir ein anderes Mal, okay?«

Veronika hob den Daumen, sie wussten wirklich nicht, wie lange das heute alles dauern würde. Und die Erpresserbriefe sollten sie ja nicht priorisieren. Sie waren so kurz davor, Wendemann zu finden. Das spürte sie. Endlich.

Sie brauchten nur knapp zehn Minuten, bis sie vor Glasers Haustür standen. Zwei Kollegen sicherten Vorder- und Kellereingang des Hauses, während Veronika und Max das Treppenhaus hochstiegen. Wie still es in diesem Haus war. Kein Kinderlachen, kein Fernsehgemurmel, kein Scharren und kein Husten.

Langner warf Veronika einen fragenden Blick zu.

»Weiter«, flüsterte sie.

Mit gezogenen Waffen standen sie schließlich vor seiner Haustür. Sie lauschten. Nichts. Veronika klopfte. Dann lauter.

»Herr Glaser, wir wissen, dass Sie da sind. Machen Sie die Tür auf. Herr Glaser?«

Hinter ihnen klickte es, ein Schlüssel wurde umgedreht. Eine alte Frau schob ihren Kopf aus der Nachbartür.

»Is was passiert?«

»Haben Sie Herrn Glaser gesehen?«

»Nää, ich weeß nit. Was wolle se dann von demm?«

»Wir suchen ihn, er muss uns ein paar Fragen beantworten.«

»Aha.«

Veronika gab Max das Zeichen für den Rückzug. Sie würden die Tür öffnen lassen müssen.

»Gut, danke Ihnen. Wir kommen dann mit der Hausverwaltung wieder. Die Nummer hab ich unten gesehen.«

Sie wandten sich zum Gehen.

»Ei, soll ich Ihne de Schlüssel genn. Ich hann denne für de Notfall. Unn, Polizei is doch e Notfall, odda?«

Veronika und Max schauten sich an. Ganz in Ordnung war es nicht, aber sie würden ja mal einen Blick in die Wohnung werfen dürfen. Und im Grunde war ja auch Gefahr im Verzug, selbst wenn sie bisher nur Vermutungen hatten.

Mit zittrigen Händen schloss Veronika die Tür auf. In der Wohnung war es, wie im ganzen Haus, totenstill. Sie war kleiner, als sie von außen wirkte. Nur zwei Zimmer, eine schmale Küche und ein kleines Bad. Die Luft roch abgestanden, als wäre seit Tagen niemand mehr hier gewesen. Nachdem sich die beiden versichert hatten, dass sie allein waren, schauten sie sich um. Auf der Spüle stand eine benutzte Kaffeetasse, der getrocknete Kaffeerest am Boden warf Bläschen. Ansonsten wirkte die Küche steril. Auf dem Bett lagen eine Jeans und ein schwarzes T-Shirt, sonst war alles penibel aufgeräumt. Nur im Wohnzimmer ragten Kochbücher- und Zeitschriftenstapel wie Türme neben der Couch in die Höhe. Ein Handy oder einen Laptop fanden sie nicht. Nur ein altes Tastentelefon mit Schnur, wie in den 80er-Jahren.

Die Nachbarin war verschwunden, als sie die Wohnung wieder verließen. Max klopfte und legte den Schlüssel zu Glasers Wohnung in die wortlos ausgestreckte Hand, die ihm durch einen engen Türspalt entgegenkam. Er bedankte sich schmallippig.

Veronika war enttäuscht, sie wollte auf keinen Fall erfolglos ins Präsidium zurückkehren. Die Kollegen würden die Gegend absuchen müssen. Sie griff nach ihrem Handy, während sie die Stufen wieder hinabstiegen.

»Schau mal, hier wohnt noch ein Glaser.« Max war im ersten Stock stehen geblieben. Edeltraud Glaser stand auf dem Klingelschild. Wieder lauschten sie in die Stille.

»Ist das ein Wasserrauschen?«

Veronika hörte angestrengt hin.

»Könnte sein. Vielleicht duscht jemand?«

»Okay, klingeln oder stürmen?«

Sie überlegte.

»Wir klingeln erst einmal. Sag den Kollegen Bescheid, dass sie auf die Fenster im ersten Stock achten sollen, nicht, dass sich da jemand aus dem Staub macht.«

»Okay.«

Die Klingel hallte hinter der Tür durch die stille Wohnung. Das leise Wasserrauschen wurde nicht unterbrochen. Sie hörten keine Reaktion, keine Stimmen, kein Stühlerücken. Sie klingelte noch einmal, klopfte an die Tür.

»Frau Glaser, bitte öffnen Sie uns. Polizei. Wir haben ein paar Fragen an Sie.«

Nichts.

»Scheiße, was ist das?« Max deutete auf den Boden, wo langsam Wasser unter der Tür durchsickerte.

»Okay. Egal. Notöffnung. Meinst du, du schaffst das? Sonst alarmiere ich die Feuerwehr.«

Während Veronika die Kollegen informierte, stemmte sich Langner gegen die Tür. Dann ließ er sich dagegen fallen. Beim vierten Mal krachte es laut im Türrahmen, beim fünften Mal gab sie nach. Er rieb sich die schmerzende Schulter.

Veronika nickte ihm zu und mit gezogenen Waffen stapften sie durch den unter Wasser stehenden Flur. Die Wohnung von Frau Glaser war genauso geschnitten wie die andere, nur spiegelverkehrt. Das Badezimmer war gleich die erste Tür, die nach links vom Flur abging. Hier schien die Quelle der Überschwemmung zu sein, die Tür stand einen Spaltbreit offen und das Wasser floss ungehindert heraus. Langsam schob Veronika die Tür auf. Auf den weißen Fliesen am Boden bemerkte sie die rote Färbung der Flüssigkeit. Blut, schoss ihr durch den Kopf.

Max war direkt hinter ihr, sein Blick zeigte ihr, dass er den gleichen Gedanken gehabt hatte. Sie atmete tief ein, bevor sie langsam den bunt gestreiften Plastikvorhang vor der Badewanne zurückzog.

Christoph Glaser war tot. Mit aufgerissenen Augen schwebte sein Körper unter der Wasseroberfläche.

»Fuck«, flüsterte Veronika und starrte den Toten an. Langner zog einen Plastikhandschuh über und stellte das Wasser ab. Die Stille war gespenstisch.

»Edeltraud Glaser. Wir müssen sie finden.«

Küche und Schlafzimmer waren unberührt, wenn man von der Überschwemmung auf dem Boden absah. Im Wohnzimmer fanden sie den regungslosen Körper der alten Frau, Max kniete sich neben sie.

»Hier ist Blut.« Er deutete auf den Boden neben ihrem Kopf und suchte dann mit der Hand nach Vitalzeichen an ihrem Hals.

Veronika hielt die Luft an. Zeitschriften lagen auf dem Boden verstreut, ein Glas war auf dem Tisch umgefallen. Es sah nach Streit aus.

»Sie atmet. Ganz flach, aber sie atmet. Ruf den Krankenwagen.«

54

»Wie sollen wir das denn ohne ihn schaffen?« Ihre Stimme versagte. Sie ließ sich erschöpft gegen den Türrahmen fallen.

Nur noch eine Stunde, bis sie öffnen würden, und Christoph war immer noch nicht da. Warum hatte sie ihn nur weggeschickt? Wer sollte jetzt die Küche schmeißen? Sie schaute in die betroffenen Gesichter ihres Teams. Vor wenigen Sekunden hatten sie ihr erklärt, dass ein Teil der Vorbereitungen noch nicht abgeschlossen war und sie nicht wussten, ob sie noch rechtzeitig fertig würden. Es war ein Durcheinander.

Mareike atmete tief durch. Sie dachte an ihren Bruder, wie er am Anfang seiner Karriere mit Pannen umgegangen war. Was würde er jetzt tun? Sicher erst einmal ausrasten, herumbrüllen. Und dann improvisieren. Zaubern. Ihr wurde schlecht. Das würden sie nie schaffen. Er hatte immer gewusst, was er tat.

»Was steht ihr hier rum? Versucht es wenigstens. Was soll ich denn den Gästen sagen?« Nervös lief sie auf und ab, räumte Tellerstapel von links nach rechts. Ihre Hände zitterten und sie kämpfte vehement gegen die Tränen, die sich ihren Weg bahnen wollten.

»Mareike, wir strengen uns an, okay? Willst du nicht mal draußen nach dem Rechten sehen? Du machst uns hier noch ganz kirre.« Sabrina klang wenig überzeugend, sie nickte ihren Kollegen nach Zustimmung suchend zu, während sie sprach. Die anderen schauten betreten zu Boden.

Die Geschäftsführerin verließ die Küche und ließ ihren Blick über den Gastraum schweifen. Alles sah so perfekt aus, die akkurat gestellten Gläser, das glänzende Besteck, die gestärkten weißen Tischdecken. Es passte so gar nicht zu ihrem inneren Zustand, wo alles kreuz und quer im Chaos versank. Sie funktionierte wie ein Roboter, fand zu Hause kaum zur Ruhe, ihr Verhältnis zu Sandra war in die Wortlosigkeit verfallen. Die Angst um ihren Bruder, der Stress, alles aufrechtzuerhalten, zermürbte sie. Ihre Schultern begannen zu beben, sie konnte es nicht mehr kontrollieren, die Weinkrämpfe überrollten sie. Langsam ließ sie sich mit dem Rücken an der Wand auf den Boden gleiten. Starrte auf ihre Fußspitzen und ließ den so lange unterdrückten Gefühlen freien Lauf. Sie schluchzte und schrie fast, hörte zwischendurch, wenn sie kurz innehielt, das Gemurmel hinter der Küchentür. Es war ihr egal. Sollten sie doch reden.

In ihrer Hosentasche vibrierte ihr Handy. Wie jedes Mal in den vergangenen Tagen, seit Markus verschwunden war, blieb kurz ihr Herz stehen. Wie jedes Mal zog sie es mit zittrigen Händen heraus, versuchte ihre Atmung zu beruhigen und die Nummer auf dem Display durch ihre tränenverschwommenen Augen zu entziffern. Hauptkommissarin Veronika Hart. Die Nummer hatte sie abgespeichert, der Name hüpfte vor ihren Augen auf und ab.

Sie atmete tief durch.

»Wendemann«, meldete sie sich mit gebrochener Stimme. »Haben Sie ihn gefunden?«

»Hallo, Frau Wendemann. Veronika Hart hier. Alles okay bei Ihnen? Sie klingen so …«

»Ob Sie meinen Bruder gefunden haben?« Ihre Stimme kippte.

»Nein, Frau Wendemann. Leider nicht. Aber wir haben eine vielversprechende Spur. Es geht um etwas anderes. Wann haben Sie Christoph Glaser zum letzten Mal gesehen?«

»Was? Ich … heute Mittag. Es gab … also es gab Streit. Und er kam nicht wieder. Das habe ich ja auch Ihren Kollegen schon gesagt. Wieso fragen Sie?«

»Wir haben ihn gefunden.«

»Ah, super. Dann sagen Sie dem Arschloch, er soll gefälligst seinen Hintern herbewegen, und fragen Sie ihn gleich, was ihm einfällt, uns hier so hängen zu lassen.«

»Frau Wendemann. Das wird nicht möglich sein.«

»Wieso, Sie haben doch gesagt, Sie wissen, wo er ist. Und hier ist er nicht, also …«

»Frau Wendemann. Wir haben ihn leblos aufgefunden. Er ist tot.«

Mareike Wendemann ließ ihr Handy aus der Hand fallen und lehnte den Kopf gegen die Wand. Sie schaffte es kaum, die gerade erhaltene Information zu verarbeiten. Tot. Er kam nicht mehr. Nicht Markus, sondern Christoph. Doch es traf sie fast genauso hart.

Es war vorbei.

Das würden sie nicht schaffen. Das würde niemand schaffen in ihrer Situation. Jegliche Emotion wich aus ihrem Körper.

Sabrina streckte den Kopf aus der Tür.

»Mareike, alles okay bei dir?«

Sie schaute sie an, blinzelte langsam mit den Augen, als müsste sie erst ihren Blick scharfstellen.

»Nein«, sagte sie mit tiefer, rauer Stimme, die fremd klang. »Nein, nichts ist okay.«

»Wie meinst du das? War das Christoph?«

Sabrina kniete sich neben sie auf den Boden, die Kollegen drängten sich um die beiden herum.

»Nein, das war die Polizei. Christoph ist … Er ist tot.«

»Was?« Ein Raunen ging durchs Team. Einige stöhnten auf, schluchzten.

In Mareikes Kopf verknüpften sich die Synapsen, setzten das Puzzle zu einem Bild zusammen. Die Polizei hatte Christoph gesucht, und das bestimmt nicht, weil er nicht zur Arbeit zurückgekehrt war. Und jetzt war er tot. Wer auch immer ihn umgebracht hatte, hatte sicher auch Markus auf dem Gewissen.

Sie war sich sicher.

Auch ihr Bruder war tot.

»Wir schließen. Das war's.«

Ihre Stimme durchschnitt das Raunen.

Stille.

Nur ein Wasserhahn tropfte.

DESSERT

55

Die Schmerzen hatten aufgehört. Sein Körper wehrte sich nicht mehr. Nicht gegen den Mangel an Nahrung und Flüssigkeit. Nicht gegen die Kälte. Nicht gegen die Hoffnungslosigkeit. Er wusste nicht, wie lange er schon weg war. Wie viele Stunden er geschlafen hatte, bewusstlos gewesen war. Bittere Spucke flutete seinen Mund, doch er hatte keine Kraft mehr, sich zu übergeben. Sein T-Shirt klebte an seinem Rücken, kalter Schweiß lag wie ein dünner, glänzender Film auf seiner Haut. Er stank erbärmlich. Und er glühte. Wenn Mareike ihn so sehen könnte. Sie hatte ihn von klein auf bemuttert. Ihn großgezogen, versucht, ihn von allem fernzuhalten, was ihre Familie so geprägt hatte. Die lautstarken Auseinandersetzungen seiner Eltern, der Suff des Vaters, die Aussetzer, Beleidigungen und Schläge. Sie hatte ihn abgelenkt, zum Lachen gebracht, und wenn gar nichts mehr half, ihn einfach im Arm gehalten. Bei Fieber hatte sie ihm immer Wadenwickel gemacht. Stundenlang an seinem Bett gesessen.

Hatte er ihr je gesagt, wie sehr er sie liebte? Wie viel er ihr verdankte? Sie hatte ihr Leben nach seinem ausgerichtet, war ihm nicht von der Seite gewichen und hatte ihm doch genug Raum gegeben, um sich frei zu entfalten. Sie hatte ihn unterstützt, finanziell und moralisch, war sein größter Fan und schärfster Kritiker, hatte Doppelschichten gearbeitet, um seinen Traum zu finanzieren. Ihren Traum.

Er rieb seinen Hinterkopf gegen die raue Holzwand. Einfach nur, um etwas zu spüren. Das Rauschen des Windes in den Bäumen machte ihn schläfrig. Wieso kam Christoph nicht mehr zurück? Wollte er ihn wirklich hier verrotten lassen? Wenn er jetzt einfach die Augen schloss, dann war es vielleicht vorbei. Seine Lider wogen schwer wie Blei.

Es sollte möglicherweise so sein. Auf dem Höhepunkt des Lebens, weg. Ausradiert. Obwohl er noch so viel hatte erreichen wollen. Nicht beim Kochen. Privat. Eine Frau finden. Familie gründen. Kürzer treten und das Leben genießen. Raus aus dem Hamsterrad. Den Hunger nach Anerkennung, nach Ruhm, nach Applaus, ausblenden. Mit anderen Reizen stillen.

Nun würde er nie wissen, wie es sich anfühlte, Vater zu sein. Einen Heiratsantrag zu machen, weil man wusste, sie war die eine. »Wie kitschig du jetzt bist, Wendemann«, murmelte er fast lautlos. Selbst seine Stimme hatte aufgegeben.

»Es sollte nicht sein«, hatte Mareike ihm bei jedem Misserfolg ins Ohr geflüstert und ihn fest in den Arm genommen. »Beim nächsten Mal haust du sie alle weg.«

Es tat gut, sich ihre Stimme vorzustellen. Was sie jetzt wohl machte? Wahrscheinlich hatte sie das Restaurant jeden Tag, seitdem er weg war, geöffnet, weil er es so gewollt hätte. Bei dem Gedanken, dass Christoph dort noch kochte, wurde ihm übel. Was, wenn er auch seiner Schwester etwas antat? Oder den Gästen?

Dieser Typ war irre. Völlig übergeschnappt. Wieso tauchte er hier nicht noch einmal auf?

Aber es spielte jetzt auch keine Rolle mehr. Sein Puls beruhigte sich wieder, pendelte sich ein. Langsam. Sein Brustkorb wurde tonnenschwer, er hatte Mühe zu atmen. Nur kurz die Augen schließen. Nur kurz ausruhen. Nur ganz kurz. Kurz.

Und es tat gut.

56

In den sozialen Medien war der Teufel los. Mareike Wendemann hatte auf dem Profil des Restaurants gepostet, dass es ab sofort geschlossen sei.

»Mein Team und ich sind untröstlich, aber offensichtlich ist da draußen jemand, der uns brechen will. Und die Person hat es geschafft. Wir vermissen meinen Bruder Markus Wendemann schmerzlich. Und jetzt wurde ein weiterer Koch aus dem Leben gerissen. Ein Kollege. Ein Freund. Was bringt Widerstand, wenn wir unsere Lieben verlieren? Unser Leben.«

Langner hatte den Post laut vorgelesen und einen Ausdruck davon an die Pinnwand gehangen. Er warf Veronika, die über ihrem Einsatzbericht saß, einen betretenen Blick zu.

»Wir hätten wohl besser eine Infosperre verhängt«, murmelte Veronika. Die Leiche von Christoph Glaser war in die Rechtsmedizin gebracht worden. Seine Mutter auf die Intensivstation. Schädelbasisbruch und ein angebrochener Halswirbel, hatte der Rettungsarzt sie informiert. Sie kannten sich von anderen Einsätzen, das half. Die nächsten Stunden seien entscheidend darüber, ob sie ohne größere Schäden überlebte, hatte er ihr am Telefon gesagt. Tja, nur dass ihr Sohn dann nicht mehr da sein würde, hatte Veronika gedacht.

»Wo ist eigentlich Becker?«, unterbrach Max die Stille. Philipp Weissmann zuckte mit den Schultern.

»Zu einem Termin, oder so. Er hat nur gesagt, dass er kurz wegmuss. Er hat die Gerber nach Hause gebracht, glaube ich. In jedem Fall sind sie zusammen raus.«

»Scheiße«, flüsterte Langner.

»Alles okay, Max? Was ist los?«

»Ach nix. Schon gut.« Er überlegte fieberhaft, was er jetzt tun sollte. War das schon wieder irgendein Alleingang, den Becker da unternahm? Sollte er Veronika davon berichten? Er würde seinen Kollegen heute Abend zur Rede stellen und die Sache ein für alle Mal klären. Mit dem neuen Misstrauen zwischen ihnen kämen sie ja auch kein Stück weiter.

»Hatte er nicht irgendeine Spur zu Bollinger?«

»Keine Ahnung, er hat nichts gesagt.«

»Hmmm. Lasst uns noch mal in der Firma anrufen und die Sekretärin fragen. Und kannte Sebastian nicht den Stiefvater von Bollinger? Den könnte man doch auch noch mal befragen.«

»Krass, schaut mal. Bei Facebook hat gerade jemand gepostet, dass er schon vor ein paar Tagen gewusst hat, dass es abwärtsgeht mit dem ›La Table‹.«

»Erklärt er auch, warum, Philipp?«

»Wartet. Ich schreibe ihm.«

Gespannt beobachteten Langner und Veronika ihren Kollegen, wie er erst die Nachricht tippte und dann auf seinen Bildschirm starrte, als könnte er die Antwort beschleunigen.

»Was, wenn er nicht antwortet?«

»Da. Da ist es. Er schreibt, wartet, ich lese es euch vor: ›Na ja, wenn ein Sternerestaurant von Haidmann-Wurst beliefert wird, dann ist doch alles zu spät.‹«

»Was? Wann war das?«

»Ich frag ihn.« Wieder tippte Weissmann auf seiner Tastatur.

»Meine Fresse. Geht das nicht schneller? Können wir nicht mit dem telefonieren oder so?«

Wieder warteten sie. Hielten die Luft an. Philipps Gesicht hellte sich auf.

»Montag. Montagmorgen.«

Da war er, der finale Beweis.

Becker erreichte das Waldstück, als die Schatten der Bäume bereits länger wurden. Es dämmerte. Die GPS-Daten, die ihm Doris' Tochter genannt hatte, lagen in der Nähe eines Parkplatzes. Er hatte die gute alte Straßenkarte, die noch in seinem Handschuhfach lag, herausgekramt und sich daran orientiert.

Hätte er doch die Kollegen informieren sollen? Er würde sich erst einmal ein Bild machen, ob der Wagen von Bollinger wirklich dort stand. Vielleicht hatte der Sender, den Sarah illegal an dessen Wagen platziert hatte, ja auch eine Störung. Und überhaupt, solchen Hinweisen nachzugehen, könnte juristisch schwierig zu erklären sein.

Als er das blaue Parkplatzschild erreichte, bog er langsam ab. Der Schotter unter den Reifen seines Autos knirschte und die Schatten tauchten ihn plötzlich in ein dunkelgraues Licht. Auf dem großen Gelände war niemand zu entdecken, nur nah am Waldrand, fast in der Dunkelheit verschwindend, stand ein weißer SUV. Bollingers Auto, das erkannte er sofort. Es war ihm schon auf dem Firmenparkplatz aufgefallen. Die dicken Reifen, die verchromten Blenden und die beigen Ledersitze im Innenraum sprachen für sich. Jemand, der so ein Auto fuhr, hatte eine Botschaft. Schaut her, was ich mir leisten kann. Becker schüttelte es.

Er fuhr seinen Dienstwagen neben den weißen Koloss und stellte den Motor ab. Um ihn herum war es ruhig. Er griff ins Handschuhfach und holte seine Waffe heraus. Beim Aussteigen schwappte ihm kühle, würzige Waldluft entgegen. Er sog sie tief ein. Langsam näherte er sich dem SUV, lief um ihn herum, spähte durch die Fenster. Auf dem Beifahrersitz lagen ein Handy und eine leere Red-Bull-Dose. Die Motorhaube war kalt, das Auto schien schon etwas länger hier zu stehen. An der Beifahrertür probierte er, die Tür zu öffnen. Ohne Erfolg.

Die Bewegung neben sich registrierte er nur im Augenwinkel, sie war zu schnell, um noch zu reagieren. Als er abwehrend die Arme hob, lag die Schlinge bereits um seinen Hals. Ein schmaler Metalldraht schnitt ihm in die Haut, er hustete gegen den brennenden Schmerz an und versuchte, die Finger dazwischenzuschieben, während sein Angreifer ihm die Waffe aus der Hand nahm.

»Was zur Hölle?«

»Oh, Herr Kommissar. Was für eine Überraschung. Suchen Sie etwas?«

»Bollinger!« Die Schlinge zog sich immer weiter zu, Becker röchelte.

»Was machen Sie denn so ganz alleine im Wald?« Bollingers Stimme triefte vor Schadenfreude. Er drückte ihm die Unterarme in den Rücken, schaute sich suchend um.

»Es ist keiner hier, lassen Sie mich los«, presste Becker hervor. Helle Sternchen tanzten bereits vor seinen Augen. »Reden.«

Bollinger brach in schallendes Gelächter aus.

»Reden. Worüber wollen Sie denn mit mir reden? Ich bin auf dem Absprung, da gibt es nichts zu reden. Ich warte noch auf jemanden, und dann sind wir weg.«

Becker bäumte sich auf, versuchte, den Druck auf seinen Hals zu reduzieren.

»Tot«, krächzte er.

»Ja, das kann sein, mein lieber Kommissar. Falscher Ort und falsche Zeit, würde ich sagen.«

Becker schüttelte, so gut es ging, den Kopf. Er musste Bollinger verunsichern, ihn ablenken.

»Glaser«, probierte er es erneut mit letzter Kraft, ihm wurde bereits schummrig vor Augen. »Glaser ist tot.«

Die Nachricht verfehlte ihren Effekt nicht, augenblicklich ließ Bollinger locker, ohne die Schlinge vom Hals zu nehmen. Becker hustete, atmete gierig die frische Luft ein. Bollinger schwieg, schien zu überlegen. Becker setzte nach, er musste die Nachricht, die er eben noch von seinem Team erhalten hatte, platzieren.

»Er hat sich umgebracht.«

Bollinger seufzte laut.

»Was für ein Idiot. Der hatte von Anfang an die Hosen voll. Scheiße.«

Becker versuchte, sich aus dem Griff zu winden. Doch Bollinger hatte andere Pläne.

»Hiergeblieben, glaubst du wirklich, das haut mich um? Ich hab nichts mehr zu verlieren, und wenn dieser Klappspaten meint, er müsse das Zeitliche segnen, dann ist das wohl so. Ich brauche den nicht. Köche gibt es wie Sand am Meer und dort, wo ich hin will, sowieso.«

»Ach ja, wo soll es denn hingehen?«

»Genau, erzähl ich gerade dir. Wobei, das wäre nun auch egal. Ich würde sagen, wir beide machen mal einen kleinen Spaziergang.«

»Wo ist Wendemann?«

»Klappe. Los, vorwärts.«

Bollinger stieß Becker unsanft in den Rücken und ließ die Metallschlinge locker um seinen Hals liegen, als würde er einen Hund an der Leine spazieren führen. Becker stolperte ungelenk vor ihm über den Waldweg.

»Wo bringen Sie mich hin?«

»Du sollst die Fresse halten.« Wieder schubste er ihn vorwärts und Becker konnte sich gerade noch so abfangen. Der Draht schnitt ihm erneut in den Hals. Er stöhnte auf.

»Jetzt stell dich nicht so an, wir sind ja gleich da.«

Becker versuchte, sich zu orientieren. Er würde durchgeben müssen, wie sie ihn finden konnten. Doch wo war sein Handy? Er tastete mit der rechten Hand an seinen Hosentaschen. Es lag noch im Auto. Verdammt.

Sie bogen auf einem Weg nach links ab, liefen weiter. Die Dunkelheit verschlang sie, Bollinger schien den Weg gut zu kennen, er zögerte keine Sekunde, stolperte nicht auf dem unebenen Boden.

Nach gut zehn Minuten, so schätzte Becker, kamen sie auf eine Lichtung. Die letzte Helligkeit des Tages fiel durch die weit auseinanderstehenden Baumkronen auf das hohe Gras und eine kleine Holzhütte, die sich an den Waldrand duckte.

»Home sweet home«, murmelte Bollinger.

Becker versuchte ein letztes Mal, sich aus der Schlinge zu befreien, drückte sein ganzes Körpergewicht gegen seinen Kontrahenten, wand sich in seinem Griff. Ein kurzer, stechender Schmerz an der Schulter beendete seine Aktion und er kippte vornüber, ohne dass sein Körper noch reagieren konnte.

57

Das Surren der Halogenleuchten an der Decke untermalte die Ruhe, die sich am Abend in den Räumen des Dezernats ausbreitete. Nur, wenn man sich wirklich auf das Geräusch konzentrierte, konnte es zu einem Rauschen anschwellen.

Veronika war zu einem privaten Termin in der Stadt aufgebrochen, Philipp Weissmann hatte er wegen seines schmerzenden Fußes nach Hause geschickt und nun wartete er noch auf Becker. Philipp hatte vermutet, dass dieser noch einmal ins Präsidium zurückkäme, also wollte Langner auf ihn warten. Er stand am Fenster und blickte auf den zäh fließenden Feierabendverkehr, der sich stadtauswärts durch die Mainzerstraße quälte. Er ließ den Tag noch einmal vor seinem inneren Auge ablaufen. Sie standen kurz vor der Lösung, er war davon überzeugt, dass sie Wendemann bald finden würden. Ob tot oder lebendig, darüber mochte er sich keine Gedanken machen. Doch er wollte sich mit Becker aussprechen. Die Aktion heute mit Doris Gerber, sein Alleingang am Tag zuvor, all die Unstimmigkeiten zwischen ihnen wollte er aus der Welt schaffen. Er schätzte seinen Kollegen sehr, hatte die letzten Jahre viel von ihm gelernt. Das konnte er doch nicht einfach wegwerfen.

Gerade hatte er noch einmal mit dem Krankenhaus telefoniert, man hatte Glasers Mutter ins künstliche Koma versetzt, ihr Gesundheitszustand war aber stabil. Immerhin. Das verschob wenigstens den Zeitpunkt, an dem sie erfahren würde, dass ihr Sohn tot war. Und offensichtlich an einer Straftat beteiligt, die er nicht mehr ertragen konnte. So mutmaßte er zumindest. Einen Abschiedsbrief hatten sie nicht gefunden. Und der Auffindesituation der Mutter nach zu urteilen, könnte er auch im Affekt gehandelt haben. Weil er dachte, seine Mutter sei tot. Das würden sie wahrscheinlich nie ganz rekonstruieren können. Es war aber vielleicht auch nicht mehr wichtig. Jetzt mussten sie nur noch diesen Bollinger finden. Die Fahndung lief, sie hatten auch Interpol informiert, denn die Wahrscheinlichkeit, dass Bollinger über die Grenze geflüchtet war, war hoch. Sehr hoch sogar. Sie hatten eine Streife vor seinem Haus postiert und überwachten das Firmengelände.

Kirschmeier hatte Kontakt mit dem Stiefvater, Haidmann senior, aufgenommen, ohne Erfolg. Auch er hatte nichts mehr von ihm gehört. Bollinger war wie vom Erdboden verschluckt und auch sein Handy war nicht mehr aktiviert worden.

»Scheiße, jetzt komm schon, Becker. Irgendwann will ich auch mal nach Hause«, murmelte Langner in die Stille. Er hasste es, zu warten. Wo war Becker überhaupt hin? Er wollte Frau Gerber nach Hause bringen, die würden sie ja irgendwann auch noch befragen müssen.

Er ließ sich in einen der Konferenzstühle fallen, wippte mit der Lehne nach hinten. Sein Smartphone wog schwer in seiner Hand. Er wählte erneut Beckers Nummer, lauschte dem Freizeichen, ohne das Telefon an sein Ohr zu halten. Bis die Mailbox ansprang.

»Ich bin momentan nicht zu erreichen, bitte hinterlassen Sie mir eine …«

Er legte auf.

»Mist.«

Ob Becker noch bei Frau Gerber war? Er könnte sie anrufen und sich vergewissern. Becker würde ausrasten, wenn er ihm nachspionierte. Und wahrscheinlich machte er sich eh nur verrückt. Er sollte nach Hause gehen, die Füße hochlegen und sich morgen frisch und erholt weiter auf die Suche nach Wendemann begeben. Mit Becker zusammen. Aber irgendetwas hielt ihn davon ab.

Er stand wieder auf und lief im Konferenzraum auf und ab. Die Notiz, die zu Frau Gerber an der Wand hing, enthielt auch ihre Telefonnummer. Langner zögerte. Becker würde ihn umbringen. Aber er könnte ja auch mal zurückrufen. Schließlich war er noch im Dienst. Also, wahrscheinlich. Wenn er es sich nicht anders überlegt hatte und irgendwo mit seiner Familie im Restaurant saß. Max wäre sicherlich momentan einer der Letzten, denen er Bescheid sagen würde.

»Ach, scheiß drauf.«

Er wählte die Nummer. Nach dem zweiten Klingeln hob Frau Gerber ab.

»Ja, Gerber?«

»Guten Abend, Frau Gerber. Hier Kommissar Max Langner von der Kripo Saarbrücken. Ich wollte fragen, ob Sven, also Herr Becker noch bei Ihnen ist. Ich erreiche ihn nicht und müsste ihn dringend sprechen«, schob er vor.

Frau Gerber zögerte.

»Ähm, nein. Er ist nicht hier. Er hat mich abgesetzt und ist direkt los.«

»Wissen Sie denn, wo er hinwollte?«

Wieder zögerte Frau Gerber. Dieses Mal ein wenig zu lange.

»Frau Gerber, wenn Sie etwas wissen, dann müssen Sie es mir sagen. Ich kenne meinen Kollegen, wenn der wieder irgendetwas auf eigene Faust plant, dann gnade ihm Gott. Hat es etwas mit Bollinger zu tun?«

Doris Gerber schwieg, dann räusperte sie sich laut.

»Und Sie können ihn nicht erreichen?«

»Nein, schon eine ganze Weile nicht. Wissen Sie, wo er hin wollte?« Max' Puls stieg sprunghaft, sein Bauchgefühl sprang im Dreieck. Irgendetwas stimmte da nicht.

»Wo wollte er hin?«, schrie Langner nun fast ins Telefon.

»Er wusste, wo Bollingers Wagen steht, und wollte schauen, ob er ihn da findet«, murmelte Frau Gerber, doch laut genug, dass Langner es hörte.

»Woher zum Teufel wusste er das denn? Ach egal, das klären wir später. Können Sie mir auch sagen, wo das war?«

»Ich schicke Ihnen die Daten per SMS. Bitte finden Sie ihn.« Ihre Stimme klang dünn.

Er legte auf und wählte Veronikas Nummer. Sie ging nicht dran.

»Bin ich hier der letzte Depp, der noch arbeitet? Fuck.«

Er griff seine Jacke und wählte die Nummer der Dispo.

»Hey, Langner hier. Ich brauche Verstärkung, wir suchen einen Kollegen. Koordinaten bekomme ich gleich. Warte, da sind sie. Moment. Scheiße, wo ist das denn? Mitten im Wald. Hä? Oh, Pfälzerwald, in der Nähe von Zweibrücken. Okay, Abfahrt in fünf Minuten. Ich warte auf dem Parkplatz.«

Noch nie war Langner eine Autofahrt so lang vorgekommen. Er raste mit Höchstgeschwindigkeit über die A 6, der Streifenwagen folgte ihm. In seinem Kopfkino liefen verschiedene Szenarien. Sein Puls raste und er verdrängte den Gedanken an den Unfall, den er vor knapp einem Jahr mit dem Auto gehabt hatte. Jetzt würde nichts passieren.

Veronika ging immer noch nicht ans Handy. Sie würde ihn zurückrufen, sobald sie die Anrufe sah. Er musste sich konzentrieren.

Der kleine Konvoi näherte sich dem Waldgebiet, eine Landstraße schlängelte sich durch die idyllische Gegend, der Pfälzerwald thronte majestätisch auf einer Anhöhe. In der Nacht wirkte er wie eine bedrohliche Wand, die sich ihm entgegenschob.

Die Koordinaten waren erstaunlich genau gewesen. Sie führten ihn direkt auf einen Waldparkplatz, wo auch Beckers

Wagen stand. Langner atmete auf. Das Fahrzeug stand allein auf dem Gelände, sie parkten einige Meter entfernt, näherten sich dann mit der Taschenlampe und leuchteten ins Fahrzeug. Auf dem Beifahrersitz lag das leere Halfter von Beckers Waffe, in der Mittelkonsole steckte sein Handy, das Handschuhfach war geöffnet. Er hatte also seine Pistole dabei. Langner versuchte, die Tür zu öffnen, sie gab nach. Das Auto war unverschlossen.

Er gab den Kollegen ein Signal, ebenfalls nach Spuren Ausschau zu halten. Die drei Taschenlampen sendeten helle Pfade durch die tintenschwarze Nacht. Der Schotter neben dem Polizeifahrzeug war ausgehöhlt. Hier hatte ein weiteres Fahrzeug gestanden. Ein schweres Fahrzeug, dachte Langner.

Bollinger?

»Es bringt nichts, wir brauchen die Hundestaffel. Die müssen ihn suchen. Gefahr im Verzug.«

Eigentlich müsste Veronika diese anfordern, aber sie … Sein Handy klingelte.

»Max, mir ist noch etwas eingefallen, ich …«

»Philipp, dich schickt der Himmel. Du musst etwas für mich erledigen. Ich bin hier in der Nähe von Zweibrücken und wir brauchen dringend eine Hundestaffel. Ich erreiche Veronika nicht. Es sieht so aus, dass Becker Bollingers Spur gefolgt ist, und jetzt steht hier sein Auto auf einem Waldparkplatz, unverschlossen. Er hat seine Waffe dabei, aber es ist stockdunkel. Kannst du die Staffel in Bexbach anfordern? Ich warte hier mit den Kollegen.«

»Äh, okay. Klar, Shit. Ich kümmere mich darum, sicher. Schick mir den Ort, soll ich auch noch kommen?«

»Quatsch, das macht keinen Sinn. Es tut gut zu wissen, dass du erreichbar bist und die Koordination übernimmst. Danke. Bis später.«

Langner atmete tief durch. Aus dem Wald zog eine feuchte Kälte zu ihm herüber und dünner Nebel waberte um seine Füße. Er fröstelte. Wie im Horrorfilm, dachte er. Hoffentlich war das kein schlechtes Omen.

58

Ein sonores, tiefes Stöhnen weckte ihn auf. Es war sein eigenes. Augenblicklich griff er sich an die schmerzende Stelle in seinem Nacken. Was war geschehen? Wo war er? Langsam stellte sich seine verschwommene Sicht scharf, seine Augen gewöhnten sich an die Dunkelheit. Er erkannte die Umrisse eines Tischs, einen Stuhl, der umgekippt daneben lag. Er tastete um sich. Eine Metallpritsche, eine raue Wolldecke. Er richtete sich auf und krabbelte vorsichtig auf allen vieren durch die Dunkelheit, fand die Tür, rüttelte daran. Sie war verschlossen. Er kroch weiter. Da lag etwas Großes auf dem Boden. Es sah aus wie ein Sitzsack oder ein Haufen Wäsche. Als er näher kam, erkannte er es. Das war ein Mensch. Wendemann. Die Benommenheit war mit einem Schlag verschwunden, Adrenalin schoss ihm durch den Körper.

Lebte er?

Hektisch setzte er sich auf und tastete den regungslosen Körper ab. Er war kalt, aber nicht eiskalt. Und nicht starr. Er hatte schon einige tote Menschen anfassen müssen und wusste, Wendemann lebte. Er suchte seinen Hals, seinen Puls, fühlte ihn nur schwach. Er würde ihn hier rausbringen müssen. Schnell.

»Herr Wendemann, ich bin bei Ihnen. Becker, von der Kriminalpolizei. Ich bringe Sie hier raus.«

Er hustete, würgte. Was hatte der Typ ihm nur gegeben? Ihm wurde schlecht. Er ließ Wendemann liegen und suchte die Wände, Fenster und noch einmal die Tür nach möglichen Schwachstellen ab. Erst jetzt nahm er den beißenden

Geruch an der Tür wahr. War der eben schon da gewesen? Spiritus. Fuck, der Typ wollte sie doch nicht etwa abfackeln. Er lauschte in die Stille. War da draußen jemand?

Es musste doch eine Möglichkeit geben, hier rauszukommen. Ihm wurde schwindelig, sein Adrenalin schwand und die Übelkeit übernahm wieder. Langsam ließ er sich auf den Boden gleiten.

Er dachte an seine Familie, seine Frau. Die sich wieder aufregen würde, dass er so spät nach Hause kam. Dass er gar nicht nach Hause kam und nicht Bescheid sagte. Sie würde ihm böse Nachrichten auf der Mailbox hinterlassen, ihm mit Scheidung drohen. Und dann, wahrscheinlich gegen Nachmittag, anfangen, sich Sorgen zu machen. Auf dem Präsidium anrufen. Er würde es bis zum Nachmittag schaffen, aber Wendemann?

Blieb nur zu hoffen, dass irgendjemand aus seinem Team merkte, dass er fehlte.

59

Der Abend hatte gutgetan. Sie hatte sich spontan mit Theresa auf ein Glas Wein in der Stadt verabredet, um sie auf den neuesten Stand zu bringen. Ella war auf einem Kongress in Nürnberg und deshalb nur via Video-Anruf kurz dabei gewesen. Der Austausch mit ihren Freundinnen hatte Veronika wenigstens für einen Moment den Druck der Ermittlungen vergessen lassen. Jetzt hatten sie zwar eine heiße Spur, aber die Suche nach Bollinger gestaltete sich schwieriger als die nach der berühmten Nadel im Heuhaufen. Er schien wie vom Erdboden verschluckt.

In der Sache mit Francesco hatte Theresa ihr Mut gemacht und sich natürlich auf ihre Seite geschlagen.

»Was ist denn das für ein Psycho?«, hatte sie gefragt. »Kann Francesco nicht wie jeder normale Mensch mit dir sprechen? Ich meine, deine Aktion war Kacke, da machen wir uns nichts vor. Aber es lässt sich doch über alles reden. Seine Oma sterben zu lassen und dich einem Loyalitätstest zu unterziehen. Der hat sie doch nicht mehr alle.«

Veronika hatte gelächelt. Irgendwie konnte sie Francesco verstehen, diese emotionale, völlig überzogene Reaktion passte zu ihm. Sie hatte ihn in der Zeit, die sie zusammen gewesen waren, mehrmals so erlebt, in die positive wie in die negative Richtung. Überschwänglich. Zu Tode beleidigt. Völlig aufgebracht. So war er eben. Sie hatte relativ schnell ihren Frieden damit gefunden, dass ihre Beziehung beendet war. Sie wunderte sich selbst darüber, wie distanziert sie die Geschichte betrachten konnte. Aber sie wusste jetzt, was sie schon länger als Bauchgefühl gespürt hatte – sie wollte das nicht mehr. Es war einfach zu viel gewesen, zu wenig sie. Er war ein emotionaler Tornado, der sie in seinem Auge, dort, wo es ganz still war, eingeschlossen hatte. Kein Ausweg ohne das Risiko, die volle Wucht des Sturms abzubekommen. Und dort, wo sie die letzten Monate festgesessen hatte, mitgerissen worden war in jede Richtung, in die er sich bewegt hatte, war es ihr einfach zu eng geworden. Sie fühlte sich jetzt befreit. Erleichtert. Es war Zeit, nach Hause zu gehen.

Sie hatte am Staatstheater geparkt. Auf dem Weg ins Parkhaus zog sie ihr Handy aus den Tiefen ihrer Tasche hervor und checkte ihre Nachrichten. Sieben Anrufe von Langner, drei Nachrichten von ihm auf der Mailbox. Warum hatte sie sie nicht gehört? Wenigstens nichts von Sebastian und Francesco. Ihr Privatleben war endgültig zerschmettert und sie konnte die Scherben erst einmal unter dem Teppich verschwinden lassen. Irgendwann würde sie sich schon wieder damit auseinandersetzen müssen, nur nicht jetzt.

Sie hörte die Nachrichten ab und blieb abrupt stehen. Verdammt. Becker war auf eigene Faust losgezogen und jetzt fehlte von ihm jede Spur. Das schlechte Gewissen nahm ihr kurzzeitig den Atem. Sie rief Langner zurück und war froh, dass Weissmann sich bereits um die Hundestaffel gekümmert hatte und die Kollegen in wenigen Minuten vor Ort wären. Langner bat sie, sich im Präsidium bereitzuhalten. Jetzt zählte jede Sekunde.

Ihr war schlecht. Was für ein Scheiß. Wie kam Becker darauf, so etwas ohne Unterstützung zu starten? Wenn sie alle wieder im Büro waren, würde sie dazu wohl noch mal Tacheles reden müssen.

Sie bezahlte ihr Parkticket. Trotz Freitagabend war es hier wie ausgestorben. Sie hasste diese betonverpackte Stille, die doch keine war. Den Hall ihrer Schritte, die kleinen Seitengeräusche, die man nicht zuordnen konnte. Sie trat auf die Parkebene und schaute sich um. Niemand war zu sehen. Irgendwo über ihr startete ein Auto. Sie atmete tief gegen das Gefühl der Beklemmung an, welches sich in ihr ausbreiten wollte. Wo hatte sie noch mal geparkt? Die gleich neben ihr ausgeschilderten Frauenparkplätze waren leer. Sie würde ihre Abneigung dagegen überdenken müssen, nahm sie sich vor. Bisher hatte sie die Markierung immer als Stigmatisierung empfunden, als Auszeichnung einer besonderen Schwäche. Dagegen hatte sich immer alles in ihr gewehrt. Jetzt wünschte sie, gleich hier in ihr Auto steigen zu können, die Türen zu verriegeln und die Sitzheizung anzumachen. Aber sie hatte ja am anderen Ende parken müssen. Weit weg von allem.

Das grelle Licht ließ die Garage eisig wirken. Augenblicklich schoss ihr das Lied aus dem Film »Die Eiskönigin« durch den Kopf, den sie sich mit ihren Freundinnen bei einem gemeinsamen Kitsch-Abend hatte anschauen müssen. »Let it go«, wie passend. Sie summte die Melodie, während ihre Schritte in der Stille hallten. Eine Tür schlug zu. Sie schaute sich um, sah niemanden. Das Licht flackerte.

Na, prima. Mehr Klischee ging ja nicht. Ihr Puls beschleunigte, als sie erst ein Kratzen und dann Schritte hörte. Sie kamen aus der zweiten Parkreihe. Egal wie sehr sie den Hals reckte, sie konnte niemanden entdecken. Beruhige dich, Veronika. Es sind nur noch 50 Meter, das ist Zufall. Ein blöder Zufall zwar, aber hier stehen noch weitere Autos, das hat nichts mit dir zu tun.

Die fremden Schritte hatten es eiliger als sie. Veronika beschleunigte ebenfalls, hielt ihre Tasche fest umklammert. Wenn sie doch nur ihre Waffe dabeihätte. Sie würde sich sicherer fühlen. Die Schritte waren jetzt auf ihrer Höhe und sie konnte immer noch nicht sehen, wer dort lief. Duckte sich die Person etwa? Das gab es doch nicht.

Sie blieb stehen. Die Schritte verstummten ebenfalls.

What the fuck.

»Hallo? Wer ist da?« Veronikas Stimme klang brüchig. Reiß dich zusammen. Sie rannte los, nur noch 30 Meter, 20 … Die Stoßwellen ihrer eigenen Schritte und das Rauschen in ihren Ohren übertönten alle anderen Geräusche. Sie rang nach Luft.

Ein dunkler Schatten neben ihr, eine abrupte Bewegung, jemand riss sie zu Boden. Dumpf schlug ihr Kopf auf den Asphalt auf, ihr Rippenbogen wurde komprimiert durch den fremden Körper, der ihren nach unten drückte. Jemand zischte, eine Stimme. Sie konnte sie nicht verstehen, so sehr vernebelte sich ihr Gehirn durch den Aufprall. Etwas legte sich um ihren Hals, schnitt scharf in ihre Haut, drückte ihren Kehlkopf zusammen. Ein Adrenalinschub löste ihre Schockstarre, sie versuchte, sich zu befreien, es war zu spät. Ihre Finger passten nicht zwischen den Draht und ihre Haut, verzweifelt zog und zerrte sie an der Schlinge, wand ihren Körper, um eine Position zu finden, in der sie nicht so fest saß. Vergeblich. Ihr Angreifer blieb nun stumm, sie konnte ihn nicht erkennen, eine dunkle Gestalt, mit Skimaske oder einer Mütze tief ins Gesicht gezogen. Immer nur bruchstückhaft konnte sie einen kurzen Blick auf ihn erhaschen, wenn sie es schaffte, ihren Kopf ein kleines Stück zu drehen. Ihre Sicht verengte sich langsam, es wurde schwarz um sie. Ein letztes Mal bäumte sie sich auf, ließ einen animalisch anmutenden Laut entweichen. Dann schwand ihre Kraft, als habe jemand den Stecker gezogen.

60

Es stimmte, es war außer Kontrolle geraten. Von seiner Anfangsidee, die saarländische Gastronomieszene mit einem neuen Konzept aufzumischen und all seine Kritiker staunen zu lassen, allen voran seinen Stiefvater, hatte er sich meilenweit entfernt. Einmal, vor eineinhalb Jahren, schien das Glück zum Greifen nah, als sie die gesamte Investitionssumme zusammengetragen hatten. Sie standen kurz vor Abschluss der Vertragsverhandlungen für eine Location, die alles, was es bis dahin im Saarland gegeben hatte, und sicher auch über die Grenzen hinaus, getoppt hätte. Industriegeschichte trifft auf gehobene Erlebnisgastronomie, Sterneküche zum Anfassen und vor allem bezahlbar. Das war ihr Ziel gewesen.

Doch dann hatte Markus seine Investition zurückgezogen und schnell bekamen auch die anderen Investoren kalte Füße. Ihr Deal war geplatzt, er musste wie ein räudiger Hund nach Hause zurückkehren. Unangenehm, da er dort den Mund schon ziemlich voll genommen hatte. Er musste unter dem hämischen Blick von Haidmann senior in die Firma zurückkehren, sich jeden Sonntag, wenn er mit seiner Mutter essen ging, die Seitenhiebe gefallen lassen, kleine Anspielungen, die wie Feuer brannten.

Er hatte eine Genugtuung gesucht. Markus hatte ihm einen Strich durch die Rechnung gemacht. Er hatte den Stein angestoßen, der alles nach unten gerissen, alles zunichtegemacht hatte. Er sollte einen Denkzettel bekommen, ihn auf Knien anflehen. Christoph zum Mitmachen zu überreden, war ein Leichtes gewesen. Dieser Typ sehnte sich nach Anerkennung, ihr Projekt hätte auch seinen Namen in der Szene groß gemacht. Er hatte Rotz und Wasser geheult, als die Nummer geplatzt war. Wie ein trotziges Kind hatte er sich ihm angeschlossen, die Drecksarbeit übernommen. Er hatte Markus die präparierte Wurst untergejubelt, ihn im Lieferwagen der Firma abtransportiert, sich um seine Versorgung gekümmert, als er selbst sich mit den polizeilichen Ermittlungen auseinandersetzen musste. Dann kamen diese Erpresserbriefe hinzu, der Anschlag auf den Lkw. War der Typ eigentlich wieder aus dem Krankenhaus raus? Egal.

Die Polizei war ihm verdammt nah gekommen. Es war knapp gewesen. Nachdem er den Kommissar jetzt auch noch in die Hütte verfrachtet hatte, hatte er vor seiner endgültigen Flucht noch einen kurzen Abstecher über Saarbrücken machen und das Fahrzeug tauschen müssen. Sein SUV würde sicherlich bald überall gesucht werden, nicht aber sein kleines Juwel, mit dem er nur heimlich fuhr und den er sich von abgezwackten Firmengeldern geleistet hatte, ein silbergrauer Maserati GranTurismo. Damit würde er sich nach Spanien absetzen, vielleicht zu Freunden nach Marrakesch weiterreisen. Dort noch einmal durchstarten. Auf seinem Schweizer Konto lag genug Geld, um im Süden entspannt zu leben und sich langsam etwas aufzubauen. Er war vorbereitet.

Dass es nun aufwärtsgehen würde, zeigte ihm auch die zufällige Begegnung mit der Hauptkommissarin. Mitten in der Stadt. Nervös hatte er mit den Fingern auf sein Lenkrad getrommelt, gewartet, bis die Ampel auf Grün sprang. Als sie, die ihn zwei Mal beim Verhör in die Mangel genommen hatte, genau vor seinem Auto über die Straße in Richtung Staatstheater gestiefelt war, nichtsahnend, die Augen auf ihr

Handy gerichtet. Ob sie ihren Kollegen schon suchte? Hätte er sein Auto noch verschwinden lassen müssen? Konnte man die Dinger orten? Egal jetzt.

Sein Fuß hatte über dem Gaspedal gezuckt, es wäre ein Leichtes gewesen, sie einfach an Ort und Stelle über den Haufen zu fahren. Was hatte er zu verlieren? 15 Jahre in dieser Wurstfabrik, dieser Geruch, den er sicher bis zum Ende seiner Tage auf seiner Haut imprägniert tragen würde. Sein Entschluss fiel in diesem Moment. Er wollte sich nicht leise wegschleichen, er würde mit Pauken und Trompeten verschwinden, eine Spur der Verwüstung hinterlassen. In der Hütte hatte es angefangen – bei Wendemann liefen die letzten Stunden, und die Dosis des Kommissars sollte auch gereicht haben, um ihn über den Jordan zu schicken. Und selbst wenn sie sie fanden, würden sie eine heiße Überraschung erleben. Alle würden sagen, Mensch, das habe ich ihm gar nicht zugetraut. Oder: Mit dem legt man sich besser nicht an. Er wollte, dass man sich an ihn erinnerte, wenn schon nicht als Gastronom, dann als Killer. Das war als Junge immer sein zweiter Berufswunsch gewesen. Dicht gefolgt von Privatdetektiv.

Er hatte sein Auto in einer Nebenstraße geparkt und war der Kommissarin in die Tiefgarage gefolgt. Wie hieß sie noch mal? Hart, Veronika Hart. Wie bei dieser amerikanischen Serie aus seiner Kindheit, »Hart, aber herzlich«. Veronika, die harte Hand des Gesetzes. Er lachte vergnügt über sein Wortspiel. Sie würde jetzt seine Härte spüren.

Es war ein Leichtes gewesen, sie zu verunsichern. Warum müssen die überheblichen Frauen auch immer so weit weg vom Eingang parken? Selbst schuld. Wie im Film hatte er mit ihr Katz und Maus gespielt, sie in Football-Manier von der Seite gerammt und auf den Boden geschleudert. Der Draht, den schon ihr Kollege um den Hals gehabt hatte, war schnell aus der Jackentasche gezogen, eine natürliche Bewegung, ohne nachzudenken. Sie hatte sich gewehrt, wie eine Schlange gewunden, dann war es schnell still geworden.

61

Die kleine Holzhütte am Rande einer Lichtung hätten sie in der Dunkelheit ohne die Hunde niemals gefunden. Knapp 50 Meter vom Weg entfernt fügte sie sich harmonisch mit ihren moosbedeckten Brettern im Wald ein. Die Hunde aber waren zielgerichtet der Spur gefolgt, glücklicherweise hatte Langner noch Beckers roten FC-Kaiserslautern-Schal im Auto gehabt, den er ihm seit zwei Wochen hinterherfuhr und immer wieder vergessen hatte, ihn zurückzugeben. Während sie mit den Hundeführern der Fährte folgten, hielt er den leicht verschlissenen Wollschal fest in den Händen. Hoffentlich kamen sie nicht zu spät.

Es hatte knapp eine Dreiviertelstunde gedauert, bis die Hundestaffel eingetroffen war. Prinzipiell sehr schnell, wenn man die späte Uhrzeit und die Entfernung bedachte. Aber Langner waren die Minuten wie eine Ewigkeit vorgekommen. Wie ein eingesperrtes Tier war er am Waldrand auf und ab gelaufen, hatte in den Wald hineingehört, doch außer dem Rauschen in den Baumwipfeln und einigen verlorenen Tierrufen war da nichts. Er hätte am liebsten laut geschrien, mit den Füßen aufgestampft, irgendetwas, um sich abzulenken. Seit dem kurzen Telefonat hatte sich Veronika nicht mehr gemeldet. In der Zwischenzeit hatte Sebastian Kirschmeier, den er ebenfalls informiert hatte, Bollingers Stiefvater Herbert Haidmann, erreicht. Der war aus allen Wolken gefallen, als ihm bewusst wurde, was sein Stiefsohn angerichtet hatte. Nein, er wisse nicht, wo er sich aufhalten könnte. Bei ihm habe er sich nicht gemeldet. Und ja, er würde in jedem Fall sofort Bescheid geben, wenn sich das änderte. Absolut. Sie hatten keinen Zweifel, dass das stimmte.

Auf die Frage, was sein Sohn an diesem verlassenen Ort im Wald gemacht haben könnte, fiel ihm die alte Jagdhütte ein, die seit mehreren Generationen im Familienbesitz war, doch seit Jahren nicht mehr benutzt wurde. Eine genaue Adresse gab es dazu nicht, und auch die Lokalisierung über Satellitenbilder war fast unmöglich. Mit den Hunden hatte es noch einmal 15 Minuten gedauert, bis sie die Lichtung erreicht hatten. Die Hunde jaulten aufgeregt, je näher sie der Hütte kamen. Langners Herz drohte, aus der Brust zu springen. Warum rief Veronika nicht zurück, er hatte sie mehrfach versucht zu erreichen. Fuck, was war denn heute nur los? In seiner Verzweiflung hatte er Sebastian wieder angerufen und war nun über Kopfhörer im Ohr mit ihm verbunden. So fühlte er sich weniger alleine, auch wenn knapp zehn Mann mit ihren Hunden um ihn herum agierten. Er kommentierte knapp, was um ihn herum vorging, was er vermutete, wovor er Angst hatte. Sebastian versuchte, ihn zu beruhigen, appellierte an seinen kühlen Kopf.

»Okay, wir haben die Hütte. Ich gehe da jetzt rein, Herr Kirschmeier, oder darf ich Sebastian sagen? Ich leg jetzt auf. Können Sie mir einen Gefallen tun? Veronika meldet sich nicht, das sieht ihr überhaupt nicht ähnlich. Ich hab sie eben kurz erreicht, sie wollte ins Präsidium, da ist sie aber nicht angekommen. Können Sie da mal nachforschen? Dann brauche ich mir dazu nicht auch noch Gedanken zu machen.« Kirschmeier versprach es.

»Danke. Ich melde mich gleich wieder.«

Langner atmete tief durch. Die Hundeführer blieben in der Nähe, belohnten ihre Hunde, hielten die Stellung. Er lauschte. Leuchtete mit seiner Maglite-Taschenlampe in die verbarrikadierten Fenster, sie waren stumpf. Es war nichts zu erkennen. Er fluchte leise. Die Veranda der Hütte war morsch und verfallen und knarzte laut, als er sie betrat. Er hielt inne, lauschte wieder. Nichts, kein Geräusch. Außer dem Hecheln der beiden Hunde, die ihm am nächsten standen. Ihm schossen die Bilder aus seiner Polizeiausbildung durch den Kopf, in der sie solche Situationen geübt hatten. Nur dass das jetzt keine Übung war, verdammt. Reiß dich zusammen, Alter.

Die Tür war mit einem Vorhängeschloss verriegelt. Es glänzte im Schein seiner Taschenlampe, es war nagelneu. Er war so kurz davor. Mit den Fingern fuhr er über das Holz der Tür. Sie ging nach innen auf, sah aber wenig solide aus.

Er gab seinen Kollegen ein Zeichen, dass er jetzt reingehen würde. Doch gerade, als er sich mit aller Kraft gegen die Tür werfen wollte, kroch ihm ein beißender Gestank in die Nase. Etwas Chemisches. Unangenehmes. Er wich zurück. Hatten deswegen die Hunde so gejault? Langsam ließ er das Licht seiner Taschenlampe an der Tür entlanggleiten, dann an den Wänden. Der Boden davor war dunkler als der Rest, er befühlte die Stelle mit den Fingern, sie war feucht. Er roch an seinen Fingerspitzen. Spiritus. Das war eine Falle. Er ging vor der Tür auf die Knie und inspizierte sie genau.

Ganz unten, in der linken Ecke der Tür, lag eine Mausefalle. In ihr steckte ein runder Metallstab. Feuerstahl. Langner kannte das noch von der Bundeswehr, sie hatten damit bei den Nachtmärschen das Feuer entfacht. Der Stab war mit der Tür befestigt, die Mausefalle auf den Bodenplanken festgenagelt. Fast hätte Langner anerkennend den Mund verzogen. Diese Falle war perfide. Sobald jemand die Tür öffnete, würde der Feuerstahlstab aus der geschlossenen

Falle gezogen wie der Ring bei einer Handgranate. Die Reibung würde Funken erzeugen, und durch den Brandbeschleuniger würde die Hütte innerhalb weniger Sekunden lichterloh brennen. Und die Personen, die sich in ihr befanden, mit ihr. Lockerte man aber die Mausefalle, dann konnte man sicher eintreten. Es war sozusagen eine selbst gebastelte, tödliche Alarmanlage, die man an- und ausschalten konnte.

Er klemmte sich seine Taschenlampe zwischen Kinn und Schulter und hob mit zitternden Fingern den Bügel der Mausefalle hoch, zog den Stahl langsam heraus, ohne dass sich die beiden Metalle berührten. Es gelang, trotz seiner Nervosität. Behutsam legte er den Stab auf dem Boden ab, versuchte, ihn aus der Halterung zu lösen. Mit etwas Gewalt schaffte er das auch.

Er leuchtete jedes noch so kleine Detail der Tür und der umliegenden Wände ab, um keine weiteren Hindernisse zu übersehen. Aber da war nichts. Er atmete durch. Noch mal.

Die Tür gab nach dem ersten Aufprall nach. Langner hielt die Luft an, schaute hektisch auf den Boden. Alles blieb ruhig. Kein Flammenmeer, das ihm den Rückweg verschloss. Er leuchtete mit seiner Taschenlampe in der Hütte umher. Den auf dem Boden liegenden Körper entdeckte er zuerst. Sein Atem stockte. Mit steifen Schritten näherte er sich der Person, leuchtete ihr ins Gesicht. Es war Wendemann, den er in den letzten Tagen nur auf Fotos gesehen hatte. Er lag hier, regungslos, und er sah schlecht aus. Langner legte die Hand an Wendemanns Hals. Sein Atem war flach, der Puls kaum zu spüren.

»Wir brauchen einen Krankenwagen!«, rief er den Kollegen draußen zu.

»Ist schon unterwegs.«

Er leuchtete weiter, das Bett und der Tisch waren verlassen.

Im Augenwinkel sah er einen dunklen Fleck, eine Gestalt, die gegen die Wand gelehnt saß, den Kopf nach vorne gekippt. Die Beine von sich gestreckt.

Becker.

62

Wenn nicht dieser Idiot aufgetaucht wäre. Hatte gleich auf engagiert gemacht, »Hey, was machen Sie da« gebrüllt.

»Ich hab sie gerade gefunden, rufen Sie den Krankenwagen.« Er hatte versucht, seinen Ärger zu überspielen. Der Schauspielkurs in der Mittelstufe hatte sich gelohnt, seine Mutter wäre stolz auf ihn. Na ja, auf die ganze Geschichte wahrscheinlich nicht. Aber sie hatte sich immer gewünscht, dass er in die Künste ginge.

Als er sie losgelassen hatte, atmete sie noch. Ganz leicht. Wie ärgerlich. Vielleicht hatte es noch gereicht. Vielleicht, wenn die Minuten weiter vergingen, dann wäre es noch möglich, auch ihr die Lampen auszuknipsen. So wie er es bei den beiden anderen gemacht hatte. Überdosis. Und zack. Die Spritze in seiner Jackentasche wäre bereit.

Er hatte auf einen unbeobachteten Moment gehofft, doch dieser Möchtegern-Mister-Marple hatte ihn die ganze Zeit argwöhnisch im Blick behalten. Ihn nicht aus den Augen gelassen, während er mit Gott und der Welt telefonierte. Erst mit dem Notruf, dann offensichtlich mit seiner Frau, »stell dir vor, wo ich gerade bin«, mit seinem Kumpel, seinem Chef, seinem Pfarrer.

Er hatte irgendwann den Überblick verloren, aber dieser Typ war sehr mitteilsam. Er war noch nicht einmal auf seinen Vorschlag, doch mal nach dem Krankenwagen zu sehen und ihn herzulotsen, eingegangen.

Also bot er sich an und verschwand. Es würde ja seiner Sache nicht schaden, wenn die Sanitäter etwas länger suchten.

Und seine Reise ging ja jetzt erst los.

63

Sebastian versuchte vergeblich, Veronika zu erreichen. Ihr Handy und ihr Festnetz klingelten durch und auch an der Zentrale im Präsidium hatte man sie nicht gesehen und auch im Büro war sie nicht, wie er erfuhr, nachdem Sebastian einen Beamten dorthin geschickt hatte.

»Wo bist du nur, Veronika?«

Er drückte erneut auf Wahlwiederholung, hielt das Telefon vor sich in der Hand und starrte aufs Display. Plötzlich wurde das Läuten unterbrochen. Es war still am anderen Ende der Leitung. Schnell hob Sebastian das Handy ans Ohr.

»Endlich. Veronika, ich hab dich mindestens hundert Mal angerufen. Wo steckst du denn?«

»Hallo?«

Eine männliche Stimme. Irritiert schaute Sebastian aufs Display. Da stand immer noch Veronikas Name. Er hatte sich nicht verwählt. Seine Gedanken schossen kreuz und quer, war sie bei einem anderen Mann? Francesco? Vielleicht hatte sie jemanden kennengelernt und lag jetzt fröhlich mit ihm in der Kiste, während die anderen sich wie irre Sorgen um sie machten.

»Hallo? Wer ist denn da?«

Wieder dieselbe Stimme. Sebastian war kurz davor, einfach aufzulegen. Dann besann er sich.

»Guten Abend, hier ist Staatsanwalt Sebastian Kirschmeier. Ich würde gerne mit Hauptkommissarin Veronika Hart sprechen. Es geht um den aktuellen Fall. Und Sie sind?«

So gestelzt hatte er schon lange nicht mehr gesprochen, er lehnte sich mit einem süffisanten Grinsen zurück.

»Oh, guten Abend, Herr Staatsanwalt. Ich habe Ihren Namen schon auf dem Display gesehen. Hier spricht Dr. Frey. Vielleicht erinnern Sie sich an mich. Wir standen vor ein paar Wochen wegen eines Gutachtens in Kontakt. Heute aber bin ich als Notarzt unterwegs und habe Frau Hart gerade erstversorgt. Sie wurde in der Innenstadt von Saarbrücken überfallen. Wir sind jetzt auf dem Weg in die Klinik.«

Sebastians Herz stockte.

»Was? Was ist passiert?«

»Das kann ich Ihnen nicht sagen. Da müssen Sie die Beamten, die vor Ort waren, anrufen. Die werden die Ermittlungen aufnehmen. Wir haben denen auch eigentlich alle Sachen, die Frau Hart dabeihatte, mitgegeben. Das Handy in der Hosentasche haben wir aber übersehen. Nachdem es so oft geklingelt hat, bin ich rangegangen. Frau Hart schläft jetzt. Wir müssen sehen, wie die Nacht wird. Es hat sie ziemlich erwischt.«

Kirschmeier hatte Mühe, die Informationen zu verarbeiten. Die irrtümliche Wut war verflogen und einer kneifenden Sorge gewichen. Bollinger war auf der Flucht und Veronika überfallen worden. Außerdem sollte Francesco heute Abend nach Saarbrücken zurückkommen. Was, wenn …? Den Gedanken wischte er sofort wieder weg. Am Ende war es ein simpler, wenn auch dramatischer, Raubüberfall, und all die Zusammenhänge, die er jetzt hier künstlich erschuf, kollabierten am Ende in sich.

»In welches Krankenhaus bringen Sie sie?«

»Homburg. Winterberg ist dicht.«

»Gut, ich komme.«

»Herr Staatsanwalt, Sie können aber momentan nicht viel tun. Jetzt müssen erst einmal die Mediziner ran.«

Sebastian legte auf. Starrte minutenlang auf sein Handy. Dann riss er sich los.

Langner hatte eine Nachricht geschrieben, sie hatten Becker und Wendemann in der Waldhütte gefunden. Beide in sehr schlechtem Zustand, sie warteten noch auf die Rettungswagen. Die Spurensicherung war auch schon auf dem Weg. Der junge Beamte hatte sich wirklich gemacht. Dennoch entschied sich Sebastian, erst einmal nichts von Veronika zu schreiben. Er würde es ihm persönlich sagen.

Er rief noch einmal im Präsidium an und ließ sich an den Beamten durchstellen, der Veronikas Fall aufgenommen hatte. Der erfahrene Kollege berichtete ihm in kurzen Zügen, was sie an Informationen über den Augenzeugen und die erste Auswertung der Überwachungskameras bereits hatten rausfinden können, und sicherte Sebastian zu, ihn über alle weiteren Erkenntnisse auf dem Laufenden zu halten.

Er warf einen Blick auf die Uhr. 23.14 Uhr. Er konnte jetzt nicht hier sitzen und warten, bis sich jemand meldete. Er musste etwas tun.

Wieder klingelte sein Handy. Eine unbekannte Nummer.

»Ja?«

»Haidmann hier, Herr Kirschmeier, sind Sie das?«

»Ja, was kann ich für Sie tun?«

»Ich habe gehört, was in unserer Jagdhütte vorgefallen ist. Ich bin fassungslos.«

Der Mann war zweifellos gut vernetzt.

»Ich habe überlegt, wo Ludger, also mein Stiefsohn, noch hinkönnte. Wir haben ein Haus am Lac de Madine, das liegt knapp eine Stunde hinter der französischen Grenze. Vielleicht verkriecht er sich erst mal dort. Und, das sollten Sie wissen, möglicherweise hat er sein Auto getauscht. Er denkt, wir wüssten nichts davon, aber er besitzt so einen Boliden, einen Maserati GranTurismo. Silberfarben. Er hat dafür eine

Garage am Staden gemietet und fährt ihn heimlich. Aber Bekannte von mir haben ihn bereits mehrfach damit gesehen – er denkt wirklich, er kann so etwas vor mir verstecken.« Haidmann lachte trocken. Er klang resigniert.

»Danke für diese Info, ich werde sie gleich den Kollegen weitergeben. Herr Haidmann, noch eine Frage. Hauptkommissarin Hart wurde gerade in einer Tiefgarage in Saarbrücken brutal überfallen und bis zur Bewusstlosigkeit gewürgt. Die Personenbeschreibung des Täters passt leider sehr gut auf Ihren Stiefsohn. Würden Sie ihm so etwas zutrauen?«

Der Mann am anderen Ende der Leitung schwieg. Sebastian ließ ihm Zeit, zog sich aber währenddessen schon Schuhe an und warf eine Jacke über. Dann räusperte sich Haidmann.

»Ich würde Ihnen diese Frage gerne mit Nein beantworten, wissen Sie? Aber ich kann es nicht. Ich kenne ihn nicht mehr. Wahrscheinlich haben wir als Eltern versagt. Er hat seit Monaten nicht mehr mit mir gesprochen. Seit ich ihm gesagt habe, dass ich nicht in sein Projekt investieren werde. Nicht, weil ich nicht daran geglaubt hätte, sondern weil ich wollte, dass er es aus eigener Kraft schafft. Verstehen Sie das?«

Ein Gedanke schoss Sebastian durch den Kopf.

»Herr Haidmann, wo sind Sie jetzt? Wenn Ihr Sohn auf einem Rachefeldzug ist, dann sind Sie vielleicht auch in Gefahr. Ich informiere die Polizei, die sollen Ihnen eine Streife vor die Tür stellen.«

»Ich denke nicht, dass das nötig sein wird …«

»Bitte, Herr Haidmann. Zur Sicherheit. Bis wir ihn gefunden haben.«

»In Ordnung.«

Sebastian wählte Lothar Kleins Nummer. Veronikas Chef antwortete nach dem ersten Klingeln. Das, was Sebastian ihm in den kommenden Minuten berichtete, quittierte er mit einem tiefen Brummen.

»Verstehe, Herr Kirschmeier. Ich rufe die französischen Kollegen an, die sollen sich das Haus am Lac de Madine vorknöpfen. Hoffen wir mal, dass der Vogel dort gelandet ist. Fahren Sie ins Krankenhaus? Dann wäre ich froh, wenn Sie mich auf dem Laufenden halten könnten.«

Sonst stellte er keine Fragen.

Sebastian nickte und schob schnell ein »Ist gut« hinterher.

Die Fahrt nach Homburg kam ihm endlos vor, obwohl er nur eine knappe Viertelstunde brauchte. Von Langner, mit dem er in der Zwischenzeit telefoniert hatte, erfuhr er, dass die beiden Rettungswagen ebenfalls auf dem Weg ins Homburger Uniklinikum waren. Sie würden sich gleich in der Notaufnahme treffen.

Während er aufs Klinikgelände fuhr, kaute er nervös auf seinem Daumennagel und atmete tief durch. Es wird alles gut gehen, redete er sich ein. Es musste gut gehen. Ihr durfte nichts passieren.

Doch das mulmige Gefühl breitete sich immer weiter aus, je näher er dem grell erleuchteten Eingang kam.

64

Die Grenze hatte er, trotz der Kontrollen, mühelos überquert. Wie praktisch, dass die Grenzbeamten nach einem anderen Fahrzeug Ausschau hielten. Der eine hatte ihm sogar anerkennend zugenickt, als er mit seinem eleganten Sportwagen vorbeigefahren war. Was für ein armseliges Würstchen. Wenn der wüsste, wen er da passieren ließ. Er hatte nur zurückgegrinst.

Als die Anspannung langsam von ihm abfiel, übermannte ihn eine zähe Müdigkeit. Er würde einen Zwischenstopp im Ferienhaus seiner Familie einlegen und gleich morgen, gegen fünf Uhr in der Früh, aufbrechen. Bis dahin würde die deutsche Polizei sicher noch jeden Stein in Saarbrücken nach ihm umdrehen. Bis die grenzüberschreitend aktiv werden konnten, an einem Freitagabend, würden noch Stunden, wenn nicht Tage vergehen. Das wusste doch jeder. Er war entspannt, als er sich dem dunklen Haus mit Seegrundstück näherte. Er wusste ja, wo der Schlüssel lag.

Nur knapp eine Stunde später schreckte ihn knirschender Kies vor dem Haus aus dem Schlaf. Er hob den rot-weiß karierten Vorhang in der Küche und sah fünf Einsatzfahrzeuge der französischen Polizei, die sich vor dem Haus postiert hatten. Sein Auto sowie die Einfahrt waren zugeparkt, die ersten Beamten liefen um das Haus herum. Er war eingekesselt. Kalter Schweiß brach ihm aus, es gelang ihm kaum, zu atmen. Wie gelähmt beobachtete er, wie sich die Polizisten postierten, mit ihren Taschenlampen leuchteten und ihre Waffen zogen.

»Nein. So nicht«, murmelte er und stolperte durch die Dunkelheit in die Küche. Er riss die Gasflasche unter dem Herd hervor, löste die Schläuche und drehte den Hahn voll auf. Er hörte leise Stimmen hinter sich, vor der Terrassentür. Hektisch durchsuchte er die Schubladen. Sie würden ihn nicht bekommen. Sie würden ihn nicht verhaften und mitnehmen. Er würde nicht ins Gefängnis gehen. Niemals. Seine Hand erfühlte das Feuerzeug in dem Moment, als die Terrassentür krachend aufflog und ihn das Licht der Taschenlampen direkt ins Gesicht traf. Blinzelnd hob er den linken Arm schützend vor die Augen, während seine rechte Hand hinter seinem Rücken mit dem Feuerzeug hantierte.

»Les mains en l'air!«, schrien ihn die blau gekleideten Beamten an. »Les mains en l'air!«

Langsam hob er nun auch den rechten Arm, das Feuerzeug fest umklammert in seiner rechten Hand. Die Polizisten hielten inne, ließen ihren Blick von der Gasflasche, die direkt neben ihm stand, zu ihm wandern und zurück.

»Sortez! Il y a du gaz. Ça va exploser.«

Bollingers Mund verzog sich zu einem grimassenhaften Lächeln, als er die Beamten rückwärts aus der Tür stolpern sah. Dann rührten sich seine Finger, eine einfache Bewegung, tausendfach eingeübt, doch nie mit einer solch verheerenden Wirkung.

Das Gas um ihn herum entzündete sich, gefolgt von einem ohrenbetäubenden Knall, der ihm das Trommelfell zerriss. Er wurde auf den Boden geschleudert, ein stechender Schmerz breitete sich auf seinem Kopf aus. Seine Haare hatten Feuer gefangen. Er schrie, versuchte, den Schmerz wegzuwischen, der sich nun auch auf seine Beine und seinen Oberkörper ausgebreitet hatte.

Er brannte. Bekam keine Luft. Die Flammen fraßen sich in seine Haut, verschmolzen die Kleidung mit seinem Körper. Warum wurde er nicht bewusstlos?

Er hörte laute Stimmen um ihn herum, eine Decke wurde auf ihn geworfen. Es zischte. Stank bestialisch. Er ächzte dumpf. Spürte seine Beine nicht mehr. Ihm wurde kalt, wie zynisch, dachte er noch.

Nur noch Schmerz.

65

Als sie stöhnend die Augen öffnete, dauerte es eine Weile, bis ihr bewusst wurde, wo sie sich befand. Weiße Wände, das Piepsen eines Monitors, ihr schmerzender Körper. Sie lag im Krankenhaus. Veronika drehte den Kopf nach links und blickte als Erstes in das Gesicht von Max Langner. Sie stöhnte noch einmal und versuchte ein Lächeln.

Sebastian trat ans Bett und damit in ihr Blickfeld.

»Gut, du bist wach. Wie geht's dir?«

Veronika fasste sich an den Hals, befühlte eine schmerzende, leicht verkrustete Stelle, die sich quer über ihre Kehle zog.

»Was ist passiert?«, krächzte ihre Stimme. Oha.

»Du wurdest überfallen«, schaltete sich Max ein. »In der Tiefgarage. Wir gehen davon aus, dass es Bollinger war. Er ist noch auf der Flucht.«

Langsam kamen die Bilder zurück in ihren Kopf. Das Licht, die Schritte, die Panik. Ihre Atmung beschleunigte sich bei den Gedanken daran, sie hyperventilierte. Sebastian nahm ihre Hand und drückte sie fest.

»Du bist in Sicherheit, es ist alles gut. Beruhig dich, Vero.« Max warf den beiden einen irritierten Blick zu, so viel Vertrautheit hätte er ihnen offenbar nicht zugetraut. Er schien eins und eins zusammenzuzählen. Jetzt ergab das Verhalten seiner Chefin in den vergangenen Tagen Sinn. Er räusperte sich.

»Ähm, ich schau mal, wie es Becker geht. Ich hab seine Frau angerufen, sie ist auf dem Weg. Mal sehen, ob ich sie noch abfangen kann.«

»Was ist mit Becker? Und habt ihr Wendemann gefunden?«, krächzte Veronika zwischen zwei Atemzügen. Langsam entspannte sie sich.

»Sie leben. Das ist das Wichtigste. Wendemann wird noch untersucht, sein Organismus scheint ziemlich mitgenommen zu sein von der dauerhaften Betäubung. Becker wurde auch etwas verabreicht, eine Überdosis. Er kämpft noch, sein Herz scheint etwas abbekommen zu haben. Aber mehr konnte und durfte mir der Arzt wohl nicht sagen. Ich bleibe aber dran.«

Veronika schloss die Augen. Was für ein Desaster. Warum mussten ihre Fälle immer in einem solchen Chaos enden?

Sebastians Handy klingelte, er trat ans Fenster und hörte dem Anrufer still zu. Zwischendurch brummte er zustimmend.

»Ist gut, ich melde mich später bei Ihnen, Herr Klein.«

Langner und Veronika schauten ihn fragend an.

»Die französische Polizei hat Bollinger gefasst. Er hat versucht, sich der Verhaftung zu entziehen, und sich in die Luft gesprengt. Sie haben ihn mit schweren Verbrennungen in die nächste Klinik gebracht. Sobald er transportfähig ist, wird er nach Deutschland überführt. Es ist vorbei.«

Sie schwiegen eine Weile. Langner riss sich als Erster los.

»Gut, ich schaue nach Becker. Bleiben Sie bei Veronika, Herr Staatsanwalt?«

»Mach ich, aber wir waren beim Du, Max. Schon vergessen?«

»Ähm, ja. Richtig. Danke. Ähm, Sebastian.«

Langner verschwand mit eingezogenem Kopf aus der Tür und ließ sie leise ins Schloss fallen.

»Er hat einen super Job gemacht, dein Kollege.« Sebastian hatte sich auf den frei gewordenen Stuhl neben Veronika gesetzt. »Das war ein ganz schöner Tumult, was?«

Veronika nickte langsam, eine Träne lief ihr über die Wange. Sebastian wischte sie weg.

»Nicht doch, es wird alles gut.«

»Wenn ich mich nicht mit Theresa getroffen hätte, dann wäre Becker dort vielleicht nicht alleine hingefahren. Ich hab doch eine Verantwortung für meine Leute …«

Sie schluchzte. Sebastian legte ihr beruhigend die Hand auf den Arm.

»Jetzt mach dir keine Gedanken. Du kennst doch Becker, der wäre auch so alleine hingefahren. Der hat seinen Stolz. Langner hat mir erzählt, dass sie sich gestritten hatten und dass er nicht erzählen wollte, von wem er den Tipp zu Bollingers Aufenthaltsort hatte. Max hat eine Vermutung, aber das ist jetzt erst einmal nicht wichtig. Wichtig ist, dass du wieder gesund wirst. Du hast dir eine kurze Auszeit genommen. Das ist okay. Soll ich deine Freundinnen für dich anrufen? Oder Francesco?« Er schluckte, als er den Namen ihres Freundes aussprach.

»Nein, den brauchst du nicht anzurufen. Der packt wahrscheinlich gerade seine Sachen und zieht aus meiner Wohnung aus«, flüsterte sie. Das Sprechen schmerzte sehr.

»Es ist okay so, wie es ist.« Sie drückte seine Hand und schloss die Augen. Sebastians Lächeln sah sie nicht.

Es klopfte an die Tür, bevor sie leise aufgeschoben wurde. Eine junge Ärztin trat ein und lächelte die beiden freundlich an. Veronika hatte die Augen geöffnet und Sebastians Hand festgehalten, als er diese instinktiv wegziehen wollte.

»Frau Hart, Sie sind wach. Wie geht es Ihnen?«

»Okay. Meine Stimme, also das Sprechen tut sehr weh. Und mein Kopf.« Sie fasste sich an den dicken Verband, den man ihr angelegt hatte.

»Ja, Sie haben eine Platzwunde am Hinterkopf erlitten. Wir mussten diese nähen. Und die Probleme beim Sprechen kommen von der Verletzung am Hals. Die Stimmbänder haben durch die Kompression etwas abbekommen. Aber das wird sicher in wenigen Tagen wieder gut sein.«

»Wie lange muss ich hierbleiben?«

Die Ärztin lachte.

»Das ist fast immer die erste Frage, wenn wir Polizistinnen hier haben. Bei den männlichen Kollegen kommt diese Frage eher am Schluss. Und dann mit einer anderen Intention.« Sie lachte wieder.

»Ich denke, wir werden Sie mindestens über Nacht dabehalten und morgen noch ein paar Untersuchungen durchführen. Durch den Sturz haben Sie eine schwere Gehirnerschütterung erlitten. Leben Sie zusammen?«

Sie deutete auf Sebastian und Veronika.

Peinlich berührt schüttelten beide heftig den Kopf, Veronika verzog das Gesicht vor Schmerz.

»Schade, okay. Sie sollten nämlich die nächsten Tage besser nicht alleine sein. Aber über Nacht bleiben Sie ja erst einmal und dann sehen wir weiter. Und einem Gynäkologen wollen wir Sie morgen früh auch noch vorstellen.«

»Einem Gynäkologen?« Veronika verstand nicht, sie wurde blass. »Bin ich denn, ich meine, hat er mich …?«

»Was? Nein. Das wollte ich damit nicht sagen. Es geht nur um eine Abklärung wegen der Schwangerschaft.«

»Bitte was?«

Veronika blieb die Spucke weg. Mit offenem Mund starrte sie zwischen der Ärztin und Sebastian hin und her. In ihrem Kopf ratterte es. Schwangerschaft? Die Übelkeit. Und das Ziehen in ihren Brüsten, das sie auf ihren Zyklus geschoben hatte, der sowieso immer machte, was er wollte. Ihr Blick blieb an Sebastian hängen, der ebenfalls blass geworden war.

Ihr Date war fünf Tage her, es konnte also nicht von

ihm sein. Oh, nein. Francesco. Auch das noch. Ihr wurde schummrig.

»Sie wussten noch nichts davon?«, fragte die Ärztin behutsam. Langsam schüttelte Veronika den Kopf, kämpfte gegen die Tränen. Das war alles zu viel für sie.

»Ich lass Sie jetzt lieber mal alleine und komme später wieder. Wenn etwas ist, melden Sie sich bitte.«

Veronika und Sebastian sahen sich an und sagten mit ihren Blicken mehr, als sie je hätten in Worte fassen können.

Sebastian drückte ihre Hand noch einmal fest, als er sich vom Stuhl erhob.

»Egal was ist, ich bin für dich da. Ruh dich jetzt erst einmal aus. Ich rufe Theresa für dich an, okay?«

Dann verschwand er aus der Tür.

DIGESTIF

66

Im Augenwinkel sah sie das eingerüstete Gebäude, das bis vor wenigen Wochen das »La Table« beheimatet hatte. Das Restaurant hatte nicht mehr wiedereröffnet. In den ersten Wochen waren die Zeitungen voll mit der Geschichte gewesen, auch überregional. Dann war es stiller geworden. Zum Glück, für alle Beteiligten.

Veronika hatte ein paarmal mit Mareike Wendemann telefoniert. Sie waren sich noch im Krankenhaus begegnet und Veronika hatte ihr ihre Unterstützung zugesagt, bei allen Schritten, die jetzt auf sie warteten. Ihr Bruder hatte überlebt, doch die hochdosierten Drogen, die ihm über Tage verabreicht worden waren, in Kombination mit der Dehydratation, hatten seinen Organismus stark geschwächt. Seine Nieren hatten noch im Krankenhaus mehrfach versagt und eine hatte entfernt werden müssen. Auch neurologisch würden einige Spätfolgen bleiben.

»Das permanente Zittern macht ihm am meisten zu schaffen«, hatte ihr Mareike berichtet. »Er fühlt sich wie ein uralter Mann, sagt er. Es erinnere ihn an unseren Großvater, der an Parkinson erkrankt war. Die Ärzte sagen aber, dass man das in den Griff bekommen kann. Er braucht einfach Ruhe.«

Wenig später hatten die Geschwister alles verkauft, Immobilien, Firmenanteile, Restaurantinventar. Dank der Kontakte ihres Investmentbankers Jonas Lorenz hatten sie eine wunderschöne Finca auf Mallorca entdeckt, die auch gastronomisch genutzt werden durfte.

»Wir werden dort neu anfangen. Und ganz langsam. Erst einmal eigenhändig die Finca renovieren und dann ein Bed and Breakfast dort eröffnen, mit Bio-Küche und Kochevents. Alles sehr schick und vor allem entspannt. Uns war bei der Hektik der letzten Jahre gar nicht bewusst, wie dick unser finanzielles Polster geworden ist. Jetzt bin ich froh, dass wir uns darüber keine Sorgen machen müssen. Und uns Zeit nehmen können für die Heilung. Gemeinsam.«

»Und Ihre Frau?«, hatte Veronika gefragt. »Kommt sie mit nach Mallorca?«

Mareike Wendemann hatte mit ihrer Antwort gezögert.

»Wir haben uns getrennt. Zu viele Differenzen. Nun ja, sie ist sowieso nicht so der Strandtyp. Es ist besser so. Aber Sie können uns gerne mal besuchen kommen, wenn Sie möchten.«

Veronika hatte sich für die Einladung bedankt und Mareike viel Glück gewünscht und sie ein wenig um die Chance beneidet, irgendwo neu anfangen zu können. Seit sie selbst aus dem Krankenhaus entlassen worden war, hatte sich ihr Leben in eine Achterbahn verwandelt. Ohne ihre Freundinnen hätte sie die ersten Wochen nicht überstanden. Der Versuch, noch einmal mit Francesco zu reden, war kläglich gescheitert. Er hatte all seine Sachen aus ihrer Wohnung mitgenommen und Dinge, die sie gemeinsam gekauft hatten, in der Mitte durchgeschnitten. Sie hatte nun also eine halbe Toskana-Landschaft von Ikea, ein halbes Konzertposter von Deep Purple und sogar ein halbes Schneidebrett. »Der ist völlig durchgeknallt«, lautete das Urteil ihrer Freundinnen. Doch sie hätte gerne noch mal mit ihm gesprochen. Die Baby-Geschichte jagte ihr eine Riesenangst ein, sie konnte sich überhaupt nicht vorstellen, wie sie das schaffen sollte. Ein Kind, darüber hatte sie sich noch nie vorher Gedanken gemacht. Es war meilenweit weg gewesen. Konnte sie das überhaupt? Sie vergaß doch sogar manchmal, ihrem Kater Rocky sein

Futter zu geben. Doch Francesco antwortete nicht. Weder auf ihre Nachrichten noch auf ihre Anrufe.

Sie versuchte tagelang, das Thema zu verdrängen. Schaffte es aber nicht. Spätestens als sie den Mutterpass in den Händen hielt, in dem das errechnete Geburtsdatum schwarz auf weiß stand, verlor sie sich regelmäßig in wiederkehrenden Kopfkinofilmen. Ihre Freundinnen, ganz aufgekratzt an ihrer Seite, träumten schon von Baby-WGs und gemeinsamem Alterswohnsitz. Es war rührend, dennoch blieb es ihr Thema. Ihr Fleck im Bauch, in dessen Mitte ein kleines Herz pochte. Es war surreal.

Becker musste am Herzen operiert werden und hatte zwei Stents gesetzt bekommen. Er erholte sich schnell nach dem Eingriff und nutzte die Gelegenheit, die Reha danach in den Alpen zu verbringen. Mit seiner Frau. In zwei Wochen würde er zurückkehren. Veronika freute sich schon darauf, ihr Team wieder zusammenzuhaben.

Nun saß sie neben Langner im Auto, der Einzige, der zumindest körperlich unbeschadet davongekommen war. Veronika hatte ihn für eine Auszeichnung vorgeschlagen und Klein würde darüber nachdenken, hatte er gesagt. Sie fuhren zum Lerchesflur, dem Gefängnis, das oben im Viertel Bellevue über der Stadt thronte.

Ganz am Anfang, kurz nach ihrem Start bei der Kripo in Saarbrücken, hatte sie einen Antrittsbesuch beim Gefängnisdirektor machen müssen. Voller Stolz hatte der sie durch den neuen Gebäudetrakt geführt, ihr die Zellen gezeigt, geräumige Einzelzimmer mit Option auf einen eigenen Fernseher und einem imposanten Wachturm in der Mitte des Gebäudes. Sie hatte sich in jeder einzelnen Sekunde unwohl gefühlt. Beobachtet. Auch wenn sie versucht hatte, die Pfiffe und Bemerkungen zu ignorieren. Es gab einfach Dinge, an die sie sich nie gewöhnen würde. Und das gehörte dazu.

Sie wollten Ludger Bollinger besuchen, der vor wenigen Tagen aus der Klinik ins Gefängnis verlegt worden war. Er hatte schlimme Verbrennungen erlitten, am Kopf und an den Beinen, aber nach einigen Transplantationen und einer entsprechenden Schmerzmedikamentierung hatte er die Untersuchungshaft antreten können. Die Anklage, die Sebastian gerade vorbereitete, lautete auf Freiheitsberaubung, schwere Körperverletzung und versuchten Mord in drei Fällen. Sie war einer davon.

»Wie geht es dir, Veronika?«

Langner hatte noch nicht viel gesagt, seit sie losgefahren waren, außer ein paar Kommentaren zum ungewöhnlich dichten Verkehr an diesem Mittwochmorgen. Veronika schaute ihn von der Seite an, um an seinem Gesichtsausdruck abzulesen, was er hören wollte. Reichte ihm ein »Gut, danke!«? Oder wollte er die ganze Wahrheit hören? Das volle Programm.

Sie hatte keine Ahnung. Wusste selbst nicht einmal, wie es ihr eigentlich ging. Sie funktionierte. Arbeitete wie eine Irre, schob Überstunden, machte Sport, bis sie umfiel. Ihre Welt war grau seit dem Montagmorgen vor eineinhalb Wochen. Seit der Routineuntersuchung bei ihrem Frauenarzt. Seit sie wusste, dass das kleine Herzchen in ihr einfach aufgehört hatte zu schlagen. Das Bild war stumm geblieben. Ein Standbild, dachte sie erst. Dann das Seufzen des Arztes. Das war's. Alle Gedankenspiele umsonst, alle Träume geplatzt.

»Das passiert vielen«, sagte der Arzt, wahrscheinlich um sie zu trösten. »Fast jede dritte Schwangerschaft endet so. Sie sind noch jung, machen Sie sich keine Sorgen. Ich überweise Sie ans Krankenhaus für die Ausschabung, den Termin dort müssten Sie allerdings selbst machen.«

Es war ihr egal, wie vielen es passierte. Es machte ihren Verlust nicht ungeschehen, nicht weniger traurig. Aber mit wem sollte sie das ausdiskutieren? Also verschloss sie sich, verstellte sich. Neunte Woche, nun ja. Stieg ins Narrativ der Beschwichtiger ein und stieg aus.

»Es geht schon, danke dir. Die Ablenkung tut gut und ich schaue nach vorne.«

»Hmmm«, hatte Langner nur gebrummt, aber seine Mimik verriet, dass er ihr kein Wort glaubte. Sie schwiegen wieder.

»Wie es wohl Thiel geht? Ich muss mich mal bei ihm melden«, unterbrach Veronika die Stille.

»Ich war gestern mit ihm um den Tabaksweiher spazieren. Er ist ganz optimistisch, er hat jetzt eine Immuntherapie angefangen und die scheint, laut seiner behandelnden Ärzte, anzuschlagen.«

Veronika schaute Langner überrascht an, er erstaunte sie immer wieder.

»Was?«

»Nichts, finde ich schön, dass du dich kümmerst. Ein wirklich feiner Zug.«

»Na, ich muss doch die Stellung halten, bis ihr wieder fit seid.« Er grinste sie an.

»Weißt du, was witzig ist?«

»Hmm?«

»Dass Bollinger, der ehemalige Geschäftsführer einer Wurstfabrik, bis zum Sankt-Nimmerleinstag im Knast Schwenker-Grills zusammenbauen wird.«

Veronika prustete los.

Stimmt, das war wirklich Ironie des Schicksals.

DANKSAGUNG

Mein Dank gilt vor allem meiner Familie, meinem Partner und meiner Tochter, die mir Zeit und Raum gelassen haben, diesen vierten Band der Veronika-Hart-Reihe zu schreiben. Meinen Eltern, die mich stets darin bestärken, weiterzumachen.

Meiner Lektorin Teresa Storkenmaier für die erneute gute Zusammenarbeit und ihre Geduld und dem Gmeiner-Verlag für die Chance, meine Hauptkommissarin weiterermitteln zu lassen.

Und dann allen Autor:innen aus meinem Netzwerk, ohne die das Schreiben ein bisschen einsamer wäre. Hervorheben möchte ich die Regiogruppe Rhein-Neckar der Mörderischen Schwestern e.V. sowie meine Schreibkolleg:innen aus der Jahresklasse Stoffentwicklung der Textmanufaktur, die mich ein Stück auf meiner literarischen Reise außerhalb des Genres begleiten und jede Woche aufs Neue motivieren und inspirieren.

Ihr seid großartig, vielen Dank.

Hauptkommissarin Veronika Hart ermittelt:

1. Fall: Saarperlen
ISBN 978-3-8392-2500-4

2. Fall: Goldene Bremm
ISBN 978-3-8392-2715-2

3. Fall: Saarland-Connection
ISBN 978-3-8392-0072-8

4. Fall: Lyoner-Komplott
ISBN 978-3-8392-0390-3